U0902513

神探弗洛伊德 II

时雪唯 著

四川文艺出版社

目

Contents

清明梦劫

梦魇拼图

清明梦劫

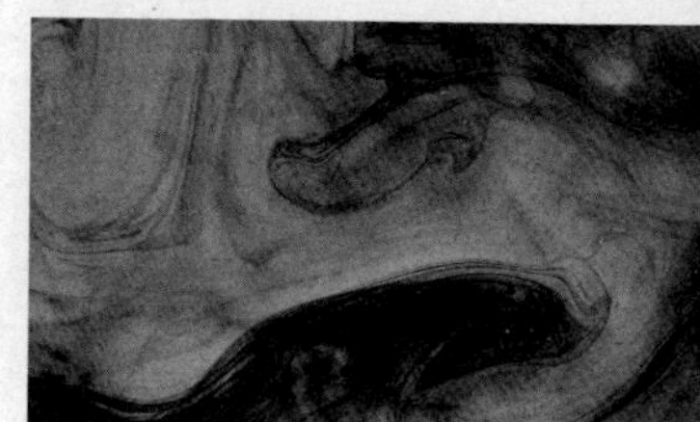

梦完全受儿时最初印象所左右，而往往把那段日子的细节、那些在醒觉时绝对记不起来的小事，重翻旧账地搬出来。

——弗洛伊德《梦的解析》

第一章

起 始

/1/

“叮”的一声，电梯停在高层写字楼的14层。

冉斯年像以往一样迈出电梯，径自朝自己的办公室走去，途经前台的时候，习惯性地冲前台的女孩点头示意。

这天是星期一，当时的冉斯年还以为这个周一会像以往无数个周一一样，在习惯性的忙碌中度过，他根本没有预料，那个周一就是改写他之后命运的一个开端。

刚刚在办公室里落座不久，助理贾若凡便敲门进来，一脸微笑地说：“早啊，冉老师，要红茶还是咖啡？”

冉斯年一边打开电脑一边随意地回答：“红茶。”

“对了，冉老师，您今天有个预约，是一位名叫黎文慈的女士，三天前就打电话过来特意预约跟您见面的，好像很急似的，但是当天是周五，我就把她安排在今天了。”贾若凡汇报。

“好的。”冉斯年习惯性地打开电脑去看行业网站的新闻，他一直在关注着网上的专业人士以及网民对他的释梦疗法的观点。

上午九点钟，贾若凡端着两杯红茶，带领着一个三十岁出头的女人走进了冉斯年的办公室。

冉斯年友好而仔细地打量这位女顾客黎文慈。她相貌清丽，气质文雅，穿着和言谈举止都十分得体，看得出是个有教养且有一定社会地位的知识女性。

果然，黎文慈的自我介绍中说到，她是个高中教师，而且是市重点高中的骨干教师，是教语文的。

只不过黎文慈的眉间聚集了不少忧郁和困惑，导致她整个人看起来没什么精神。冉斯年对此已经习以为常，他不愿意称他的客户为病患，因为他自己也只是个心理咨询师，而不是什么精神科的医生，他只称呼他们为顾客，也一直不厌其烦地纠正顾客们对他的称呼，请他们不要称呼他为冉医生，可是最后的结果大多是顾客们仍旧改不过来习惯叫他冉医生、冉大夫或者是冉老师。

冉斯年通过对黎文慈的观察和简单的交谈看出，她在来这里之前做过一番调查，知道这里不过是一个比较商业化的心理咨询中心，里面的咨询师根本不是什么心理医生。所以她从一开始就称呼冉斯年为冉先生，对于她跟冉斯年之间的关系定位准确。

一番自我介绍和客套话之后，黎文慈进入正题，她先是喝了一小口红茶润了润喉咙，然后深呼吸，开口讲述："最近一周里，我一直在做一个相似的梦，一个相似的噩梦。在梦里，我是一个囚犯，被囚禁在一个灰暗的空间里，我所能看见的，只有四面的栅栏包围着我。我一定是刚刚遭受到了残忍的刑罚，我的下肢无法用力，导致我整个人只能趴在地上，靠上肢的力量爬行；并且，我无法说话，我感觉不到我的舌头，无论我如何努力，都说不出一个清晰的字。我一张嘴，竟然涌出了热乎乎的血！真的，真的是太可怕了！"

"你试着呼救了吗？"冉斯年温和地问。

"当然，我用力大叫，发出了很刺耳的声音。只不过，我很害怕，害怕我的叫声会引来什么可怕的东西，所以只是叫了几声，便不敢出声了。"黎文慈的眼神里闪烁着恐惧，随着她的讲述，她仿佛又身临其境地回到了那个噩梦里。

"为什么你会觉得叫声会引来可怕的东西呢？"冉斯年循循善诱地问。

黎文慈揉揉太阳穴，一边回想一边回答："因为我听到了不远处传来的惨叫声！就在我所处的一片灰暗中，不远处有个发光点，那个光源的另一边传来了凄厉的惨叫，有男的，也有女的，听起来就像是怪兽临死前的嘶吼一样。我想，那里就是刑房，那里正进行着惨无人道的酷刑！我恐惧到了极点，然后，然后就吓醒了。”

冉斯年一面用理解的神态和温柔的口吻说话安抚黎文慈的情绪，表达自己的认同感，一面暗暗思考这个梦的含义。

“你说你一周内做了很多相似的梦，能给我讲讲你的几个梦里的不同之处吗？”

黎文慈低头沉思，隔了半分钟才开口：“印象最深的就是我刚刚讲的那些，每晚几乎都会重复，还有一些小的细节，我记得不是很清楚了，因为它们只出现过一次，并没有重复。我记得，有的时候，我仰面躺着，向上看，能够看到漆黑的夜空里有飞机；有的时候，我所处的监狱似乎是漂浮起来的，我向下方看的时候，能够隐约看到海水，还有里面的海豚。对了，我好像还看见了穿着制服敲鼓的仪仗队，还有，还有猴子在丛林里上蹿下跳。”

黎文慈越讲越不可思议，因为这些东西听起来丝毫没有关联，天马行空的，可是冉斯年微微蹙起的眉头却缓缓舒展，仿佛这些内容正是他想要听到的。

“黎女士，你说你是从一周前开始做这个相似的梦的？”冉斯年问。

“准确来说应该是十天前开始的。”黎文慈回答。

“那么请你仔细回想一下，十天前，也就是你最初做这个梦之前的那一天，或者是在那前后的两三天，你的生活中发生了什么变化？”冉斯年极为认真地说，“我们首先要搞清楚，是什么触发了你的这个梦。”

黎文慈叹了口气：“这个问题我也想过，事发必有因，可我无论怎么想都想不到原因。如果非要说十天前我的生活里有什么不同以往的事情发生，那么只有一件事，那就是十一天以前，正好就是我和爱人的结婚纪念日。那天晚上，我们俩一起在餐厅里吃了一顿烛光晚餐，整个过程都很愉快温馨。”

冉斯年有些失望：“这样一来就有些复杂了，触发你这个梦的很有可能是那个餐厅里的某一个细节，或者某一个顾客身上的某个细节，或者是某一道餐品、某一个餐具，等等。”

“不会吧？那个餐厅我经常跟爱人一起去啊，我仔细想过，那天并没有什么特别的。”黎文慈一副百思不得其解的模样，向冉斯年表态，她在来之前已经尽自己所能去分析思考过她的梦，以及触发这个梦的缘由了。

冉斯年意味深长地摇头，解释：“触发你的梦的，也许不是一个点，而是一条把几个点串联起来的线。而那天晚上的烛光晚餐，正好是机缘巧合下，聚集了所有关键的点，终于串联成了一条线，触动了你潜意识里深藏的某个机关，于是，你开始连续做近乎相同的梦。”

黎文慈马上领会了冉斯年的意思，也颇为失落：“这样看来，想要弄清楚触发梦的这条线就很难了。”

冉斯年突然从失落的情绪里脱离，笑着摆摆手说：“你也不必沮丧，其实关于这个梦本身，我已经有了一些想法。”

“哦？您解读出了这个梦的深层含义？”黎文慈又满怀希望地问，“这个梦该不会……该不会是隐晦地指明，我在怀疑我的爱人有外遇？实不相瞒，这一点是我最为担心的。或者，会不会是我的潜意识发觉了他正在从事非常危险的任务？哦，不好意思，我太心急了。”

冉斯年笑着摇头表示不介意，问道：“非常危险的任务？难道，你爱人是一名……一名警察？”

黎文慈不好意思地笑笑，却又带着几分自豪地说：“是的，我爱人是一名刑警队长。哦，冉先生，不好意思，我跑题了，还是请您解读我的梦吧。”

冉斯年深呼吸，说道：“恐怕要让你失望了，在我看来，你的这个梦跟你爱人没有任何关系。我认为你的这个梦是在重现你婴儿时期的记忆。”

“什么什么？”黎文慈像是没听懂似的伸着脖子问。

冉斯年耐心解释：“人的记忆始于婴儿时期。虽然我们成年人只能够追溯到幼儿时期的记忆，但是这并不代表婴儿时期的记忆已经彻底消失。很多时候，有些特别的记忆并没有消失，只是被埋藏得很深，被埋在了深不见底的潜意识里。而梦，成年人的梦境，甚至是儿童时期的梦境，就是挖掘这一段被深埋的婴儿记忆的途径之一，而且应该说是最有效的途径。当然，这个观点并不是我提出的，而是弗洛伊德在《梦的解析》这本著作里的观点，我本人十分信服这个观点。”

黎文慈半信半疑地问：“那么冉先生，您凭什么认定我的这个梦，这个恐怖的噩梦是婴儿时期的记忆呢？”

冉斯年本来想谦虚地表明这不过是他个人的猜测，可是因为一直以来习惯性的自信，他的谦虚也显得很没有诚意，他说：“说认定不太合适，因为我也没有百分之百地认定，只是持百分之九十的把握。其实这只是我根据专业理论知识和经验的一个推测，并不能保证是否正确。具体怎么验证，还要靠接下来你的配合，不单单是配合诚实回答我的问题，还有一系列释梦疗法的配合，只有这样，我们才能顺着这条梦的线索一路探索，找到答案。”

黎文慈对冉斯年还是颇为信任的，很可能是也听说了一些冉斯年的能耐和成功案例，她虚心地再次请教：“冉先生，请您解释一下我的梦，我还是无法理解这么一段恐怖的噩梦怎么会是婴儿时期的一段回忆。”

“首先，提取你梦里的几个关键点，囚犯、灰暗的空间、四面的栅栏、下肢无法用力、趴在地上靠上肢力量爬行、无法说话、感觉不到舌头、嘴里涌出了热乎乎的血，还有飞机、海豚和猴子。”冉斯年笑着反问黎文慈，“黎女士，如果我没猜错的话，你跟你爱人还没有要孩子吧？”

黎文慈呆愣愣地点头，随即马上想到了什么，脸上浮现出既恍然大悟，又不敢置信的矛盾神情。

冉斯年解释：“如果这几个关键点只出现一两个我也不会想到婴儿，可是所有出现的这些关键点都会让我联想起婴儿。首先，你之所以以为自己是个囚犯，那是因为你意识到你被关在一个‘囚笼’里，可现实中，很少有囚笼是四方形，并且四面都是栅栏的，而你又没有提到仰面朝上的时候上方也有栅栏，所以直接让我联想到的就是婴儿床。”

黎文慈的双眼瞪大，愕然地微微张开嘴巴，急迫地继续倾听。

“其次，你后来提到过你所处的监狱似乎漂浮了起来，我想有这种错觉很可能是因为你的动作导致婴儿床的晃动，让你有种坐船的错觉，你向下方看隐约能看到海水，这也是错觉，是晃动的婴儿床和下面的海豚玩具让你产生了海水的错觉；再次，你说你感觉刚刚遭受了残忍的刑罚，这当然是错觉，因为所谓的下肢无法用力，只能趴在地上爬行、无法说话、说不出一个清晰的字，这都是婴儿的表现。我想，梦里的你不但无法感觉到自己的舌头，也感觉不到自己的牙齿吧？那是因为当时的你没有牙齿，对舌头的概念也是模糊的，所以以为自己没有舌头。”

黎文慈眼中的讶异已经慢慢沉淀成了释然的微笑。显然，她对冉斯年的解释很信服。

“最后，你一张嘴，竟然涌出了热乎乎的血，这也是你的梦把婴儿时期的记忆给恐怖化了。黑暗中你根本看不到你呕吐物的颜色，你只知道那是热乎乎的，还是液体，而实际上，那是……”

“奶，”黎文慈哭笑不得地说，“那是婴儿在吐奶，原来如此，原来我梦里出现的飞机、海豚、敲鼓的仪仗队和猴子，全都是玩具！”

冉斯年收起了笑容，有些不忍心打断黎文慈的放松和释然，但又不得不把话题引向比较严肃的部分，他说：“我想，梦的关键在于那个你看见的光源和惨叫声，也许恐怖就是源于那个光源后面的未知。你的潜意识绝对还知晓些什么，一些不太美好，甚至是恐怖的事情，所以才会把这段记忆给恐怖化。黎女士，你可以回去问问你的父母，是不是在你婴儿时期家里发生过什么变故，有可能是他们夫妻俩吵架甚至是打架。如果是这样，一家三口把这个问题说破，彼此原谅，沟通感情，你对他们俩重新建立信任感和爱，假以时日，相信你的心结也就打开了，也就不会再做这个噩梦了。”

黎文慈尴尬地笑笑，犹豫了一下还是开口：“没用的，因为我的父母不是我的亲生父母，他们是养父母，在我四岁的时候从福利院领养了我。”

冉斯年脸上的职业性微笑马上僵住，他在瞬间就意识到了一个问题：黎文慈婴儿时期的噩梦，男人和女人的惨叫，再往后是她变成了孤儿，被送进福利院，而后被养父母领养！

难道黎文慈的亲生父母就是在黎文慈婴儿时期遇难的？这对夫妻就是在与婴儿房一墙之隔的、光源的那边遇害的？而当时还不会说话、不会站立的黎文慈，这个小婴儿差点就目击了整个悲剧的过程？不，她是否目击还不知道，但至少，她听到了。

杀人凶手放过了黎文慈，也许是因为凶手认定一个婴儿根本不会认出他、记得他的长相，也许是因为凶手还有一丝残留的人性，不忍对一个婴儿下手。总之，黎文慈活了下来。

“冉先生，”黎文慈打断冉斯年的思路，仍旧没有意识到冉斯年想到的这些，礼貌地问，“还有没有别的方法可以让我不再做这个噩梦呢？毕竟，我暂时还没有寻找亲生父母的意思，就算想找也不是一时半会儿就能找到的。唉，我想，我之所以会把这段记忆加工成了噩梦，也是源于内心的缺乏安全感，还有被亲生父母遗弃的恐惧吧。”

冉斯年犹豫了一下，还是决定把自己推测的可能性告诉给黎文慈，他觉得黎文慈有权知道这些，黎文慈是个成年人，他也不必担心她会承受不了这样的可能性。况且，黎文慈的爱人是个刑警队长啊，也许这一切可以往最好的方向发展，黎文慈亲生父母的血案早就已经破获，让她得知真相也算是疗愈她内心创伤的一个途径。

于是冉斯年坦白说出了他的猜测。

黎文慈震惊了，半晌没有回过神来。

黎文慈从震惊中脱离出来的时候已经是泪流满面，显然，她接受了冉斯年的想法，认定了自己的亲生父母不是狠心遗弃了自己，而是遇害了！她的亲生父母是爱她的，她有自己的小婴儿床，还有那么多的玩具，她是被他们深爱着的！

“对不起，冉先生，我……我情绪有些失控，”黎文慈抹了把眼泪，“今天先到这里吧，我会再打电话给您的助理预约的，再见。”

/2/

接下来的三天时间里，冉斯年一直惦记着这个黎文慈，他很想知道黎文慈的后续情况，当年是否有命案发生。如果黎文慈的亲生父母遇害了，那么那起案子是不是已经破获，凶手是不是已经伏法。

可好奇归好奇，冉斯年却没有地方和人脉去打听，他在脑子里搜索了一番，唯一跟警察拉得上关系的只有自己的一位同事的小姨子，是派出所户籍科的文职民警。显然，这个渠道冉斯年打听不到任何有关命案，而且是陈年命案的消息。

第四天，黎文慈再次拜访，却是在没有预约的情况下，有些冒失激动地找上了门。要是换作其他顾客，冉斯年绝对不允许在没有预约的前提下插队，可是黎文慈是特殊的。

“冉先生，我拜托我爱人调阅了卷宗，原来在二十九年前，也就是我一岁的时候，松江市真的发生过一起命案，遇害者就是一对夫妻！他们，他们一定就是我的亲生父母！”黎文慈看见冉斯年的一刹那，眼泪唰的一下涌了出来，“根据卷宗，当年那对夫妻的孩子就是被送去了市立的福利院，那就是我，就是我啊！如果不是你，我永远也不会知道，我的亲生父母，他们……他们……”

冉斯年忙起身走到黎文慈身边，轻拍她的肩膀安抚她。等到黎文慈冷静下来以后，她一开口说的话让冉斯年格外震惊。

“冉先生，我想请你帮忙，帮我找到当年杀害我亲生父母的凶手！因为那起命案至今都是悬案！凶手依旧逍遥法外！”黎文慈极为迫切、不容置疑地说。

冉斯年愣了几秒，随即苦笑：“黎女士，我只是个咨询师，不是警探啊，这件事，你该找你爱人帮忙吧？”

“当然，我爱人也答应我会重新调查，但是因为当年的刑侦技术水平有限，时隔将近三十年再去调查难度也不小，而且如果不请示上面，他也没有权限。就算请示上面，因为他跟我的这层关系，领导也不一定会批准。总之我现在只能把希望寄托在你身上，哦，不，准确来说，是我自己身上！我要亲自找出当年的真凶，为我的亲生父母报仇！”

冉斯年领会了黎文慈的意思，问道：“你是想通过你的梦去追查凶手？”

“对！”黎文慈斩钉截铁地说，“冉先生，我听说过你的释梦疗法，简而言之，就是通过对梦的干预去影响潜意识，从而达到疗愈创伤的目的。我想，这个方法对我也同样适用。请您帮助我，这对我来说真的是太重要了，不管付出怎样的代价我都要用尽全力去努力！报酬方面不是问题，我还有一套婚前财产的房子可以卖掉……”

冉斯年抬手阻止黎文慈继续说下去。一开始，冉斯年对于黎文慈的这个要求是拒绝的，然而黎文慈似乎是把冉斯年当成了救命稻草，她对他实施了围追堵截的战术，用诚意和眼泪打动了心软的冉斯年。

最终，冉斯年决定利用自己的释梦疗法去帮黎文慈寻找真凶。也许就是从那个时候开始，冉斯年才终于意识到了自己潜意识里蠢蠢欲动的侦探神经吧。

而这个所谓的释梦疗法，原理简而言之的确就是通过对梦的干预去潜移默化地影响人的潜意识，也算是一种潜意识的训练。用作疗愈心理创伤，收效的确显著。用在黎文慈身上，用来探寻记忆里的凶手，冉斯年并没有把握。当时的他做了一个决定，决定改良，或者说是过度地运用这套方法，帮助黎文慈。

而这个经过改良，或者说是过度运用的、针对黎文慈的释梦疗法，剥去它的外壳，究其本质，它还可以直接叫作——清明梦。

第二章

私家侦探

/1/

冉斯年平静地睁开眼，从梦中醒来。

一年多以前的经历在他的梦里依旧真实清晰，他甚至记得每一个跟黎文慈接触的细节。现在他要做的就是，重复当时的经历，让自己的潜意识帮忙提取出重要的细节。

因为不久前的冉斯年已经下定决心，要明目张胆地开始调查黎文慈的跳楼自杀案，还有直接害黎文慈坠楼身亡以及波及自己的爆炸案件的最初源头——黎文慈亲生父母的谋杀案件。

“斯年，快下楼，有生意上门啦！”卧室门外传来了饶佩儿的声音。

冉斯年一边起床一边犯嘀咕，饶佩儿不是说难得接了一个广告，这两天会早出晚归吗？怎么这会儿还在家？

洗漱完毕下楼，冉斯年一眼就看到了客厅里的两个女人，一个是饶佩儿无疑，他现在对饶佩儿几乎是可以在一秒钟内就认得出的，另一个是个陌生女人，应该就是饶佩儿所谓的顾客。

女人自我介绍：“冉先生，你好，我叫邬婷婷，有件事情想请你帮忙。实不相瞒，我的婚期就在一周后，可是，我好像是患上了婚前焦虑症似的，总是担心自己嫁错了人，所以想请你帮忙释梦，看看我的潜意识是不是已经发觉了我的未婚夫不妥。”

冉斯年理解地点点头，跟这个年轻的邬婷婷谈好了价格，然后便听邬婷婷讲述她最近一阵子印象最为深刻的梦。

邬婷婷的未婚夫名叫傅强。在邬婷婷的梦里，傅强是个享誉全球的魔术师，而邬婷婷则是他的美女助手。他们俩的魔术团队只有两个人，而关于傅强那奇特到令人瞠目结舌、毫无破绽的魔术，国内外没有一个人能够破解。

邬婷婷对于傅强的魔术也很好奇，但傅强并不肯把魔术的秘密告诉邬婷婷。傅强一直很神秘，他的魔术道具什么的也都是锁起来不让任何人包括邬婷婷有机会去观察研究。

傅强很固执，他一直以来都只表演一种魔术，那就是把一样东西从有变无，从无变有，而且这些物件也都是小物件。但是神奇之处就在于，观众现场提出要变出什么就变出什么，想要变出多少就是多少，而这些观众当然不是暗桩，不是托儿。

更加诡异的是，这个世界一流的魔术师有个奇怪的规定，那就是魔术表演要么就是时隔三天演一场，要么就是时隔三周，要么就是时隔三年演一场，一定要严格遵守“三”这个数字。

有一次，傅强给来中国访问的外国总统表演魔术，外国总统叹为观止，极力要求傅强再加演一场。一向高傲的傅强为了不扫总统的兴致，答应再加演一场，但是必须是在这场结束后的三个小时之后。

这三个小时的时间里，傅强就把自己关在特制的屋子里冥思苦想魔术创意，制造魔术道具。邬婷婷一向对傅强的魔术好奇，就偷偷钻了一个孔去偷看房间里的傅强，可是却看见傅强根本不在房间里，那个特制的房间里有一个机关，是可以通往地下的密道。

三个小时后，傅强十分疲惫地从那个房间里出来，又给总统表演了一个令人叹为观止的魔术，应总统的随机要求，给总统变出了他说的三样东西。可邬婷婷却觉得傅强并不是在变魔术，他是跟魔鬼进行了交易，这一切并不是魔术，而是魔鬼的巫术。

邬婷婷抚着胸口，神经兮兮地说：“你们说，这个梦是不是很诡异？我越想越诡异，这个梦绝对代表着傅强有事情瞒着我，可是，到底是什么事呢？”

冉斯年沉思了十几秒，马上给出了答案，他说：“你的这个梦想要表达的主题主要有三个：第一，你的未婚夫傅强可以凭空变出东西来，不是通过魔术手法把本就存在的东西变出来，而是通过旁门左道把不存在的东西变出来；第二，你的未婚夫傅强在对你和所有人撒谎，他根本就没有身处那个特制的房间里钻研魔术，而是偷偷跑去了什么地方，而他在魔术表演前必须去这个地方，否则他就没法表演，所以他才会给自己定一个规矩，那就是两次魔术表演之间必须时隔一段时间，让他有时间去这个地方为魔术做准备；第三，也就是‘三’这个数字，这个数字一定有特别的意义。”

“这三个主题到底有什么含义？”邬婷婷迫切地问。

冉斯年思索了一下，不答反问：“你的未婚夫最近一段时间里有没有时间空白，也就是你根本不知道他在哪里做了什么的时间段？他的家里是不是会多出一些小物件，或者会经常送你一些小物件？”

邬婷婷歪头想了想，随即眼神闪烁，唯唯诺诺地回答：“没错，有一次我给他打手机，明明是白天工作时间却关机，我打去他单位，单位说他那天请了病假；还有，最近他的确送了我两件礼物，都是小物件，一个是金项链，一个是手机。”

冉斯年无奈地摇摇头，苦口婆心地说：“我劝你还是先妥善保存这两样礼物的好，搞不好，它们是赃物。换句话说，你的未婚夫傅强，有可能是个窃贼，而且是在最近一周时间里三次入室行窃的惯犯。”

“什么？”邬婷婷一拍茶几站起身，怒发冲冠，“你胡说什么？”

冉斯年不理会邬婷婷的怒火，继续解释：“我也说了，只是怀疑，而且让我怀疑他的是你的梦，换句话说，你的潜意识也在怀疑。不需要魔术手法，凭空就变出小物件，魔术前要先去什么地方准备一番，你自己也说了，这像是什么旁门左道。其实这就是你的潜意识在暗示你，变出来的物件并不是本就存在的，是他事先以旁门左道弄来的。”

邬婷婷无力地坐下，脸上的怒色消去一半。她在绞尽脑汁地思考，到底她的未婚夫是不是如冉斯年所说。

“至于说‘三’这个数字，我想你也一定在网上或者以什么途径对三次入室盗窃的案子有所耳闻，只不过这个新闻并没有引起你的注意，直接就把这条信息藏在了潜意识里，潜意识又把这个数字移置到了你的梦里作为傅强魔术表演的时隔期限。再联系到傅强大白天工作时间不知去向和送给你的两个礼物，我觉得他很有可能就是那个三次在大白天趁住户不在家入室行窃的窃贼。昨天我认识的刑警还给我打来电话，告诉了我一些行窃案的细节，住户丢失的物件里，就有一条金项链和一部苹果手机。当然，这也可能是凑巧，我没有百分之百的把握，但至少也有百分之八十的把握。"

邬婷婷彻底傻了，她失魂落魄地又跌坐回沙发，抹着眼泪问："怎么办？我要嫁的男人是个贼？我要报警吗？天啊，我该怎么办？"

"不急，"饶佩儿拉住邬婷婷的手，安慰道，"还有百分之二十的可能性傅强是无辜的啊，如果你这样就报警了，最后发现他是无辜的，他一定会怪你不信任他的。到时候你们的婚事很可能告吹，你冤枉了一个好男人，这可是得不偿失的。要不这样吧，你把那个傅强叫来这里，让斯年再试探他一下，看看他到底是不是窃贼。"

冉斯年白了饶佩儿一眼，责怪她的自作主张。

饶佩儿发觉冉斯年有些不乐意，竟然直接贴了上来，抱住冉斯年的手臂撒娇。

"拜托，假扮情侣的游戏不是已经结束了吗？请你放尊重一点。"冉斯年一本正经地说。

饶佩儿觉得没面子，悻悻然松手，小声嘟囔："人家一时改不过来嘛。哎呀斯年，你就帮帮婷婷吧，这可是关系到一个女人的后半生幸福呢。"

最终，冉斯年缴械投降，答应下午就会见这位传说中的傅强。

/2/

中午过后，邬婷婷带着一个年轻男人登门拜访。

傅强是个中等身材的男人，再普通不过的外形，有种玩世不恭的气质，一见面就调侃冉斯年是个神棍。

邬婷婷走到饶佩儿身边，马上卸下了伪装的笑脸，小声央求："佩儿，你陪我单独待一会儿好吗？让冉大师去鉴别傅强到底是不是窃贼吧，我现在真的不知道怎么面对他。"

饶佩儿体贴地把邬婷婷带回了自己的房间，两个年轻女孩窝在房间里聊女人间的那些个话题。

客厅里只剩下冉斯年和傅强的时候，傅强脸上的玩世不恭突然消失，他警惕地望了望四周，说："你这别墅应该有地下室吧，咱们去下面谈谈吧，有些事情，我必须跟你坦白。我现在需要你的帮助！"

冉斯年一愣，马上意识到一切并非他想象的那么简单，这个邬婷婷和傅强的来意绝对不是表面上那样。

冉斯年颇为警惕，一边带领着傅强到通往地下室的台阶处，一边不着痕迹地取出了厨房刀架上一把不大不小方便隐藏的菜刀作为防身的武器。他想现在马上就上楼确认饶佩儿的安全，但是直觉又告诉他，傅强和邬婷婷对他们没有敌意。

关好地下室的门，傅强整个人都松懈下来，就好像卸下了一直以来束缚身体的沉重盔甲，他正视冉斯年的双眼，郑重地说："其实，我是个私家侦探，是黎文慈雇用的私家侦探。"

冉斯年着实吃了一惊，但他仍旧保持沉默，安静等待傅强的解释。

傅强不好意思地笑笑："没错，我的确就是三次入室行窃的窃贼，婷婷也的确是我的未婚妻，也是我的助手。我们俩是故意演出这么一场戏，故意编造出那么一个魔术师的梦来找你的，目的，就是让我更加自然地跟你会面。我其实早就想来找你了，但是碍于某种原因，也是为了我的安全着想，一直到现在，我才冒险前来。"

冉斯年审视着傅强，直觉再次告诉他，傅强不像在撒谎，他问："怎么？你怀疑我一直处于被监视的状态，所以才会以一个顾客的未婚夫的身份前来？"

傅强耸耸肩："我不敢确定你是不是被监视，只是以防万一。我来找你，是为了我们共同的客户，黎文慈。"

紧接着，傅强言简意赅地介绍了他跟黎文慈的关系。

黎文慈找上傅强是在她第二次找冉斯年之后。黎文慈当时拜托她的丈夫也就是瞿子冲，帮忙调查二十九年前的夫妻被害谋杀案。但是因为种种原因，瞿子冲不方便私下或者上报请求再把这旧案翻出来调查，这样对于他的仕途难免有所影响。毕竟瞿子冲现在是黎文慈的丈夫，再私下或者请求上面重新调查此案，难免有徇私的嫌疑。

无奈之下，黎文慈只好去找冉斯年帮忙，以释梦疗法企图在梦中寻找凶手。另一方面，她也找到了傅强这个私家侦探，希望傅强能够直接去调查当年的命案。

冉斯年不知道傅强的存在，可傅强却一直知道冉斯年的存在。

黎文慈第一次找上傅强的时候就把冉斯年的释梦结果和推测跟傅强讲过了。冉斯年给黎文慈进行释梦疗法的半个多月里，傅强一直在暗中调查二十九年前的命案，通过一些渠道也获知了警方当年的调查进度。

随着释梦疗法的进展，黎文慈已经在梦里见到了凶手的形象，只不过，这凶手的形象不甚清晰，只有某个特殊的特征，还不好辨认。但是可以肯定的是，凶手是两个人，而且都是男性。

也许是因为释梦疗法的过度使用和副作用吧，也或许是因为黎文慈寻找真相的迫切心理影响了情绪，黎文慈患上了一定程度的忧郁症和恐惧症，但她决定先无视自己的心理状态，继续探寻真相。

傅强觉得黎文慈已经接近了走火入魔的状态，因为梦境和他这边调查的停滞不前，整个人都绷紧，像是随时会断掉的弦。傅强建议黎文慈离开松江市，去周边的旅游景点放松一下心情，也许换一种状态，反而可以在梦中有所收获。

黎文慈采纳了傅强的建议，她最后一次从冉斯年办公室里出来的第二天，便踏上行程，只身一人去了省内的旅游景点，在景点周边的宾馆下榻。

黎文慈到达宾馆的当晚，还用宾馆的电话给傅强打了一通电话，告诉傅强她的状态果然好多了，说不定以这样的状态去做梦，会有所收获。

那一次也是傅强最后一次跟黎文慈说话。

四天之后，黎文慈回到松江市，回来的第二天，她跳楼自杀了。

当然，跳楼自杀是官方认定的说法，其实傅强知道事情绝对没有那么简单，黎文慈死于谋杀。

得知冉斯年任职的咨询中心发生爆炸事件的时候，傅强身在看守所；得知黎文慈跳楼自杀事件的时候，傅强正在办理保释的手续。他因为调查二十九年前的案子耍了一些小手段，结果被警方给拘留了。

恢复自由身之后，他才拿回自己的手机，手机里有一条陌生号码发来的短信，写着：你送我的相机被我弄丢了，抱歉。

傅强看了时间，这条短信正是黎文慈在外地旅游的第二天早上发来的信息，而这个发短信的号码也是旅游景点那边的号码。毋庸置疑，这短信是黎文慈发给他的。

傅强当然没有借给黎文慈什么相机，但他却知道黎文慈去旅游是带着相机去的，因为黎文慈说过旅游有自己带相机拍风景的习惯。这条信息就是黎文慈在暗示自己去旅游景点寻找相机!

为什么要暗示？相机里有什么？关于这两点，傅强也有自己的想法。

傅强认定，一定是黎文慈在旅游景点那边又想起了有关二十九年前亲生父母谋杀案的某些线索，很可能就是使用了冉斯年的释梦疗法，在梦中得到了进一步的线索，更加有可能，她直接认出了凶手。

有了这样突破性的进展，黎文慈自然是想要马上联系冉斯年和傅强的，结果两个人都联系不上，她又在新闻里看到了冉斯年任职的咨询中心发生爆炸事件，便已经猜到了冉斯年是因为二十九年前的谋杀案而受到波及。当年的凶手已经发觉了黎文慈和冉斯年以及傅强想要重翻旧案，已经危及了他，所以才时隔二十九年，再次出山，杀人灭口。

黎文慈知道自己处于危险之中，正常情况下，她是应该向她的刑警队长老公求助才对的，可是她没有，为什么呢?

最有可能的原因就是，她不能，因为她的老公瞿子冲很可能就跟二十九年前的命案有关。她为什么没有马上报警呢？那是因为她就算报警了，警方也不会相信她的话，因为她没有任何证据。梦，当不了证据。

在这种危险的境地下，在随时可能被当年的凶手找上灭口的恐惧之中，黎文慈做了一个决定，她要趁凶手找上来之前先录下一段自己的自白视频，把她通过释梦疗法回忆的真相和真凶的身份讲出来。然后妥善把这段视频藏好，这样，哪怕自己真的不幸遇难，那段视频也可以让自己和亲生父母沉冤得雪。

黎文慈用自己的相机录下视频，拔出记忆卡藏在了某个地方。为了掩饰，她很可能是又在旅游景点买了一个记忆卡，第二天白天去拍摄了一些当地的风景。现在关键的问题就在于，那个指明凶手身份的记忆卡到底被她藏在了哪里。

冉斯年谨慎地问：“我想，关于这个记忆卡的所在，你应该已经有了线索了吧？难不成，这跟你三次入室行窃有关？”

傅强打了个响指，笑着说：“真不愧是冉大师，没错，我之所以三次入室行窃，为的就是寻找那个记忆卡。黎文慈跳楼自杀后的第三天，我马上重新回归到调查之中，我知道我接下来的调查不会有任何报酬，而且十分危险，搞不好就会步黎文慈和你的后尘，但我就是放不下这件事。我想，也许那个凶手还没有发现我的存在，而且如果我能够侦破二十九年前的悬案，作为一个私家侦探，我也可以声名大噪。”

冉斯年摆摆手，催促傅强快点进入正题，他问：“快说，你为什么认定那个记忆卡会在那三户人家里？”

傅强马上恢复正经，说：“我去了那个旅游景点，买通了黎文慈下榻宾馆的小经理，看了宾馆走廊的监控。黎文慈离开宾馆前的前一天晚上，曾经分别三次拿着三个看起来价值不菲的旅游纪念品去过同一家宾馆不同楼层的三个房间，都是拿着礼物进去，空手出来的。而我通过经理也查到了那三个房间住户的身份信息，很巧，这三个人都是松江市本地人。”

冉斯年点头，他终于理解了傅强行窃的原因，他是要去那三户人家寻找记忆卡，之所以要顺带偷点别的出来，那也是为了伪装，把自己伪装成一个窃贼，免得引起凶手的怀疑。

“说真的，你真的应该再多偷几户人家，这样能够更好地掩护你自己，掩护那三个收了黎文慈礼物的人，还有那个关键的记忆卡。”冉斯年话一出口就有些后悔，虽然是这个道理，可是自己居然劝别人多多偷盗，这的确十分别扭，“那么，记忆卡呢？你找到了吗？”

傅强摇摇头：“很可惜，没找到。我是说，我找到了那三个旅游纪念品，东西的确不便宜，所以那三个接受礼物的人并没有把东西丢掉。可是我仔细检查过，那礼物根本就没有藏记忆卡的地方。为避免引起凶手的怀疑，我只偷出来了其中一个，你看看吧。”

“理解，如果三户人家都丢了同一样东西，那么肯定会引起警方注意的。”冉斯年对傅强给予肯定，然后接过傅强从背包里掏出的一个欧式城堡的手工艺品。

仔细检查一番后，冉斯年也颇为失望，正当他想再问问傅强记忆卡有没有可能被黎文慈藏在了旅游景点的时候，传来了敲门声。

冉斯年打开地下室的门，只见饶佩儿跟邬婷婷都站在门口。

“斯年，瞿队打电话找你，好像是有事，打你手机一直不通，打到家里座机啦。”饶佩儿稀松平常地说。

冉斯年却极为紧张地问：“你跟瞿队说什么了吗？说我在地下室了吗？提到傅强了吗？”

饶佩儿摇头：“没有，提那些做什么啊？我就说可能是你手机有问题信号不好吧，你快去接电话吧。”

冉斯年松了口气，往客厅座机走的时候他清楚地意识到，自己在怀疑瞿子冲，而且是严重怀疑，怀疑他跟三十年前黎文慈亲生父母的命案有关，否则的话，黎文慈不会不向他求助的。

“斯年啊，你还记得我之前跟你提过的入室偷窃案吗？负责这三起盗窃案的组长跟我关系不错，请我替他引荐你，想要找你帮忙啊。”瞿子冲态度诚恳，还带着几分求人办事的谦卑。

冉斯年假装犹豫了一下，推辞道：“瞿队，不巧，这阵子我跟佩儿正在筹备订婚仪式，恐怕没有时间。”

“什么？你们，你们这么快就要订婚？”瞿子冲大吃一惊，随即平静，无奈地说，“好吧，我知道你只对凶杀案感兴趣，那么这个案子还是靠我们自己吧。我们会全力通缉这个窃贼，早晚会把他给逮到。”

挂上电话，冉斯年回头去看不远处的傅强和邬婷婷：“瞿子冲可能察觉到了什么，正在全力通缉你呢。”

傅强跟邬婷婷对视一眼，紧张地说：“不行，我绝对不能落在瞿子冲手上，目前为止，他的嫌疑最大！”

几个人商量了一下，最终冉斯年决定，暂时把傅强和邬婷婷藏在自家的地下室里，等待风声过去。

第三章

清明梦

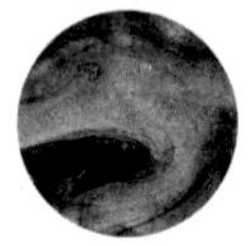

/1/

冉斯年没有定闹钟的习惯，因为他的潜意识就是自己的闹钟，哪怕是在有案子需要他熬夜的情况下，基本上他也可以想睡多久就睡多久。只不过这天早上，冉斯年却失策了，他足足睡到上午九点半。

醒来后看墙上的挂钟，冉斯年的第一反应是挂钟坏掉了。再看手机，他觉得可能凑巧手机也坏掉了。这还真是凑巧。

不对，是凑巧吗？看了腕表之后，冉斯年醒悟，不是挂钟和手机坏掉了，而是自己的生物钟坏掉了。

这种情况极为少有，爆炸事件发生已经过去了一年零三个月，除去住在医院治疗的那将近两个月，他从未发生过这种情况！

起床下楼，冉斯年的第一个念头就是想要去找到饶佩儿，责怪她为什么不叫自己起床，问她有没有给地下室的那对情侣送早点。

然而叫了几声饶佩儿之后，冉斯年却惊讶地发现，饶佩儿根本不在家，楼下的车子也被饶佩儿开走了。

更加要命的是，地下室里空空荡荡，哪里还有傅强和邬婷婷的影子？

难道是出事了？有人劫走了傅强和邬婷婷，连饶佩儿也被殃及，自己则是被人下了药，所以一直昏睡到现在？

冉斯年在慌乱中首先想到的就是拨打饶佩儿的电话，他本以为电话会拨不通，可是没想到，电话很快就通了。

“斯年啊，”饶佩儿的母亲陶翠芬的声音从电话那边传来，“找佩儿有事吗？她正在拍广告呢，现在不方便接电话。”

冉斯年愣了一下：“拍广告？那个痔疮药的广告吗？她不是说打死也不会接这种广告吗？”

陶翠芬尴尬地笑笑，小声说：“没办法啊，人在屋檐下，哪能不低头呢？佩儿这都好几个月没有收入了，好不容易有广告商愿意找她拍广告，她也是豁出去面子和自尊啦。唉，这孩子可能是不好意思告诉你，所以才叫我陪她来片场的。对了，你找她有事吗？”

冉斯年叹了口气，但马上用严肃而迫切的口吻说：“陶阿姨，我有急事，你让佩儿马上接听电话。”

陶翠芬有些为难地迟疑着，正好赶上那边导演喊“咔”，正在对饶佩儿的表演指手画脚提出各种意见，陶翠芬看不过去，大声叫道：“佩儿，你男友找你，有急事！”

待饶佩儿接听电话后，刚刚说了一个“喂”字，冉斯年便焦急地问：“你出门前有没有去地下室确认他们还在？”

饶佩儿像是一时间反应不过来，愣了两秒才问：“他们？地下室？你在说什么啊？”

冉斯年以为是饶佩儿所处的环境复杂，不方便说话，便又问：“那么，你给他们送去今天一天的水和食物了吗？”

饶佩儿干笑了两声，大声反问：“我说冉斯年，你是不是还没睡醒啊？我根本听不懂你在说什么。你在地下室养宠物了吗？你没告诉我要喂它们食物啊。”

冉斯年又顿了一下，察觉到事情很不对劲儿，便又问：“昨天……昨天家里来了两位顾客，你还记得吗？”

饶佩儿也意识到了事情的不对劲儿，严肃地说：“斯年，你没事吧？昨天咱们根本不在家，在外面奔波了一整天，你忘记了吗？”

冉斯年的脑子里一道惊雷劈过，刹那间明朗，他被他意识到的事实给惊得半晌说不出话来。

“斯年，你没事吧？”饶佩儿担心地问。

“没事，没事，放心。”冉斯年嘟囔了几句后就挂断了电话。他必须马上冷静下来，整理思绪。

首先，他必须正视一个事实，那就是昨天他和饶佩儿的确没有在家，而是去了别的地方；其次，傅强和邬婷婷根本就没有在他家地下室躲避；最后，这两个人根本就没有来过他家！

因为这一切都是他在做梦！

这样一个复杂和冗长的梦，才导致了冉斯年一觉睡到了九点半！

准确来说，他做的是一个梦中梦，第二层梦是情景重现，回忆真实发生的事情，即黎文慈来咨询中心寻求帮助的一系列过往。

而第一层梦境，则是冉斯年的潜意识虚构出来的故事，什么傅强、邬婷婷，自己帮助邬婷婷解读那个魔术师的梦，什么私家侦探、旅游、相机记忆卡和连续三次作案的入室抢劫、瞿子冲打来电话要通缉窃贼，等等，这些都是虚构出来的故事！

怎么会这样？冉斯年平静的表面下已经是波涛汹涌狂风骇浪，他在惊讶自己怎么会没有意识到那一切都是在做梦？怎么会？

如果只是很短的一个梦，冉斯年的确有可能无法意识到那是在做梦，因为他的潜意识会传递一个信息：这个梦无所谓，你不知道是不是在做梦都可以，正好可以放松一下。

可是如果是对他来说意义重大的梦，而且做了这么久，梦的内容如此复杂又合乎逻辑，与现实息息相关，他是绝对不可能意识不到这是做梦啊。难道，难道是他的知梦扳机出了问题？

幸好冉斯年对于昨晚那个梦记忆深刻，他及时地用纸笔把梦里的几个关键点都记录了下来，对应着这些关键点，他终于厘清了自己的意识与潜意识，弄明白了他做这样一个梦的原理和原因。

/2/

中午过后，饶佩儿回到家里，进门第一句就是问：“斯年，到底出了什么事？你出现幻觉了吗？还是，还是把做的梦当成了现实？”

冉斯年示意饶佩儿在自己对面的沙发上坐好，然后解释说：“没错，我一时间没有分清梦境和现实。导致这样的情况发生有两个原因：第一，我太过投入黎文慈的案子，甚至到了走火入魔的地步，太想尽快弄清楚黎文慈自杀案和爆炸案的真相；第二，我的知梦扳机失效了。”

饶佩儿歪着头，懵懂地问：“什么班机？是航班吗？”

冉斯年哑然失笑，耐心解释：“不是航班和班机，而是枪械扳机的那个扳机。知梦指的是知晓身处梦中的意思。”

“我还是不懂你们这些专业词汇。”饶佩儿做出了一副期待模样，期待冉斯年给她普及知识。

冉斯年介绍：“你一定看过电影《盗梦空间》吧？电影的主角有一个陀螺，因为有些梦境看上去太真实，现实和梦境很难分清。当主角需要确定他在梦里还是在现实的时候，他就会转动那个陀螺，在现实中陀螺转一会儿会自己停下来，而在梦里它会一直转动，永不停息。通过观察陀螺就能知道是不是在做梦了，这就是知梦扳机。再比如我们一直以来的一个习惯，如果发生了什么喜事，就会说上一句：我不是在做梦吧？然后就会去咬自己的手指，如果疼了，那就证明一切不是美梦一场，而是现实；如果咬了手指却丝毫感觉不到疼痛，这就说明喜事不过是一场美梦、一场空。”

饶佩儿恍然大悟：“原来是这样，那我懂了！你说你的知梦扳机失效了，难道是你梦中的陀螺转了一会儿就停了？还是说你咬了手指，结果感受到了疼痛？”

冉斯年微笑着说：“谁说知梦扳机就只有这两种？我只是举了两个例子罢了，现实中，练习做清明梦的人都会有自己的知梦扳机。知梦扳机的特征是：在现实和在梦里会显示出完全不一样的状态。只要符合这个特征的一切事物都可以作为知梦扳机，可以是一个小物件、一件常做的事、一个特殊的场景或情形等。每个人都可以培养一个或多个自己习惯使用的知梦扳机。而这个知梦扳机也会随着时间或者在其他原因的影响下渐渐失效，每隔一段时间，练习做清明梦的人就必须及时更换和重新建立训练新的知梦扳机。”

饶佩儿像是听不懂课的学生，一个劲儿举手打断冉斯年：“等一下，你说清明梦，那是什么东西？”

冉斯年好像有些后悔自己刚刚的多嘴，但是看饶佩儿一副求知若渴的样子，还是开口道："清明梦也叫清醒梦，简而言之，就是你做了一个梦，梦里的你清楚地知道这是在做梦，这样的梦就叫作清明梦。有些人会在不经意间做清明梦，偶尔会在梦里知道自己是在做梦，但大多数时候，人们是不知道自己身处梦中的。想要让自己知道自己是否在做梦，就必须建立并且练习一个知梦扳机，通过在梦里和现实中不断扣动这个扳机来确认自己是在做梦还是身处现实。"

饶佩儿不解地问："听你的意思，有些人在刻意训练自己去做清明梦喽？知道自己是在做梦，这样做又有什么好处？"

"好处在于通过训练，人们是可以控制自己的清明梦的。这么说吧，训练知梦扳机是为了让自己能够梦中知梦，知道自己是在做梦，但这只是个前提。在这个前提之前其实还有一个前提，那就是疑梦、验梦的意识，先养成了这个意识，再养成使用扳机的意识和习惯。只有把怀疑自己在做梦和验证自己是否做梦的这个意识养成一种习惯，才能够习惯性地使用知梦扳机。"

饶佩儿拿出高三高考冲刺的劲头，调动所有脑细胞去听冉老师的讲解，似乎明白了一些。

"知道自己在做梦之后，梦就不完全是由潜意识主导了，人的意识得到了一定程度的苏醒，通过意识，是可以控制梦的走向发展的。换句话说，就是你可以通过不断强化意识和自我暗示去让梦按照你的意思发展。就比如，你在梦里正在被追杀，你发现了这是个清明梦，然后你利用自己的意识去掌控梦境，不断地去想，我比他厉害、我能打倒他、我会武功，或者我有武器，在梦里，你就真的可以变身武林高手，或者随手就能掏出一把AK47。"

饶佩儿马上想到了自己之前做的那个有关火车和狼外婆的梦，瞪大眼问冉斯年："原来，原来我之前想要不断重复去做那个有关火车的梦，就是在努力练习做清明梦？"

"也不完全是，毕竟你在做那个梦的时候，并没有意识到你是在做梦，也就是说，你的那个梦没有疑梦、验梦和知梦扳机这个环节，你是直接利用了你的意识里的强烈欲望，一定程度地控制了你的梦。"冉斯年纠正饶佩儿。

"既然通过清明梦我就可以控制自己的梦，你为什么当时就不肯叫我做清明梦？甚至连有清明梦这么个东西都没告诉我！"饶佩儿不满地瞪着冉斯年。

冉斯年苦口婆心地说："我就是怕你会沉迷其中。清明梦的确好玩，现在有一些人执着于清明梦，想要在清明梦里过瘾，实现现实中永远无法实现的愿望，在我看来，这些都是十分危险的，而且是会影响正常生活的。毕竟练习疑梦、验梦的意识，练习知梦扳机这些事肯定会占用一个人的时间和精力。凡事都有个度，可是清明梦这种东西一旦可以自由而熟练地把握，对于一些意志不坚定的人来说，无异于精神毒品，很难戒掉的。"

饶佩儿想想也是，但是她绝对不承认自己会染上这种精神毒品，她对她的自制力很有信心。

"所以，不到万不得已的情况，我是不会教给别人掌握清明梦的途径甚至是捷径的。至于那些把精力和时间都放在虚无的清明梦上的人，我也只能奉劝他们掌握尺度，最好能够把那份执着和努力放在现实的奋斗上。现实能够回馈给他们的，虽然表面上十分有限，不如梦境中的丰富过瘾，但那毕竟是真实的。在我看来，现实中的一杯水可要比梦境中的汪洋更有价值。"

"听你的意思，你这里有熟练掌握清明梦技巧的捷径？"饶佩儿双眼放光，她对于想做什么梦就做什么梦、在梦里一切都由自己主导，也是十分向往的。那等同于进入了另一个平行世界，在那里，她想要成为女王、公主都随便她，想要哪个不可一世的家伙对自己三拜九叩，哪个不可企及的男神对自己一往情深都可以，甚至想要去地球上的哪个角落，甚至是地球上不存在的哪个角落，童话世界、古代未来等全凭自己一个念头。只要掌握了做清明梦的技巧，就等同于得到了一把打通天堂大门的钥匙啊！不，那里比天堂还要美好，因为在那里，自己就是主宰一切的神！

冉斯年白了饶佩儿一眼："别想了，我不可能教你做清明梦的，这是我的原则。"

饶佩儿马上扑到冉斯年身边："别呀，冉大师，独乐乐不如众乐乐，有好东西就要分享嘛，别那么小气嘛。"

冉斯年一把推开饶佩儿，严肃地说："这是很严肃的事情，别说你用美人计了，就算是用酷刑逼迫，我也会不为所动的。我宁愿你在现实中去纡尊降贵拍什么痔疮药的广告，也不希望你沉迷于在梦中做什么国际女星。"

饶佩儿感觉像是被泼了盆冷水，坐回自己的位置，思路回到之前的知梦扳机，问："好吧，冉大师，请问你的知梦扳机是什么，为什么会失效呢？"

"智齿，"冉斯年用舌头去舔了舔口腔里左下方的一颗顽固智齿，"我之前最常用的知梦扳机就是我的这颗折磨了我十年的智齿。在梦里，这颗倒霉催的智齿是不存在的，这也是我从大学时期就练习的知梦扳机，一直屡试不爽，从未失效。"

饶佩儿点头，有点幸灾乐祸地拍手说："没错，我搬过来才几个月，你闹牙疼都两次啦。真搞不懂你，既然是智齿痛，拔掉不就好啦？别跟我说你这个大男人还怕疼。"

"哼，现在是可以拔掉了，因为它已经失效了。"冉斯年苦笑着摸了摸自己左边的腮帮。

"不会吧？你就是为了拿它做你的知梦扳机，竟然就留着这个祸害折磨了你十年？"饶佩儿不可置信地反问，"还说清明梦是什么精神毒品，你自己不就是为了清明梦留着这个祸害智齿吗？"

冉斯年摇头："你不懂，清明梦对一些意志不坚定的人来说有可能会变成让他们沉迷其中的精神毒品，可对我来说，它是我的专业，我必须研究它。实际上，我独创的释梦疗法很大程度上就是借鉴了清明梦的原理。好在，我本人意志坚定，绝对不会沉迷其中无法自拔，而且，我使用释梦疗法疗愈心灵创伤，成果也十分显著。除了……除了黎文慈，算是个意外。但我绝对不承认是我的释梦疗法害得她自杀，因为害死她的，是三十年前杀害她亲生父母的那个凶手。"

饶佩儿歪头想了一会儿，又问："莫非你用智齿当作知梦扳机这回事在之前是个秘密？这会儿是因为这个知梦扳机失效了，所以你才肯告诉我？"

冉斯年有些后悔地撇撇嘴，正色道："按理来说，在我没有完全摒弃这个知梦扳机之前，我是不会让人知道的。完全摒弃已经失效的知梦扳机，不在梦里使用它是需要一个过程的，这等同于一个训练自己潜意识的过程，在这个过程中，虽然可能性不大，但我还是有可能会在潜意识的惯性下使用这个失效的知梦扳机。把这个知梦扳机告诉给外人，尤其是被想要害我的人知道，就很有可能会被利用，造成不可挽回的损失。所以，佩儿，我希望你不要把我利用智齿当作知梦扳机的事情告诉任何人，至少在一个月内，你必须守口如瓶。"

饶佩儿下意识便点头答应冉斯年，随即有些莫名其妙地问："我不懂，这个知梦扳机怎么会被利用，对你造成不可挽回的损失啊？"

冉斯年若有所思地说："前两天我不是对你讲过一年多以前黎文慈来找我的全部经过吗？当时我没有告诉你，其实我对她使用的释梦疗法，说白了，就是在教授和帮助她做清明梦，希望通过清明梦加速她在梦中目睹真凶的过程。既然是教她做清明梦，自然要让她训练一个知梦扳机。我怀疑，杀害黎文慈的凶手正是利用了她的知梦扳机，在她的知梦扳机上做了手脚，让她以为现实是梦境，所以才会主动跳楼。"

"原来如此，看来这个知梦扳机要是被别有用心的人知道了，的确是可以成为杀人武器。你放心吧，我是绝对不会把你利用智齿当作知梦扳机的秘密告诉任何人的，就算是我妈，我也是一个字都不会说。"饶佩儿信誓旦旦，对于冉斯年把弱点暴露在她面前的行为、对她的信任，饶佩儿觉得十分窝心，她觉得，冉斯年信任自己，被冉斯年信任的感觉让她觉得很幸福。

冉斯年欣慰地笑笑，尽管他对饶佩儿没什么疑心，但是防人之心不可无，他给自己的潜意识下达了一个命令：绝对不可以再使用智齿这个知梦扳机。

饶佩儿想到了那诱人的清明梦，还想质问冉斯年为什么当初就肯教授黎文慈做清明梦的捷径，如今却要拒绝自己，可是话还没出口，饶佩儿已经想到了答案。那是因为黎文慈死了，虽然是死于谋杀，但多多少少，他也有一定的责任，毕竟"凶器"是他提供的，也就是那个知梦扳机。

"对了，斯年，你当初教黎文慈做清明梦的时候，是训练她用什么当作知梦扳机的？"饶佩儿好奇地问。

冉斯年叹息着说："我建议她训练的是一个最不容易被做手脚的知梦扳机，因为当初我也曾想过，黎文慈可能处于危险之中，绝对不能让坏人利用这个知梦扳机对她下手。要知道，对于普通人，想要让他认定梦境是现实容易，可是想要让他以为现实是梦境，那是十分困难的。"

饶佩儿沉思，的确是这样，做梦的时候自己大多数时候不知道是在做梦，还以为是现实。可是现实生活中，自己却能够十分肯定眼下的一切是现实，而不是梦境。

"可是对于练习清明梦到一定程度，甚至沉迷其中的梦者来说，只要是行内人，想要让这个近乎于走火入魔的梦者把现实认定成梦境，就简单得多啦。唉，尽管我事先就有预料，设定了一个不容易被篡改的扳机，可黎文慈还是死了，而且是在高层的顶楼，在监控摄像头下，一个人决绝地跳了下去。当时距离咨询中心爆炸也就几天时间，我还在医院里，处于昏迷状态。我醒来后想尽办法看到了黎文慈跳楼的监控视频，当时就已经可以确定，黎文慈所谓的自愿跳楼自杀，其实是她自以为身在梦中。”

“到底是什么知梦扳机，最不容易被做手脚？”饶佩儿心急地问。

“我教给黎文慈的知梦扳机是我最初使用的，很多年前就已经失效的，即通过所处环境是黑白色还是彩色来断定是身处梦境还是现实。”冉斯年回忆着自己训练黎文慈的情景说，“我告诉黎文慈，梦境都是黑白色的，并且让她的潜意识深信不疑这条‘真理’，紧接着，训练她疑梦、验梦的潜意识，无论在梦中或者是现实中，她都养成了每隔一两分钟就观察周围环境是黑白或彩色的习惯。黎文慈给我的反馈是，这个知梦扳机，她一直使用得得心应手。”

饶佩儿马上反应过来：“不对啊，这个知梦扳机怎么被动手脚？难道是有人在黎文慈的眼睛上动了手脚，让她成了色盲？而且还是那种十分严重的色盲，看什么颜色都是黑白的？因为这个人总不可能把楼顶黎文慈看见的全部景象都变成黑白的吧？”

冉斯年摇头：“在景象上动手脚那可是大工程，这又不是科幻片，想要做到极为困难，想要现场不留证据更是不可能；在黎文慈的眼睛上做手脚也不可能，毕竟黎文慈临死前的一段时间并没有接受过眼部的手术，她自己也没有感到任何异常。我认为，最有可能的就是，黎文慈的这个知梦扳机已经失效，她在我不知情的情况下训练了新的知梦扳机，而凶手利用的，是新的知梦扳机。”

“是吗？黎文慈能够在短时间内训练一个新的知梦扳机？”饶佩儿一边沉思一边小声嘀咕。

“佩儿，我这不是在逃脱责任，而是平心而论。因为黎文慈的死，不管怎么说，我都负有一定的责任。”冉斯年诚恳地表明自己的态度。

饶佩儿忙摆手：“不不不，我不认为你在逃脱责任。如果你是那种逃避责任的人，现在也就不会想要冒险重新调查黎文慈的案件了。斯年，现在你就给我讲讲，你昨晚到底梦见了什么？什么邬婷婷和傅强？什么地下室？”

冉斯年平复了一下心绪，说：“好的，现在我就来给你讲讲我昨天的梦，还有我为什么会做这样复杂冗长而又逻辑清晰的梦。”

/3/

冉斯年一番详细的叙述下来，饶佩儿惊叹之余愈加摸不着头脑。沉默了片刻后，她才恍然大悟，惊叫："斯年，难道是昨天你扫荡了黎文慈养父母的家，看到了什么有用的线索？然后把这些线索串成了一条线，你的潜意识根据这条线又充盈了一些细节，最终织了这么一个梦？"

昨天，冉斯年和饶佩儿的确都不在家。本来冉斯年是打算独自一人赶往黎文慈的养父母家跟二老聊聊的，可是饶佩儿执意要跟随。冉斯年一开始是绝对反对的，因为他不想把饶佩儿也拉入自己的泥潭之中，让她也面临着未知的危险，可是饶佩儿居然一路跟踪他。两人在黎文慈养父母家门口前后脚下车，没办法，冉斯年只好带着饶佩儿一同上楼做客。

其实饶佩儿的陪同也有一个好处，那就是可以暂时先牵制住黎文慈的养父母，给冉斯年制造机会"扫荡"黎文慈的房间。

后果可想而知，二老听到了房间里传来的破坏性声响，怒不可遏，但是房门又被反锁，他们无法进入，情急之下就要报警，多亏了饶佩儿的阻拦和解释。

最后，冉斯年和饶佩儿两人乖乖地留下清理战场。清理到一半的时候，黎文慈的养母识破了冉斯年的身份，才不是什么黎文慈的老同学，而是那个使用狗屁释梦疗法害黎文慈跳楼自杀的心理咨询师，于是提着扫帚，把冉斯年和饶佩儿赶出了家门。

总之，昨天对他们俩来说，是极为狼狈的一天。幸好，对冉斯年来说，也是收获颇丰的一天。

"私家侦探的小广告、旅游杂志、一个旅游纪念胸章、换了小记忆卡的相机，还有混在梳妆台里凌乱的东西中的、从宾馆带回来的、用了一半的一小瓶洗发水。"冉斯年靠在沙发背上，眯眼回忆着这些织梦的道具，也是关键性的线索。

"是这些东西触发你做了那样一个又长又真实，最重要还很符合逻辑的梦？"饶佩儿觉得不可思议，但是又知道这就是事实。

"我在黎文慈的房间里扫荡的时候，看到过这些东西。也正是这些东西，让我的潜意识推测到黎文慈很可能除了找我帮忙之外，也找了一个私家侦探去直接调查三十年前的命案。她在跳楼前曾经去了省城周边的旅游景点散心，并且是带着相机去的，可是回来后，相机还在，里面的记忆卡却不是原装的，而是换上了一个容量很小的、不适合在相机上使用的记忆卡。并且，旅游期间，黎文慈下榻在宾馆里，估计是离开的时候比较仓促，心绪烦乱，才会把宾馆里那种比较劣质的洗发水也混进了自己的随身护肤品里带了回来。根据这些，我才会加工制造了那么一个梦。”

饶佩儿理解地点头，又发问：“那么后来的傅强和邬婷婷又是怎么回事？你编造出来的名字？”

“不，这两个名字一定是本就存在的，如果是我凭空编造名字的话，会编造更加大众化的姓名。”冉斯年对饶佩儿说，“昨天咱们在黎文慈卧室里收拾战场的时候，我记得你还特意多看了一眼散落在地上纸张里的那张红色请柬呢。那是一张黎文慈收到的结婚请柬，新郎名叫傅强，新娘叫邬婷婷。”

“我记得昨天我看到了很多名字，因为黎文慈是个高中老师，她房间里有一些印着学生名字的名册之类的东西，相片的后面也都印着名字。为什么你单单就记住这对新婚夫妻的名字了呢？”饶佩儿不解地问。

冉斯年双眼放光，意味深长地回答：“因为参加婚礼是要送礼金，或许还要送新婚贺礼的。”

“你是说，这就是你的梦给你的暗示？”饶佩儿的大脑飞速运转，冲口而出，“既然梦里傅强跟你说，黎文慈为了保留证据和线索，把那个关键的、录有黎文慈指证凶手的记忆卡当作礼物送给了三位旅游时认识的游客，这也就是在暗示，其实记忆卡是被黎文慈藏在了新婚贺礼中，送给了这位傅强？”

“我认为这个可能性不小，我们有必要再去这位傅强家里做做客。”冉斯年对于自己下意识就说了“我们”，把饶佩儿也给带上的话有些后悔，但是想到自己想让饶佩儿这个大大咧咧无所畏惧的女孩现在抽身，不去管他的事，恐怕也是不可能的了，只好暗暗下定决心，这一次，他一定会尽全部力量，调动自己的全部智慧去保护饶佩儿，绝对不能再连累另一个无辜女孩。

饶佩儿本来想起身上楼，走了两步又回过神，皱着眉问：“对了，你梦见了瞿子冲给你打电话说是要通缉傅强，于是你把傅强藏在了地下室，这是不是代表你的潜意识里已经在怀疑瞿子冲跟黎文慈的死有关了呢？”

冉斯年犹豫了一下，还是决定对饶佩儿坦白，他郑重地说："佩儿，本来你是个双面间谍，我不该对你说这些的，但是我的直觉认为，你还是可靠的，所以，我坦白，其实我对瞿子冲的怀疑始于我在医院的病房里第一次见到他的时候。我们俩的相识，甚至成为朋友，对他来说，表面上看是他对我没有间接害死他妻子的信任，实际上是对我的窥探；对我来说，是表面上对他信任的感谢，实际上也是我对他的窥探。并且我们俩，恐怕都对此心照不宣吧。"

饶佩儿苦笑道："你们男人城府太深，太可怕了。我现在还真是后悔，怎么会搅和进你们俩这复杂又危险的关系里，还成了什么双面间谍。"

冉斯年也起身往楼上走，边走边说："不光是你，还有范骁，他也是我和瞿子冲复杂关系里的一个重要人物，只不过，我现在还不知道他到底重要在哪里，瞿子冲为什么会在意我对范骁的看法。"

第四章

坠楼身亡

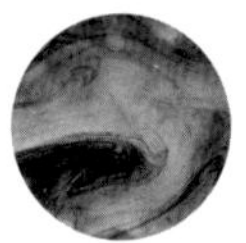

/1/

第二天一大早，冉斯年和饶佩儿出门，准备前往傅强和邬婷婷这对新婚刚刚一年多的夫妇家。昨晚，冉斯年已经事先给傅强打过了电话，提前通知会去拜访，至于傅强的电话号码，自然也是在扫荡黎文慈卧室的时候，被扫描进冉斯年的潜意识的。

上午十点钟，冉斯年和饶佩儿在傅强的家中见到了这对夫妇。幸好今天是周六，夫妇俩都休息在家。“新婚礼物？”邬婷婷不无感慨地说，“说到这个新婚礼物，我还真的是有些不好意思，文慈结婚的时候，我和傅强只是一人给了五百元的礼金，也没送什么礼物。可是我和傅强结婚，文慈不但慷慨地给我们包了两千元的红包，还送了一个很贵重的新婚贺礼呢。现在想想，一定是那个时候文慈就动了自杀的念头，所以也就不再心疼钱……”

傅强打断邬婷婷的话，有些硬邦邦地问冉斯年：“你们是文慈的朋友？为什么那么在意文慈送我们的礼物？”

冉斯年早有准备，礼貌地说：“不瞒你说，其实那个新婚贺礼，是我送给文慈的结婚贺礼，她结婚的时候我爱人在外地，我一个人也懒得去参加婚礼，于是就把那个我爱人买回来的礼物当作贺礼，连同红包一起托朋友带给文慈了。可是等我爱人回来后我才知道，原来那礼物根本不是我爱人给文慈准备的，而是她要送给父母的结婚纪念日礼物。”

饶佩儿苦涩地笑笑，扮演冉斯年的爱人，叹息着说：“唉，都怪我，礼物买回来以后我就用包装纸包好，紧接着就接到公司的通知要去外地出差，没想到，我老公居然误以为那礼物是我买给文慈的，就这么阴差阳错送错了礼物。”

傅强理解地点点头，又狐疑地问：“那么，你们怎么时隔一年多才想起来要回这个礼物呢？”

饶佩儿继续发挥自己的演技，解释说：“礼物是要送给我父母的，我在里面做了点手脚，藏了我用他们的老照片做的一个幻灯片的记忆卡，都是一些很珍贵的老照片。最近，我打算再用父母的老照片做个感人视频送给母亲当生日礼物的，可是却发现有几张珍贵的照片已经找不到原版了，所以我就想试着追回我当初藏在礼物里的那个记忆卡。”

冉斯年轻拍饶佩儿的手，两人默契地对视一眼，真的就像是一对夫妻。

冉斯年爱怜地望着饶佩儿，然后转而对傅强恳切地说：“为了追回这张记忆卡，我们先去了文慈家里，去了她家和她娘家，可是都找不到当初送她的那个礼物。后来听文慈的母亲说，她好像是把那个礼物转赠给你们啦。拜托啦，那张记忆卡对我爱人来说很重要，我们这次来只是为了追回记忆卡，绝对不是在打那个礼物的主意。”

傅强小声对邬婷婷说：“怪了，那种东西里面能藏记忆卡？虽然是空心的，那可是镀金的摆件啊。”

邬婷婷点头，刚想说什么，却被冉斯年抢先。

“我爱人把记忆卡藏在了摆件下面的底座里。”

傅强审视着冉斯年，显然还是对他们的话半信半疑：“好吧，既然礼物是你们最初买的，就请告诉我，那是一个什么礼物。”

饶佩儿表面上波澜不惊，但心底已经凉了一截，他们哪里会知道是什么礼物啊，这下真是煮熟的鸭子都要飞了。

冉斯年却笑着回答：“这个是当然的，抱歉，我一开始就该明说的，那是一个丘比特造型的镀金摆件。”

傅强紧绷的神情马上松弛下来，邬婷婷也露出了放心的笑容，显然，冉斯年说对了。但紧接着，夫妇俩又面露难色。

饶佩儿读懂了这两人的神色，哭笑不得地问："怎么？礼物现在不在你们家？你们……你们又把它给转送了？"

邬婷婷尴尬地说："傅强公司的副总、老总的儿子结婚，我们就……"

冉斯年苦笑着跟饶佩儿对视，心想这个承载着三十年前杀人真凶身份的记忆卡，还真是命运多舛，竟然已经转手两次了，但愿那位副总不要再转赠给别人。

邬婷婷本来不想多事，想打发冉斯年和饶佩儿离开，但是傅强却想到了，万一副总在摆件的底座里发现了记忆卡，看到里面的幻灯片是一对老夫妇，马上就会猜到这个礼物不是傅强专门为他结婚购置的，而是转赠的。到时老总和副总都免不了会对傅强"另眼相看"。现在两全其美的办法就是趁副总夫妇还没有发现记忆卡的时候，把记忆卡给偷回来，这样也算成全了冉斯年和饶佩儿。

四个人达成一致意见后，傅强先是给公司同事打电话，得知了副总正在外地出差，又问到了副总家的具体住址，得知家里只有生病休养的副总夫人和保姆，傅强便决定以探病为由，带着邬婷婷一起去副总家里走一趟。毕竟副总不在家，副总夫人又卧床，避开一个保姆的耳目取回记忆卡，这个时机再合适不过。

/2/

高档海参店的门口，冉斯年和饶佩儿在车子里等候，等着傅强夫妇买回来礼物，再一起前往副总家里。

"斯年，你怎么知道那礼物是个镀金的丘比特摆件？"饶佩儿好奇地问。

"镀金摆件这一点傅强已经明说了，"冉斯年大大咧咧地说，"至于为什么是丘比特造型，那是我猜的。我想，送给新婚夫妇的摆件，应该会是跟爱情有关的造型吧。而且我注意到傅强和邬婷婷的家是欧式的装修风格，还算有品位，黎文慈如果想投其所好，确保傅强夫妇不会把这个礼物丢掉或者转赠的话，应该会送一个价值不菲且风格洋气的东西。联想到这些，这个摆件就绝对不可能是镀金的金童玉女或者是寓意早生贵子的大头娃娃，而应该是爱神丘比特。"

饶佩儿张大嘴巴，半晌才惊叹道："我真是服了你的运气啦！这也能猜对！"

冉斯年耸肩："没办法，如果当时我还打马虎眼不肯说的话，傅强一定会把咱们当成骗子轰出去，那么倒不如我用丘比特赌一把，还能有些胜算。"

很快，傅强和邬婷婷买好了海参大礼包，上了饶佩儿的车，四个人直奔目的地——智明网络公司副总李颂杰的家。

路上，傅强跟邬婷婷聊天，聊到了副总夫人姚叶的病情，傅强小声告诉给八卦的邬婷婷，其实副总夫人姚叶根本不是生病在家休养，而是受伤在家休养。邬婷婷就问，受的什么伤，是不是出了什么意外，伤势严重吗？

傅强神秘兮兮地说："你肯定猜不到，这位李太太受的是枪伤！"

冉斯年在副驾驶座听得认真，心里默默嘀咕，这年头，在中国，在松江市，一位副总太太能够受枪伤，还真是稀奇事儿。毕竟枪这东西，可不是那么容易弄到手的。

以前听瞿子冲讲过，大多数杀人犯都是激情犯罪，凶器都是就地取材，多为刀子之类的利器或者是钝器。就算有蓄意谋杀的，凶器也多为准备好的利器或者钝器。买枪杀人的，那是少之又少，除非是本来就非法持有枪械的杀手，或者是会自己DIY改装枪械的手工达人。

"天啊，她怎么会受枪伤啊？"邬婷婷夸张地低声叫着。

"哎呀，你别问了，这事儿公司老总特意开会嘱咐我们不许外传和议论的。"傅强给邬婷婷使眼色，意思是现在有外人在场，你想八卦得等晚上回家。

很快，四个人到达目的地，这是松江市数一数二的贵族园小区，副总李颂杰的家就在小区中心的楼王高层位置，位于18层。

四个人找地方停好车子，一起步入小区，站定在单元门楼下，傅强嘱咐冉斯年和饶佩儿："你们二位就在这里等吧，我和婷婷上去，争取速战速决。拿到记忆卡，马上就还给你们。"

冉斯年虽然有些不甘，很想跟着上去，但是也知道自己的身份没法进入人家副总的家门，而且一下子四个人去打扰人家卧床养伤的副总夫人也不好，便答应就在楼下等待。

就在傅强按下门铃的瞬间，四个人的斜后方突然传来一声巨响，像是车胎突然爆炸，或者是有什么东西从高空坠下。总之在这个阳光明媚的中午，在这个人烟稀少、风景秀美的高档小区里，这样一声巨响显得极为突兀。

四个人都下意识回头去看，他们的目光一下子都被楼下水泥平台上的一个物体给吸引住了。

阳光刺眼，一时间晃得冉斯年睁不开眼，但是从那个物体下方不断蔓延的红色液体来看，那无疑是一个有血有肉的生物！

那是一个人！一个从高空坠落的人！

邬婷婷和饶佩儿失声尖叫，邬婷婷一下子就钻进了傅强的怀里。

饶佩儿紧紧抓住冉斯年的手，冉斯年则是惊愕地瞪着双眼，此时他脑子里想的只有一个人，那就是黎文慈，黎文慈也是这样死去的，含冤而死，尸体真的变成了一个皮囊，皮囊里面的东西已经一塌糊涂。

冉斯年最先反应过来，他不顾还紧紧抓住自己手的饶佩儿，就扯着饶佩儿跑到了尸体附近，先是看了一眼地上的尸体，然后抬头去看楼上。

尸体无疑是个女人，变形的头部的长发以及碎花睡衣可以证明。而高层上方，有一个落地窗开着，深蓝色的窗帘飘了出来，正随风飞舞。

“天啊，那……那不是18层吗？”傅强也小跑过来，先是瞥了一眼尸体，然后马上移开视线，抬头望去。

冉斯年瞪着傅强，不可置信地咬住嘴唇，18层，这么巧吗？难道这个坠楼而死的女人就是他们要找的那位副总妻子姚叶？难道是三十年前的那个凶手？凶手得知了记忆卡的存在？可是，只要回收记忆卡毁掉就可以了，为什么要杀人？难道，姚叶目击了那个凶手，他必须杀人灭口？

“报警。”冉斯年一边吩咐饶佩儿报警，一边掏出手机，去拍摄从这栋楼单元门里出来的、闻声而来的小区居民。他猜想，也许那个凶手就混迹在这些看热闹的居民之中，想趁乱逃跑。

可是冉斯年失望了，一直到警车赶来，一直到瞿子冲赶来，从那个单元门里出来的人没有一个往外走，不是停留在了门口看热闹，就是吓坏了，又进了单元门回家。

“怎么回事？难道凶手不需要趁警察赶来之前离开吗？难道凶手就是这栋高层里的住户？”冉斯年自言自语似的嘀咕着。

/3/

瞿子冲带领着手下人赶到了坠楼女人的家，那正是冉斯年一行四人的目的地，副总李颂杰的家，坠楼身亡的女人就是李颂杰的妻子——姚叶。

将近二百平方米的房子里只有一个还不知道发生了什么事的保姆蔡大姐，正趴在地上用抹布擦地，这位蔡大姐看到警察来敲门，还打算去主卧室通知这个家的女主人有警察来访。

蔡大姐敲门，里面无人应答。警察让蔡大姐用钥匙开门，蔡大姐却直摇头，称她根本没有钥匙，门是从里面反锁的，只能从里面打开。

冉斯年站在瞿子冲身后，问保姆蔡大姐："姚叶午睡为什么要锁门？并且不给你钥匙？"

蔡大姐战战兢兢地回答："夫人也是受伤之后才养成这个习惯的，只要先生不在家，她午睡或者是晚上睡觉都要从里面锁上卧室的门。"

"你一直在客厅吗？刚刚有没有人从卧房里出来？"瞿子冲问蔡大姐。

"没有啊，这家里只有我跟夫人两个人！夫人一直在房间里没出来啊。"蔡大姐意识到可能出了什么大事，吓得瑟瑟发抖，死死盯着卧房的门。

瞿子冲回头看了一眼冉斯年还有冉斯年身后的饶佩儿，欲言又止。

"小邓，撞门。小心，也许凶手还在卧房里，当然，前提是有凶手的话。"瞿子冲吩咐邓磊，然后用眼神示意冉斯年跟他到角落里说话。

"斯年，你怎么会出现在这里？"瞿子冲低声问。

冉斯年知道瞿子冲早晚会问自己这个问题，如果撒谎，瞿子冲早晚都会拆穿他，毕竟这事儿还有个傅强和邬婷婷参与其中，瞿子冲只要一问他们，他这边扯什么谎言都会被拆穿，那么还不如实话实说。

"我怀疑你妻子过世前不久曾经把一张记忆卡藏在了送给傅强和邬婷婷的新婚礼物中，现在，这个礼物被他们转赠给了这家的男主人李颂杰。我来，是为了找到那张记忆卡。"冉斯年放眼去看客厅，指着电视柜那边说，"太好了，那个礼物就在那里，咱们现在就去检查一下吧。"

瞿子冲拦住冉斯年，紧张地问："你在调查文慈的死？你怀疑她不是自杀吗？”

冉斯年的双眼紧紧盯住那只土豪金丘比特，坦诚地说：“是的，我怀疑黎文慈死于他杀，杀害她的正是三十年前杀害她亲生父母的真凶。而那张记忆卡是黎文慈得知自己有危险之后留下的指证凶手的证据。”

瞿子冲的眉头扭成一团：“我也曾怀疑文慈不是自杀，可是，写字楼天台的监控却显示文慈是自己跳下去的啊。当时天台上根本只有文慈一个人，这根本解释不通啊！”

冉斯年推开瞿子冲，径直走到丘比特前，一把抓住了它，说道：“谁说谋杀凶手就一定要在杀人现场呢？”

冉斯年话音刚落，卧室那边传来了木门被撞开的巨大声响，瞿子冲下意识地往那边望去，只见卧房的门已经整扇倒下，几个警员持枪谨慎地鱼贯而入。

两秒钟后，瞿子冲回过头，盯住冉斯年和他手中的丘比特，刚要开口，卧房那边传来了邓磊的声音：“瞿队，房间里没人，也没有打斗过的痕迹。”

范骁冲客厅这边探头过来，着急地表达自己的结论：“瞿队，既然房间没人也没打斗痕迹，这应该是自杀吧，跳楼自杀？”

冉斯年咧嘴一笑，意味深长地对瞿子冲说：“就像眼下姚叶的案子，谁说密室就一定是自杀呢？我有预感，姚叶的死和黎文慈的死，应该有异曲同工之妙。”

瞿子冲目不转睛地盯着冉斯年手里的丘比特，对身后的手下下达命令：“马上开始现场勘查！”

冉斯年低下头，把手中的丘比特整个翻过来，底座朝上，右手开始在底座上细细地摸索，尤其是这个长方体的几道棱边。

瞿子冲也无心那边的现场勘查工作，注意力全在这个镀金小摆件上，他心急地说：“干脆找个工具把这底座给拆开吧。”

冉斯年抬头与瞿子冲对视，两人却谁也不肯起身去找工具。

僵持了几秒钟，瞿子冲冲身后的范骁说：“小范，去找个一字螺丝刀来。”

很快，在女佣的帮助下，范骁找到了螺丝刀，递给瞿子冲。

瞿子冲右手执螺丝刀，左手冲冉斯年伸过去，意思是要接过那只土豪金丘比特。

冉斯年微微一笑，很坦然地把丘比特交给了瞿子冲。

很快，底座被撬开，只有一个手掌那么大的空心木质底座里面，什么都没有。

冉斯年一半失落一半放松地松了一口气，喃喃念着："看来是我的推测有问题，也许根本就没有什么记忆卡吧。"

瞿子冲神情复杂，也有一半的失落和一半放松，他招呼手下拿来一个证物袋，把这只被卸开底座的丘比特放了进去，对冉斯年说："我会拿回去给技术员再好好检查一下的。"

冉斯年只能点头同意，随即起身，跟在瞿子冲身后，往姚叶的卧室走去。

在技术队的同事还没有赶到之前，瞿子冲示意大家不要触碰现场的任何东西，冉斯年也仅限于站在门口观看。

"瞿队，姚叶坠楼这起案子，跟黎文慈有一定的相似性，"冉斯年笑眯眯地对瞿子冲说，"相信你一定不会反对我参与调查这起案子吧？"

瞿子冲洒脱地笑笑说："斯年，别忘了，我是文慈的丈夫，如果她的死有什么内情的话，我是这个世界上最想挖出内情替她讨回公道的那个人。我当然不反对你参与调查这个案子，就算你不想参与其中，我都不答应。放心，等到现场勘查结束后，我就安排你进这间卧房调查。"

冉斯年丝毫不惊讶于瞿子冲的反应，还像以往一样，拍了拍瞿子冲的肩膀，以表示两人之间还维持着表面的友情。

很快，瞿子冲把现场交给了技术队取证拍照，他则在李颂杰家的门口询问傅强有关他们公司这位副总以及副总太太的事情。

傅强的脸色已经缓和过来，他跟瞿子冲也算有过一面之缘，参加过黎文慈和瞿子冲的婚礼，也许是以为自己算是跟瞿子冲认识吧，他平复心绪之后不是回答瞿子冲的问题，而是反问道："李太太她，是跳楼自杀吗？"

瞿子冲不动声色，不回答傅强，只是用凌厉的眼神示意对方回答问题。

邬婷婷捅了捅傅强，示意他配合这位面色凝重、看起来挺可怕的刑警队长。她又用复杂的眼神望着傅强，意思好像是在说：咱们的老同学黎文慈已经死了，咱们现在跟这位刑警队长已经没有任何关系啦，人家看样子也没有要看在黎文慈的面子上对他们另眼相看。

傅强似乎读懂了邬婷婷的眼神，马上战战兢兢地回答："哦，我们副总李总正在外地出差呢。李总是我们公司老总的独生子，是个青年才俊，刚满二十六岁，跟姚叶结婚刚刚也就半年时间吧，夫妻俩关系很不错的。”

饶佩儿站在邬婷婷身边，远远看了一眼正站在卧室门口紧盯着技术队取证的冉斯年，觉得她该替冉斯年问一些问题，便说：“刚刚在车上，你不是说姚叶正在家里休养，说她受了伤，还是枪伤吗？这是怎么回事？”

傅强愣了一下，尴尬地瞥了一眼饶佩儿，又看了一眼面部紧绷的瞿子冲，战战兢兢地说：“唉，这事儿就算我不说，你们也能查到，我可以说，但是，但是你们可千万别让公司知道是我说的啊。其实，姚叶，她的确在一个月以前受过枪伤，在一起抢劫珠宝店的案子中，姚叶不幸被劫匪当成了人质，当时我们李总也在那家珠宝店里。劫匪想开枪射我们李总，姚叶为了保护李总，奋不顾身，替李总挨了这一枪。”

“那么当时的劫匪呢？”瞿子冲问。

傅强撇嘴说：“逃啦，开枪后就逃了。当时正赶上珠宝店打烊的时间，店里只剩下两个女店员和一名保安，一切发生得太快了，他们还没反应过来劫匪就开枪，然后就逃走了。”

瞿子冲听完傅强的话第一个想法就是姚叶死于谋杀，谋杀她的正是这个在逃的劫匪。他也知道他的这个想法有些没来由。

“据你所知，有没有什么人对姚叶有杀人动机？”瞿子冲问，“放心，这里没有你们公司的人，你尽管放心大胆地说。”

傅强挠头，满脸为难。

瞿子冲看得出他知道些什么，但是又不敢说。

“难不成，是你们副总李颂杰？”饶佩儿在一旁多嘴道，“一般来说，死者的配偶都会成为第一嫌疑人吧？”

傅强一听饶佩儿怀疑李颂杰，忙摆手替李颂杰澄清：“不可能啦，绝对不可能，一来，李总现在正在外地出差；二来，姚叶可是替李总挡了一枪啊，他怎么可能恩将仇报？”

瞿子冲嘴角挑起一丝不易察觉的笑，接着问：“三来呢？”

“三来？”傅强苦着一张脸，“我……我还没想到。”

“怪了，你刚刚不是说李颂杰和姚叶夫妻关系很好吗？那么三来不应该是这一点吗？两个人如果十分相爱的话，就更加没有杀人动机了不是吗？”瞿子冲咄咄逼人地问。

傅强面露难色，咬着嘴唇纠结了片刻，小声说：“说实话，他们夫妻关系怎么样我也不清楚，反正表面上是不错啦，只不过……只不过，李总他在外面，外面……”

“在外面有情人对吧？我刚刚问你是否知道有人对姚叶有杀人动机，你其实就想说，李颂杰的情人有动机，我说得没错吧？”瞿子冲摆出一副刑警的冷面孔，气势上彻底压倒了傅强。

傅强早已经臣服于瞿子冲的气势之下，只好坦白：“没错，但是李总的情人是谁我可就不知道啦，我只是知道，不止一个。我想，她们一定都想对姚叶取而代之吧。毕竟，李总将来肯定是要继承整个公司的，虽然李总家称不上豪门世家，但也算是土豪了。”

饶佩儿不敢置信地反问傅强：“不会吧？你不是说他们结婚才半年吗？半年里就不止一个婚外情人啊？”

傅强点头，也是一副不屑的表情，然后马上反应过来补充道：“你们可千万别说是我说的啊！”

现场勘查工作已经到了收尾阶段，瞿子冲嘱咐邓磊回去调阅一个月前的珠宝店抢劫案的卷宗，顺便把保姆蔡大姐也带回去审讯，毕竟她现在也不能完全排除嫌疑，瞿子冲自己则是仍旧留在现场，因为冉斯年的现场勘查工作才刚要开始。

第五章

出体杀人

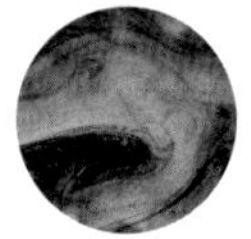

/1/

冉斯年步入姚叶的卧室，开始由内而外地翻箱倒柜，忙活了十几分钟后，卧室里已经是一片狼藉，冉斯年也忙活得有些出汗喘息。

“瞿队，如果你不反对的话，我想把整个房子都扫描一遍，也许重要的线索并不在这间卧室，而是在这间房子的其他地方。”冉斯年虽然是在询问瞿子冲，等待着瞿子冲给他授权，但语气坚定，似乎不给人留拒绝的余地。

瞿子冲有些为难地说：“目前还无法确定姚叶是自杀还是他杀，在房子里搜证是没问题的，只不过，你那种破坏性的扫荡行为，我怕事后不好跟这个家的男主人李颂杰交代呢。不然这样吧，你完事儿之后，我叫几个人过来收拾一下战场吧。”

冉斯年微微一笑，已经了解了瞿子冲的用意，瞿子冲是怀疑记忆卡既然不在土豪金丘比特的底座里，说不定是被家里的男主人或者女主人给取了出来，随意转移到了别的地方。他可以叫来他最信任的手下，比如范骁，两个人趁收拾房间打扫战场的机会仔细寻找。

“既然这样，我跟佩儿也留下来一起收拾残局吧。”冉斯年一边说一边瞬间就变身为破坏狂，开始了对手边第一样物件的破坏。

冉斯年的扫荡行动进行得很快，他像是个病入膏肓的破坏狂，疯子一样在房间里肆虐，半个小时后，好端端的四居室像是经历过一场战役一般变成了无处下脚的废墟。

破坏容易，恢复难。冉斯年、饶佩儿和瞿子冲，以及瞿子冲叫回来的范骁四个人一起动手，也足足忙到了晚上七点才算大致上清理完毕。

当然，这四个人的行动有些别扭，不是各自忙自己的，而是分成两组，瞿子冲和冉斯年一组，两人一边忙活一边监视着对方；饶佩儿和范骁一组，两个人似乎也受到了冉斯年和瞿子冲的嘱咐一般，一边忙活自己的活儿一边监视对方。这样的劳动模式导致了他们事倍功半。

收拾战场期间，瞿子冲每隔一段时间就会接到电话。是警局的手下在向瞿子冲汇报工作，顺便询问瞿子冲为什么还不回去。

瞿子冲最后一次放下电话，一边穿外套准备出门一边对洗手间里洗手的冉斯年说："姚叶的丈夫李颂杰刚刚下了飞机，我派人直接把他从机场接到了局里，这会儿邓磊和梁媛正审着呢。李颂杰没有要求律师在场，直接接受询问，他很伤心，用梁媛的话来说，他哭得很真诚，并且声称最近一段时间姚叶的精神状态不太正常，不排除自杀的可能性。"

"一个月前的珠宝抢劫案呢？你的手下有没有就那件案子跟你汇报什么？"冉斯年头也不抬地问。

瞿子冲冷笑一声："那起抢劫案可就蹊跷了。首先，李颂杰之所以在珠宝店打烊的时间进入店里，并不是因为他要购买珠宝，因为那个时间珠宝店已经不再营业了，李颂杰进去是为了接他的情人，在珠宝店工作的女孩徐春梅下班。而偏巧不巧，就在这个时候，劫匪张国梁逮到了在珠宝店外徘徊跟踪监视老公是否出轨的妻子姚叶，并且以姚叶为人质，用枪抵着姚叶的头一起冲进了珠宝店。"

冉斯年眉头一紧，姚叶跟踪出轨的李颂杰，这种情况下，还为了出轨的丈夫挡了一枪。看来这珠宝店抢劫的案子还真的是不简单。

"劫匪张国梁本意是想用枪威慑珠宝店里的一名女店员也就是徐春梅和一名男保安以及李颂杰的，可能是因为他突然听到李颂杰和姚叶互称老婆老公，或者是突然间就慌了，反正就是真的准备开枪射击李颂杰。就在关键时刻，姚叶拼了命冲到李颂杰身前，挡住了枪口，替李颂杰挨了这一枪。幸好那枪是改装枪，也幸好只是射在了肩膀上，姚叶才捡回了一条命。而张国梁呢，好像是被这一枪给吓傻了，愣了两秒钟后就放弃了抢劫，逃出了珠宝店。”

饶佩儿已经收拾完毕站在门口，她歪头好奇地问：“这起抢劫案有什么蹊跷吗？我没听出什么蹊跷的地方啊。”

冉斯年哼了一声，从洗手间里走出来，说：“的确很蹊跷，抢劫犯居然从珠宝店外掳劫人质进入店里抢劫，而且他不去射击男保安和女店员，偏偏突然就要去开枪射击一个碰巧出现的穿便装的男顾客，我看他的目的根本就不是抢劫珠宝。你说呢，瞿队？”

“是啊，这起劫案的确很有问题，搞不好就跟姚叶的坠楼案有直接或间接的关联，我们还要进一步调查。我觉得李颂杰那个珠宝店店员情人也有一定的嫌疑，毕竟她现在跟李颂杰打得火热，如果姚叶死了，她就可以上位。也有可能是最狗血的那种可能，李颂杰和情人徐春梅合谋杀人，李颂杰为了自己的安全，自己身在外地却教唆情人徐春梅杀人。”

瞿子冲说完这句话也觉得不妥，毕竟刚刚女佣已经明确说了，姚叶跳楼的时候，房间里只有姚叶一个人，房间又是个只能从里面打开的密室：“难道，姚叶真的是因为精神出了问题，所以跳楼自杀？或者把姚叶推下楼的就是保姆蔡大姐？”

四个人一边探讨案情一边下楼，分别乘两辆车子赶往分局。

“斯年，黎文慈到底把记忆卡藏在哪里了啊？”这会儿终于跟冉斯年独处了，饶佩儿憋了整个下午，终于可以发问，“会不会根本就没有什么记忆卡？我是说，黎文慈在旅游期间梦到了三十年前的真凶，又把梦到的情景录了下来，把记忆卡藏了起来，这些都只是你凭着梦境推测出来的，也许，根本就不是这样。”

冉斯年却依旧自信：“我的直觉告诉我，就是这样的。我始终坚信一定有这么一个记忆卡的存在，只不过，黎文慈并没有把它藏在新婚礼物中送出去，她一定是担心当年的凶手能够猜得到她的意图，所以不会把那么重要的东西藏在这么简单的地方。尤其是，如果黎文慈梦见的凶手就是瞿子冲的话，要跟这个刑警队长玩藏宝游戏的话，就更加不能……”

“你说什么？瞿子冲就是三十年前杀死黎文慈亲生父母的凶手？”饶佩儿禁不住叫了出来，“这怎么可能？瞿子冲三十年前，也就是，也就是十二岁吧？一个那么小的孩子怎么可能杀人？”

“如果凶手不止他一个呢？”冉斯年斜眼瞥了饶佩儿一下，意味深长地说，

"别告诉我，瞿子冲今天的反应如此异常可疑，你一点儿都没看出来。"

饶佩儿叹了口气："看出来了，这个瞿子冲的确可疑。现在想想，为什么当年黎文慈在旅游景点梦到了真凶以后没有找瞿子冲帮忙，为什么黎文慈没有把那么重要的记忆卡交给瞿子冲，为什么瞿子冲要让我在你身边当间谍，注意你提及黎文慈的所有言行和是否真的患有脸盲症，以及刚刚他那么紧张那只土豪金丘比特，还愿意留下来收拾战场。这种种迹象都表明，瞿子冲真的十分可疑。"

冉斯年凝视着前方瞿子冲车子的尾灯，面色凝重："虽然现在还没有证据证明瞿子冲跟三十年前的悬案有关，但我的直觉告诉我，他绝对脱不开干系。一年多前黎文慈第一次找到我的时候，她说过，是自从跟瞿子冲在西餐厅一起庆祝结婚周年之后就开始做那个奇怪的梦的，而那个梦正是重现二十九年前命案的梦，所以一定是瞿子冲的某种特点触发了黎文慈的那个梦，黎文慈二十九年前在婴儿床里看见的入侵者，至少有一个就是瞿子冲。就算当年只有十二岁的他不是凶手，也是跟随凶手一起闯入的帮凶。"

饶佩儿也看着前方车子的尾灯和瞿子冲、范骁的背影，说："刚刚在打扫的时候，范骁一直注意着我的举动，想来也是瞿子冲嘱咐他的吧，想看看我有没有找到什么记忆卡藏了起来。这会儿估计他们俩也在谈论那张不知所终的记忆卡吧。"

冉斯年暗想，的确就是这样，范骁是瞿子冲的心腹，这点毋庸置疑，否则瞿子冲也不会指定让范骁跟自己多搭档，也不会让饶佩儿注意自己对范骁的反应，更加不会让范骁过来帮他找什么记忆卡。

/2/

很快，四个人在分局的刑侦支队会合，梁媛马上凑到瞿子冲身边颇有些八卦地说："瞿队，李颂杰我们留不住，他的律师还是出现了，把他接走了，不过他也没说出什么有用的信息，就是一口认定姚叶最近一段时间精神状态不好，结合现场情况，李颂杰信誓旦旦地说一定是自杀。"

"保姆呢？"瞿子冲问。

"那位保姆蔡大姐的嫌疑也已经初步排除，早在现场勘查的时候，我就已经仔细搜了蔡大姐的身，还检查了她的个人物品，她根本没有卧室的钥匙。而且那扇卧室的门是高档的进口货，连同门锁也是舶来品，一般的地方根本没法配备用钥匙。除非这位蔡大姐肯花大价钱找进口木门的公司售后配钥匙，可要是那样的话就一定会留下记录。刚刚李颂杰也确认了，那道房门的钥匙只有三把，三把都在卧室床头柜的抽屉里。只不过，这位蔡大姐的口供很有意思，我们刚刚审问过了，就等瞿队您回来呢，您亲自跟蔡大姐聊聊吧。”

冉斯年一听梁媛这话，再看梁媛的表情，心想这位保姆蔡大姐一定是说了什么有意思的言论，也不免好奇：“瞿队，不介意我跟你一起和这位蔡大姐聊聊吧？”

瞿子冲招手示意冉斯年跟着，直接往审讯室走去。范骁兴冲冲地就进了监控室，打算透过单面镜看好戏。饶佩儿大大咧咧地就跟在范骁身后，耍赖似的也进了监控室。

审讯室里，瞿子冲和冉斯年坐在蔡大姐对面，两人都看得出蔡大姐浑身紧绷，极为紧张。

瞿子冲首先露出一个友好的微笑，和气地说：“蔡大姐，你不要紧张，我们只是例行公事地询问你几个问题，并没有把你当成嫌疑人。”

蔡大姐仿佛不信似的，一个劲儿地澄清：“真的不是我，我根本连卧室都进不去啊！太太是自己跳楼的，一定是的，太太之前就曾经站在落地窗前跟我说，说什么飞翔的感觉真好之类的话，说什么只要迈出去一步，就能飞起来！太太一定是精神出了问题，或者……或者就是，中邪啦！”

“哦？姚叶还有什么奇怪的举动吗？”冉斯年似乎想到了什么，急着问。

“有啊，很多呢，而且，而且都是在晚上，很瘆人呢。”蔡大姐舔了舔嘴唇，神态夸张地把一个八卦妇女的形象演绎得淋漓尽致，她神经兮兮地说，“有一段时间，先生经常晚上不回家，只要是先生不在家的时候，太太晚上就会频繁起夜，她会在客厅看一会儿电视或者是玩手机，要么就是坐着发呆，每晚能起来三四次呢。”

频繁起夜，冉斯年的眉毛微微舒展，莫非事情真的如他所想象的一样？

“我的保姆房就在客厅电视墙的后面，又不怎么隔音，经常会被半夜的电视声音吵醒，有一次，我看见电视自己放着，太太站在落地窗前发呆，我不放心，就过去问她是不是不舒服，结果她就跟我说了那些奇怪的话，什么迈出去飞翔之类的话。”

听蔡大姐这么说，冉斯年更加确定，这个姚叶正在进行一项特殊的行动。

“还有一次大半夜，我透过门缝看见太太在沙发上打坐一样盘腿坐着，她一直盯着自己的手掌看，还时不时地晃动手掌，嘴里念叨着什么‘出体’，我听不清楚，就听见一个‘出体’，听那个意思是太太想要‘出体’。我也不懂‘出体’是什么意思，不过听起来挺吓人的，好像是要灵魂出窍吧。我也不敢打扰她，可是太太却注意到了我在偷看，她不但没生气，还笑嘻嘻跟我说她快要成功了，快能进入另一个空间啦。”

瞿子冲冲蔡大姐点点头：“怪不得你会认为姚叶中邪了，她的这种言行的确很怪异。”

“姚叶是一直就这样神经兮兮呢，还是突然变成这样的？”冉斯年继续问。

蔡大姐笃定地说：“太太本来一直挺正常的，除了脾气不太好之外，大概是从三个月前开始的吧，突然就变成这样了。不过也怪了，自从太太中枪出院回家休养以后，她就恢复正常啦。可能是因为太太出院后，先生每晚都回家陪太太吧，以前也是，只要先生在家，太太晚上就不会起夜了。唉，先生、太太两个人的感情好不容易变好了很多，先生总是说感激太太救了他，他会用余生去补偿太太，结果太太就出了这样的事情，真是太不幸啦！”

冉斯年又问：“姚叶平时有什么兴趣、习惯？有没有什么习惯性动作或者是口头禅之类的？”

蔡大姐想也没想脱口而出说：“太太最喜欢自拍，吃饭、睡觉前、醒来后、出门前、回家后都要用手机自拍几张，然后选一张最满意的发到那个什么微博微信之类的上面。依我看，太太已经到了离开手机就会浑身不自在的地步啦，就连最近这一个月的休养，她也是天天躺在床上玩手机，不过，每天会起来几次梳妆打扮，然后回到床上自拍。”

冉斯年和瞿子冲对视一眼，对于姚叶的这种习惯，让他们两个大男人无法理解也哭笑不得。

/3/

很快，瞿子冲和冉斯年出了审讯室，跟范骁、饶佩儿以及几个瞿子冲的手下聚集在会议室里。

范骁首先提出他的观点，他言之凿凿地说：“依我看，这个姚叶要么是个迷信无知的女人，要么就是真的有精神问题，还什么‘出体’，她居然妄想灵魂出窍！”

梁媛对范骁说：“姚叶可是研究生毕业的高才生，你说她迷信无知，我觉得不太可能，应该是精神问题吧？”

瞿子冲看冉斯年一直抿着嘴不说话，便问他的意见：“斯年，你也觉得姚叶是因为精神问题跳楼自杀的吗？”

“瞿队，你认为呢？”冉斯年不答反问。

“我觉得这其中不简单，如果没有之前的珠宝店劫案，我想我会偏向于姚叶是自杀，毕竟案发现场是个密室，也没有什么打斗痕迹。而现在，我偏向于姚叶死于谋杀，凶手是利用了某种手法，达到了不到现场，也可以遥控杀人的目的。”瞿子冲极为认真地对会议室里的所有人说道。

冉斯年颇为欣慰地点头：“一开始，我也持着这样的直觉和推测，可是现在……”

“现在您认为姚叶是自杀的，对吗？”范骁嘴快，着急地问。

冉斯年摆手，纠正说：“现在我可以认定，姚叶是死于他杀，而凶手所使用的不在场杀人的诡计，就是蔡大姐说的，你们听来很不靠谱的‘出体’。”

范骁简直怀疑自己听错了，小声而又谨慎地问：“冉先生，你在说什么？什么出体？出体怎么杀人？你该不会是认为凶手本人没来到现场，而是凶手的灵魂直接穿墙而入进到卧室里杀人吧？”

冉斯年先是愣了一下，然后有些哭笑不得：“当然不是，我所说的‘出体’，跟你们所理解的‘出体’不是一个概念。你们理解的‘出体’的意思，应该就是最为直接的灵魂出窍，而我，包括蔡大姐口中死者姚叶曾经说过的‘出体’，指的是清明梦的‘出体’。”

“什么什么梦？”范骁又沉不住气地问，“清明梦？清明节做的梦吗？”

于是冉斯年在众人期待的目光下给大家普及了清明梦的知识。

会议室里，除了瞿子冲和饶佩儿之外，其余人全都是第一次听说这种东西，不免惊异不已。

“清明梦，从字面上就可以看出，是既‘清明’又有‘梦’的一种状态。‘清明’对应的是意识活跃，‘梦’对应的是潜意识活跃。‘清明梦’是在显意识和潜意识之间达到一种微妙的平衡，是一种可以由意识控制的梦。”冉斯年担心大家对显意识，也就是通常意义上的意识，和潜意识的区分不够清晰，便给大家又解释了一下这两者的区别。

解释完后，冉斯年继续：“在这种平衡下显意识的逻辑分析能力和潜意识的创造性都能得到很好的发挥，所以清明梦既情节丰富又可控制互动。而清明梦中所谓的‘出体’跟平常说的什么练气功、瑜伽或者别的什么途径达到的灵魂短暂出窍，以及濒死体验中的灵魂出窍都是不同的，虽然也有一部分人认为清明梦也是达到灵魂出窍的一种途径，但我本人并不这样认为，我认为是有一部分人把清明梦给妖魔化了。”

冉斯年生怕大家不理解他的意思，心里暗叫他为神棍，于是总结性地解释：“清明梦领域中的‘出体’简单来说就是指梦境中纯意识的活动，区别于日常有肉体参与的活动，所以叫作‘出体’，也就是意识不去控制身体，脱离身体，只是去操控梦境。”

会议室里陷入了短暂的安静，大家都在消化冉斯年这套关于“出体”的理论，几个人脸上有惊讶、有质疑，也有隐隐地对于冉斯年此番理论的不屑。

瞿子冲属于冷静旁观的那一个，他听说过清明梦，也曾经在网上专门去看了有关清明梦的解释，但是对于眼下的情况，他还是不太确定，便问道：“斯年，你仅仅是听姚叶说了一个‘出体’，就认定姚叶说的是清明梦中的‘出体’，这样是不是太过武断呢？难道就没有可能姚叶的确是精神上出了什么问题，以为她自己可以灵魂出窍？”

“不光是‘出体’，蔡大姐描述的姚叶还会半夜起夜三四次，起来之后会去做其他的事情转移注意力一段时间，她会站在落地窗前幻想自己跳跃飞翔，这些都是她练习清明梦的表现。”冉斯年对姚叶修习清明梦的把握从刚刚到现在，一路飙升，现在，他已经有了九成九的把握。

“首先，姚叶频繁起夜，其实是她自己定好了闹钟刻意把自己吵醒的，她利用的是一种相当百搭且在清明梦中屡试不爽的方法，也就是wake back to bed，缩写为WBTB，翻译成中文就是回笼觉的意思。这样间断性的清醒练习可以增加梦中意识觉醒的概率，刻意增加做清明梦的概率。每次被闹钟吵醒之后，梦者需要保持清醒一段时间，可以做一些别的事情，例如看书、看电视，也可以听一些专门训练这方面的音频，然后再次回去睡回笼觉。这也是我不建议更加不支持人们去练习做清明梦的原因之一，因为这样做根本是打乱了睡眠，影响休息的，很有可能睡眠功能紊乱，或者患上失眠症。”

范骁击掌，恍然大悟：“原来如此，原来是姚叶故意用闹钟吵醒自己的，怪不得，必须在李颂杰不在家的时候才能采用这个WBTB的方法。李颂杰如果在家，她又怎么可能一晚上让闹钟响个三四次呢？”

瞿子冲叹了口气，郑重地问冉斯年：“那么，姚叶站在落地窗前说什么跳跃飞翔的，这又是什么意思呢？”

冉斯年意味深长地望了瞿子冲一眼，沉着地说：“飞翔一直以来都是人类的梦想之一，虽然说飞机的发明一定程度上满足了人类的这一梦想，但是人类最希望的还是自己能够凭借肉体飞上天。几乎每个人的清明梦里都会有飞翔这个内容，而且所占的比重还不小，因为人的潜意识里就潜藏着飞翔的愿望。当然，有一部分人还希望自己能够隐形之类的。”

听了这话，会议室里的众人有相当一部分都露出了了然的神色。显然，冉斯年关于潜意识里的飞翔和隐形的愿望，他们也都曾有过。

“我想，姚叶的清明梦里，一定会有她最为熟悉的家，有客厅和主卧的落地窗。在一部分成功的清明梦里，她站在落地窗前，纵身一跃，身轻如燕，可以在天空中自由飞翔。那一晚她站在窗前正在回味，回味梦中那飞翔的畅快感，有感而发，才被蔡大姐听到那些有关飞翔的话。”

范骁倒吸了一口冷气，不可置信地问：“冉先生，你不是说她不是自杀，而是他杀吗？难道……难道你的意思是姚叶跳楼的时候，她以为那只是一场梦？”

“没错，我就是这个意思。”冉斯年自信地回答。

范骁扭曲着一张脸，惊讶地叫道：“不会吧？冉先生，姚叶要不是精神有问题，怎么会分不清梦境和现实？”

冉斯年惭愧地笑笑：“也对，也可以说姚叶的确是精神上有了些问题，她练习清明梦已经到了一定的程度，并且无法自控，这样类似于走火入魔的清明梦梦者，是有可能分不清梦境与现实的。当然，这种分不清梦境与现实的概率还是不大的，必须有一个前提，那就是梦者姚叶的知梦扳机出了问题，被别有用心的凶手做了手脚。这才能从根本上迷惑梦者，让她以为梦境是现实，或者现实是梦境。所以说，姚叶的跳楼不是偶发事件，而是在凶手的精心设计之下发生的谋杀，这里面有一个关键点，那就是知梦扳机。”

紧接着，冉斯年又言简意赅地给大家解释了什么是知梦扳机，然后总结：“在我看来，知梦扳机是比较私密的东西，当然，也有不少同伴愿意彼此分享自己的知梦扳机，相互交流。凶手利用清明梦杀人最主要的一个前提就是必须知道姚叶的知梦扳机是什么，知道是什么才有可能去做手脚。”

范骁惊喜地叫道：“我知道了，这个清楚姚叶知梦扳机的人很可能就是教姚叶做清明梦的老师，或者是跟她一起学习的同伴！不大可能是李颂杰，因为姚叶练习做清明梦这种事，好像是瞒着李颂杰的，只有在李颂杰不在家的时候她才会练习，李颂杰一旦回家，她就会中断练习。”

冉斯年冲范骁赞赏地点点头，这小子果然是一点就通。

第六章

梦回现场

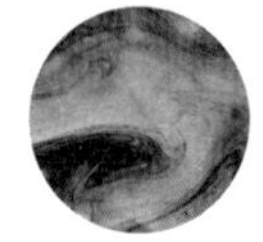

/1/

会议散场，几个人纷纷离开，瞿子冲却没有起身的意思，冉斯年看得出瞿子冲有话要单独跟自己说，便打发饶佩儿在外面等他。

“斯年，我明白你的意思了，你是在暗示我，文慈的死跟姚叶是一样的，她们俩都是被不在场的凶手谋害，虽然是主动跳下去的，却相当于背后有一只无形的手推了她们，对不对？”

冉斯年面色沉重：“是的，我之前没有对你完全坦白。其实，我对黎文慈实施的释梦疗法有些重了，已经不是利用释梦去影响人的潜意识那么简单，也不是利用心理暗示去干预对象梦境，说白了，我是教黎文慈去做清明梦，我希望她能够控制自己的梦境，用尽全力去在梦中寻找凶手。而我相信，她最终找到了，她真的在梦里看到了30年前的真凶。”

“既然是你教文慈做清明梦，那么她的知梦扳机应该只有你知道才对，而文慈跳楼的时候，你正在住院，还处于昏迷状态，所以自然不是你害她。可是除了你，还会有谁呢？”瞿子冲痛苦地扭曲着面部肌肉。提到黎文慈，他的双眼不禁湿润。

冉斯年想说除了我自己，最可疑的人就是你，瞿子冲，你这个黎文慈的丈夫，深信不疑的爱人。

黎文慈最有可能把她做清明梦的一些细节告诉瞿子冲，瞿子冲虽然不是什么梦学高手，但是如果他把黎文慈的知梦扳机告诉给了某个高手，那么也就等于把凶器交给了某个杀手。黎文慈的死，瞿子冲就是间接凶手。

当然，这些话冉斯年不能说，他还得跟瞿子冲这个队长保持表面上的和平和统一战线。

“对了，”瞿子冲揉了揉太阳穴，收回了双眼的湿润，转移话题问，“你跟饶佩儿，你们又和好了？我看你们在一起好像挺亲密的。”

冉斯年耸耸肩，无所谓似的说：“实不相瞒，苗玫她，她订婚了，对，她又订婚了，当然，对象不是我。所以，所以我面对饶佩儿的主动示好，就鬼使神差地答应了。唉，我们也算是各取所需吧，她现在没了经纪公司、没了饭碗，甚至连房租都快交不起了，连什么痔疮药的广告都肯接，巴不得有我这么一个可以养她的男友。而我呢，一个人单身久了，也需要一个床伴和厨娘。”

瞿子冲苦笑：“斯年，你这样下去不是办法啊。”

冉斯年摆摆手：“无所谓啦，爆炸事件和黎文慈死后，我本来就是混日子。什么时候黎文慈的死真相大白，能够为我的释梦疗法平反了，我才能再次振作起来吧。”

瞿子冲又说了几句鼓励冉斯年的满满正能量的话，然后送冉斯年出门：“斯年，今晚拜托啦，如果有什么线索，希望你能第一时间通知我。我们这边也会按照你的思路，调查姚叶到底是从哪里学会的清明梦，有消息也会第一时间通知你。”

冉斯年笑着跟瞿子冲挥手道别，拉起饶佩儿的手走出分局。

上了车之后，饶佩儿欣喜地说：“斯年，既然咱们都恢复情侣关系了，你是不是可以继续帮我忙啊？”

冉斯年虽然一直不想听到饶佩儿的这个请求，可这会儿听饶佩儿直白地说出来，也算是松了一口气，他淡淡地问：“你想要想起咱们在奶奶老家找到的那个盒子里到底有什么，是吧？”

饶佩儿颇有深意地点点头，说：“虽然咱们当时打开的是一个空盒子，里面什么也没有，可是盒子里的颜色花纹却让我想起了什么。我最近这阵子做了三次同一个梦，我在盒子里看到的是一张照片，而且我打开盒子看到照片的那一天正是我父亲过世后一年的6月10日。我还想起了打开盒子的时候我抬头去看过墙上的日历。”

冉斯年明白饶佩儿的意思，6月10日就是最开始饶佩儿那个火车梦中有关车票的谜底，当时车票上写的是6点10分开车的车票，实际上暗指的就是饶佩儿打开那个盒子的那一年的6月10日。

“6月10日啊，这就是我一直想要追寻的谜底不是吗？可是，可是梦里照片上却是模糊的，就好像是一个调色盘一样，根本看不清到底是什么。我想，也许你可以利用你的释梦疗法，也就是让黎文慈想起真凶的那套方法，帮我想起照片上的画面。”饶佩儿乞求地说。

冉斯年不满地哼了一声：“说白了，你想要做清明梦吧？我知道，这东西的确很吸引人，但是我真的不愿意再去尝试，我真的怕会害了你。你看黎文慈和姚叶，她们都是清明梦的牺牲者。”

“难道清明梦在你眼里就那么不济吗？它就没有帮助过什么人吗？它不也属于你的释梦疗法的一个组成部分吗？”饶佩儿嘟囔着，虽然她对自己的这个要求也没抱什么希望。

听到“它就没有帮助过什么人吗”的话，冉斯年的脑子里突然闪过一幅画面，一个皮包骨的年轻人在暴雨天里站在冉斯年大学宿舍的楼下，直愣愣地仰面盯着冉斯年的窗子，任凭倾盆雨水打在脸上、身上，被淋成了落汤鸡。

“这件事容我考虑一下吧，你先不要催我，等忙过这阵子再议。”冉斯年稍稍动摇。他现在满脑子都是黎文慈和姚叶的案子，真的没工夫去应对饶佩儿的要求。

/2/

晚上九点，冉斯年上床睡觉，他对今晚抱有很大的期待，不单单是期待能够在今晚的梦里重游姚叶家找到有关姚叶坠楼案的线索，更加希望能够找到有关那个记忆卡的线索。

恍惚间，冉斯年身处的竟然是姚叶家的保姆房，那个一半是储物间堆放杂物一半是保姆单人床的小空间。

他站在一片狼藉之中，目光直指地上散落的几张纸，纸张的抬头写的是“素美整形”。这是松江市最有名的整形机构，聘请了不少韩国的整形专家。

冉斯年蹲下身捡起那几张纸打算仔细去看，只可惜，冉斯年无法翻动它们，这四五张纸就像是粘在了一起，他只能看到第一张。冉斯年无奈地笑笑，看来是今天白天扫荡这里的时候因为太过匆忙，并没有翻开这几张纸仔细查看，所以扫描进大脑的也就只有这么第一张。

幸好，第一张就足以让冉斯年一目了然这几张属于素美整形的套餐介绍到底是什么，因为第一张纸的上方明确写着——欧美面部整形套餐。

再往下看，无非是垫额头、垫鼻梁、丰唇和眼部抽脂等整形以造成深眼窝效果的介绍。下面还有一张图，是一张欧美女性的脸。冉斯年庆幸自己还是能够分清楚亚洲、欧美洲以及非洲人的面部。看图片旁边的文字，原来这张图是用客户的脸PS过的，预计整形后的模样。

毋庸置疑，这份材料一定不是保姆蔡大姐，而是这个家的女主人姚叶拿回来的。

姚叶有心整容，而且是想把自己整容成欧美人那样的面部轮廓。冉斯年回想了一下姚叶的身材，的确，她有170厘米以上的身高，骨架也偏大，前凸后翘，全身皮肤很白，如果面部再做了整形，的确是一个惹眼的、貌似欧美美女的形象。

只是，她为什么要把自己变身成金发碧眼的欧美女人？又为什么没有去做这个整形手术？是没来得及吗？

紧接着，冉斯年跟随梦的指引，来到了书房。这间书房明显是属于家里的男主人李颂杰的，因为只有一个书桌、一台电脑，书房的装修风格也是比较沉闷的深色系，书架上都是一些有关电子科技和企业经营类的书籍，一看就是属于李颂杰的，因为李颂杰的家族企业正是一家网络科技开发公司。

坐在电脑前，冉斯年像白天那样打开电脑，开机后桌面背景是一幅电影海报，那部电影冉斯年记得跟饶佩儿一起看过，是不久前饶佩儿要求他陪她看的，并且声称这部电影只有两个女主角、两个男主角，并且绝对好区分，他一个脸盲患者也可以在没有任何帮助下看完电影。

于是冉斯年就陪着饶佩儿在家里看了那部《白雪公主与猎人》，要他一个大男人看这样一部童话改编的电影，也着实难为了他。不过，真的像饶佩儿说的，他很顺畅地看完了电影，两个女主角的外形相差太远，连他这个脸盲都可以一眼分清辨别。

李颂杰的电脑桌面就是这部电影的海报，海报的主角是那个美艳又狠毒的王后，气场十足的美国女星查理兹·塞隆。就算没有海报左下角的片名和人名，冉斯年也能凭借着海报上的环境以及王后的穿着打扮认出来。

看来，李颂杰跟自己一样，都对电影里的白雪公主无感，对这位抢了公主风头，得到观众赞誉比公主还多的王后抱有好感。

冉斯年盯着屏幕上的查理兹·塞隆，突然想到了一个问题，姚叶想要整形成欧美美女的样子难道是为了迎合丈夫李颂杰的喜好？她为了夺回自己丈夫对她的爱，不惜改变自己，甚至是宁愿接受数次整容，在自己的脸上千刀万剐，只为了迎合丈夫的喜好？而她之所以没有去整形，那是因为枪击事件之后丈夫李颂杰就因为感激重回家庭，对她百般恩宠？

这样想来的话，姚叶虽然中了一枪，但却是珠宝店抢劫案中唯一得利的人，因为抢匪没有抢到珠宝就成了通缉犯，而姚叶却成功收复了花花公子老公的心。为了心爱的男人、为了家庭，中一枪和整容挨上千刀万剐来比，好像还是中一枪比较划算，至少算是长痛不如短痛。

冉斯年不禁对姚叶这个女人刮目相看，如果珠宝店抢劫案真的是姚叶一手导演的，那么抢匪就是她的同伙。如此一来就可以解释姚叶被抢匪掳做人质的巧合。可即便如此，姚叶也是把命赌在了同伙的枪法上，同样十分危险，这个女人为了李颂杰还真的是不惜以命相搏。

等一下，姚叶在枪击事件之前开始练习做清明梦，而那个时候她希望自己能够变成查理兹·塞隆的模样，至少是欧美面孔，而她每天最喜欢做的事情就是自拍，难道姚叶的知梦扳机就是这个？跟冉斯年自己的智齿扳机有异曲同工之妙？

如果是这样的话，姚叶的手机必须找专业人士好好检查一番了。

/3/

冉斯年又跟随着梦的指引走到了主卧，姚叶跳楼的地方。他进门后反手关上门，梦里的主卧里只有他一个人。

实际上，白天冉斯年扫荡这里和收拾残局的时候，瞿子冲一直跟他形影不离，说是帮忙，实则监视。好在在梦里，冉斯年可以像用PS一样，把自己不想见到的人给抹掉，所以梦里就只有他这位释梦神探在现场勘查。

冉斯年先是躺在了那张宽大柔软的高档大床上，把自己想象成死者姚叶。

仰视了一会儿顶棚的吊灯，冉斯年突然觉得不对劲儿，就好像有一只眼睛一直在侧面偷窥他一样。冉斯年站起身，重复了白天扫荡的一个动作，他粗暴地拉开了梳妆台抽屉，把抽屉上那个小小的圆形把手凑到眼前，又仔细看了看抽屉内部，顿时后背发凉。

这个看似是黑色塑料制品的小把手，其实是一个伪装的针孔摄像头！有人在监控着在卧室里养身体的姚叶！会是谁呢？能够有机会在抽屉上做手脚的，最可疑的就是姚叶的丈夫，这个家的男主人李颂杰，不是吗？

正想着，突然，冉斯年听到了主卧门口侧面的主卫那边传来了有人说话的声音。难道是主卫里面有人？

冉斯年迅速起身，开门进入主卫。他当然知道按照现实而言，主卫里面不可能有人，就算有也是白天真实踏入这里的瞿子冲。冉斯年想到的是，自己的潜意识在给他制造一些启发。

梦中的主卫里依旧无人，但是却仍旧有人说话的声音，那声音来自方形高档浴缸对面墙上的电视。冉斯年不禁哑然失笑，李颂杰和姚叶真不愧是有钱人，泡个澡也要看电视。

此时电视里直播的不是别的，正是白天客厅里正在收拾残局的饶佩儿和范骁。说话的正是范骁，他对饶佩儿说："饶小姐，看你累得都出汗了，要不要去洗手间里冲个澡然后继续干活儿啊？"

饶佩儿白了范骁一眼，警惕地躲开了范骁一小步，与他保持距离，并不说话。

范骁仍旧嘻嘻哈哈，又往饶佩儿身边靠了靠，眼睛不住往饶佩儿的胸前瞟："这样吧，我先去帮你放水，干脆泡个澡吧，他们的浴室很高级的样子，泡澡一定舒服。"

饶佩儿伸手推了范骁一把，也懒得跟范骁说一句话，只是起身走到阳台的位置，彻底远离范骁。

似乎有一个摄像机一直跟随着一样，冉斯年就站在电视这边观看着客厅里的直播。看到范骁如此色胆包天，他有那么一瞬间想要马上冲到客厅揪住范骁的衣领，但是他很快就反应过来，这一切都是假的，都是他的潜意识在导演的一场虚假戏码，为的是给他提示。

镜头转向范骁，他似乎已经开始亢奋，又想向饶佩儿扑去，又想去卧室的主卫那里放水洗澡，最后撂下一句：“饶小姐，我先去放水，咱们干脆一起泡个澡，我可以帮你擦背噢。饶小姐，我等你噢，你快，快点啊！”

电视里，饶佩儿一脸嫌恶的样子，朝范骁的背影翻了两个白眼，继续弯腰干活，丝毫没有要洗澡的意思。

这边，冉斯年所处的主卫的门已经被范骁从外面打开，范骁一边性急地脱衣服一边开门，赤裸着上身的他突然看到冉斯年身在主卫，马上愣住了，也不知道是继续脱还是把衣服穿上。

冉斯年上前一步，毫不掩饰自己内心的厌恶，直接抡起拳头给了范骁这个色欲熏心的臭小子一拳。

有什么关系呢？不开心就尽管发泄，反正就是个梦而已。

看着捂着脸一脸委屈的范骁，冉斯年苦笑着一挥手，把这个用完的道具也给P掉了。

主卫里又只剩下冉斯年一个人，他坐在浴缸边缘，仔细思考刚刚电视里直播的内容，他的潜意识到底想借此告诉他什么呢？是现在在梦里解读呢，还是醒来之后去分析呢？

正想着，冉斯年突然意识到了什么，为什么梦里看见有人骚扰饶佩儿自己会那么不爽呢？这只不过是梦而已啊，而且还是自己的潜意识制造的梦境，难道是潜意识想要提醒自己对饶佩儿的感觉超出了限定？

不会吧？冉斯年撇撇嘴，想到了大学时候的一件事。

他在读大一的时候，就已经显露出对梦的兴趣和超乎常人的理解，那个时候，他的下铺是个跟他同岁的大男孩，是寝室里的老六。老六告诉冉斯年，他最讨厌班里的班花，觉得那女生做作得很，可是因为频繁梦见班花，最后居然发现自己爱上了那个班花。

虽然都是心理学专业的学生，但是毕竟他们还都是大一，老六又不怎么学习，总是逃课，所以就请教冉斯年，让冉斯年用梦学的道理来解释一下这个现象。

冉斯年开玩笑似的告诉老六，其实老六一早就对班花特别关注，潜意识早就迷恋上了人家，只不过意识碍于面子不肯承认。这样一来，潜意识就不乐意啦，就要开始让老六频繁梦见班花。这就像是一场意识与潜意识的博弈，最后意识输了，屈从了潜意识，于是老六意识到自己爱上了班花。

冉斯年也梦见饶佩儿好几次了，从最开始相识的名导之死的案子，梦见饶佩儿的毛衣脱线，到之前不久夜魔的案子，梦见自己无法说话，只听饶佩儿一家之言，再到现在，又梦见了饶佩儿被范骁骚扰。

怎么自己的潜意识造梦总喜欢拿饶佩儿做道具呢？难道自己和饶佩儿就是当年的老六和班花？冉斯年苦笑着摇头，不会吧？他记得老六和班花早就偷尝禁果，大四那年就已经晋升为人父母，毕业后又马上奉子成婚修成正果，现在可是连孩子都可以打酱油了。

思绪越跑越远，冉斯年急忙刹车，让自己重新思考案情。转眼间，主卫里面已经是混乱一片，画面一下子跳转并且暂停在了冉斯年白天扫荡过后的场景。

地上乱七八糟的都是浴巾、毛巾和各种洗护用品，连洗脸池下方的柜子也被冉斯年给掏空。就在冉斯年的眼神扫视这些地面上的物品的时候，一道反射头顶灯光的光引起了他的注意。地面上一定有一个可以反射的点，是什么呢？

冉斯年弯腰寻找，在一堆杂物中发现了一个小小的、圆圆的反光物体。那是一个金属质地的徽章，可以佩戴在胸前的徽章，奇怪的是，徽章的背面还粘着一块墨绿色的橡皮泥。

冉斯年把它捡起来仔细观看，徽章是银色的，上面凹凸不平的花纹是一个飞翔的鸟的形状。这东西一下子就让冉斯年想起了他大学的校徽。因为二者实在是太像了，但是又绝对不是他的大学校徽，就好像是有人根据他的大学校徽改造设计过一样。

难道这是姚叶的大学校徽？不，校徽上一般都会有学校的名字，可是这个徽章上只有一个飞翔的鸟的图案。况且，如果是普通物件，又怎么可能会被放在这么隐蔽的地方，上面还粘着橡皮泥？

冉斯年弯腰去看洗脸池下方的柜子，柜子里侧的下水管就是墨绿色的。难道是有人把这个东西粘在了下水管的里侧？自己白天扫荡的时候因为用力过猛把它给震了下来，随着柜子里的瓶瓶罐罐一起掉在了地上？

这一定是姚叶的东西，冉斯年的直觉告诉他，而且这东西跟姚叶的死也有脱不开的关系。冉斯年一边想一边急着想要把粘在徽章上的橡皮泥给掰下来，可是无论他怎么用力，软塌塌的橡皮泥就是纹丝不动。

冉斯年明白了，因为白天的时候这东西掉落在地上，橡皮泥也是紧紧粘在徽章背面的，所以在梦里，他是无论如何都掰不开的，只有等明天一大早，他再走一趟姚叶的家，把这东西取出来。但愿昨天收拾残局的时候，没有把它给弄丢，但愿它还跟柜子里的那些瓶瓶罐罐一起又被他一股脑儿地塞了回去。

第七章

梦乡

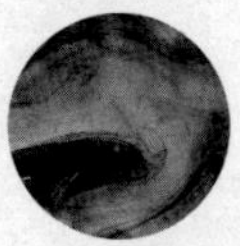

/1/

第二天一大早，冉斯年便联系了范骁，让范骁带他再回一次姚叶的家，毕竟现在姚叶的案子还无法下定论是他杀还是自杀，所以瞿子冲下令暂时封锁了姚叶的家，保姆和李颂杰都暂时不能回去。

范骁请示了瞿子冲，带着姚叶家门的钥匙，与冉斯年和饶佩儿在姚叶家门口会合。

“冉先生，瞿队让我问你，是不是昨晚梦见了什么？为什么突然要再回来一趟？”范骁一边开门一边兴致勃勃地问。

冉斯年说：“就是因为昨晚什么都没梦到，所以今天我才要再来一次，不过你放心，这次我会文雅一些的，只看不搞破坏。”

进了房间，冉斯年冲饶佩儿使了个眼色，便趁范骁不注意一个闪身，进了主卧里的主卫。

范骁反应过来刚想跟过去，便被饶佩儿一把拦住。饶佩儿拉住范骁的衣袖，紧张地问：“你闻到了吗？”

“闻到什么？”范骁抽了抽鼻子使劲去嗅，“没什么不同的味道啊。”

“没有吗？你再仔细闻闻，没发现这里有昨天没有的味道吗？”饶佩儿丝毫没有松手的意思，咄咄逼人似的缠着范骁问。

范骁还以为味道跟案件有关，又用力去闻，可还是摇头。

饶佩儿拉着范骁到了客厅的角落，示意他再闻。

一分钟后，冉斯年从主卧出来，看见饶佩儿和范骁在角落里面对面站着，又想起了昨晚梦里在主卫电视里看的直播，不禁眉头一皱，轻咳一声问："你们在做什么？"

饶佩儿嘿嘿一笑说："没什么，我只是测验一下我新买的香水味道如何，结果小范一点儿都没闻出来。"

范骁一头雾水，跟在冉斯年和饶佩儿身后出门，又被冉斯年轻易打发了，直到瞿子冲打电话给他询问进展，他才意识到，自己这一趟除了送钥匙开门之外，全无收获。

饶佩儿驾驶，冉斯年坐在副驾上，从口袋里掏出那枚背面粘着墨绿色橡皮泥的徽章，轻轻把橡皮泥揭开，全方位仔细打量这枚徽章。

徽章的正面是貌似冉斯年大学校徽的图案，一只展翅飞翔的鸟，除了这个图案之外没有任何文字，而徽章的后面似乎别有洞天。冉斯年对着阳光调整角度，竟然发现徽章的背面印着两个字——梦乡。

难道这个梦乡是个专门研究和教授清明梦的神秘组织？姚叶就是加入了这个组织所以才会学习和练习清明梦？

冉斯年有预感，在松江市，在这个梦乡里，还有一个自己的同行，同样是研究梦学的个中高手。只不过，这个人更加隐蔽，而且搞不好是个别有用心的家伙。

尽管不愿意，但是冉斯年知道自己不得不继续跟瞿子冲保持合作关系，因为很多事情是他无从得知的，必须利用警方的渠道。

冉斯年拨通了瞿子冲的电话，开门见山地说："瞿队，你们的技术人员有没有仔细检查姚叶的手机？我怀疑她的手机被人动了手脚。"

电话那边的瞿子冲愣了一下，忙指挥手下去重点检查姚叶的手机，然后问冉斯年："动了什么手脚？你怎么会有这样的想法？"

冉斯年也懒得多讲，说："这事儿说来话长，还是以后再解释吧。总之手机那边如果有消息，请马上通知我。"

回到家，冉斯年便给饶佩儿安排了任务，他要她根据姚叶生前，尤其是在受伤之前的两个月的微博圈定一个姚叶的活动范围，冉斯年要根据这个范围找到“梦乡”这个神秘组织的大本营。

饶佩儿苦着一张脸，就像面对高数难题一样，夸张地说：“不会吧？这不是等于大海捞针吗？”

“不见得。”冉斯年倒是很有信心，“一来，姚叶有自拍的习惯，无论去了哪里、做了什么都喜欢自拍，我相信她的微博在一定程度上就是她活动的分布图和行走的路线图。你是土生土长的松江市人，根据她自拍图的背景环境应该很容易就能辨别出她活动的范围。二来，我的运气一向不错，我觉得这是按图索骥，不是大海捞针。”

一直忙活到傍晚，饶佩儿总算是根据姚叶的微博在地图上给冉斯年划分出了姚叶生前三个月的大致行踪范围，而那个时间正好也是姚叶开始学习和练习清明梦的时间。

冉斯年有预感，那个“梦乡”的大本营一定就在饶佩儿划出的这几个区域之中。

“走吧，晚饭我请你出去吃。”冉斯年招呼饶佩儿跟他一起出门，“吃完饭，咱们顺便开车兜风，去这几个地方转一转。”

饶佩儿忙活了一下午，正想着要狠狠宰冉斯年一顿晚餐，便欣然跟着冉斯年出了门。晚餐过后，两个人按照远近顺序，分别在松江市的几个区域的繁华中心转了一圈，又去了冉斯年母校附近的商圈，最后在母校商圈附近的公园旁发现了一只展翅飞翔的鸟。

冉斯年惊喜地指着那个半地下小旅馆的招牌叫道：“你看，我们找到了，就是这里。”

饶佩儿冲车窗外望去，果然看到了小旅馆的招牌上画着一只跟徽章上很像的展翅飞翔的鸟。可是她却没有冉斯年那么兴奋，有些索然地说：“你也说了，这图案跟你们大学校徽差不多，也许这间旅馆就是你的校友开的，因为热爱母校，所以开个旅馆也把这只鸟印到招牌上呢。”

冉斯年停好车子，说：“既然如此，你先进去，说开房住店，看看他们是不是对外正常营业吧。我在车里等你。”

饶佩儿有些不情愿，边下车边说：“要是能开房，这房钱可得你出。”

冉斯年趁机占便宜似的说：“放心，开房的钱哪能让女士出呢？肯定是我出。”

饶佩儿也觉察出这话里别有深意，红着脸往那家名叫“向荣”的半地下小旅馆走去。

约莫过了十分钟，饶佩儿怒气冲冲地从旅馆走出来，上了车。

“怎么样？”冉斯年好奇地问。

“对外营业的，但是说客房都满了。”饶佩儿没好气地说，“可我明明看到里面有几个隔间还开着门，根本就没有人住过的痕迹，明明有很多空房间嘛。”

冉斯年了然地笑笑，掏出了徽章别在胸前，准备下车：“你自己开车回家吧，我今晚恐怕要住在这个向荣小旅馆了。”

饶佩儿一把拉住冉斯年，有些不放心地说：“我怎么觉得你要跳进一个危险的火坑呢？我看你还是不要私自行动好，明天叫瞿子冲，或者哪怕范骁过来检查一下这旅馆也好啊。”

冉斯年指了指胸前的徽章：“有这东西，恐怕他们谁也检查不出任何问题。放心，我不会有危险的，你忘了，我的运气一向很好。咱们保持电话联系，我每个小时会给你发一条短信，如果过时还没收到我报平安的短信，你再通知瞿子冲他们也来得及。”

饶佩儿还想阻拦冉斯年，可冉斯年已经一用力挣脱了她的手，大步流星地朝小旅馆走去。

/2/

冉斯年推开小旅馆的门，门上方的铃铛发出清脆的响声，引起了前台一个埋首看韩剧女孩的注意。那女孩也就十六七岁的年纪，一脸的稚嫩和清高，很不高兴地按下了暂停键，抬头去看冉斯年。

“怎么？新来的？”女孩似乎一眼就看到了冉斯年胸前的徽章，马上站起身走到冉斯年面前，上下打量他。冉斯年这才注意到，原来女孩的胸前也戴着一枚一样的徽章。果然，他没有估计错。

“是啊，新来的，你好，我叫毛杨，你怎么称呼？”冉斯年伸出友好的手，言语间有点跟小孩说话的意思。

女孩翻了个白眼，倔强地说：“帅哥，拜托，别用这种口吻跟人家说话好不好，人家不是小孩子啦。人家叫余雯，你可以叫人家小雯。”

冉斯年笑笑，不想多说，怕说多错多，只是附和着说：“你好，小雯，很高兴认识你。”

余雯看了看墙上的挂钟，已经是晚上十点多，她有些意外地说：“新来的就是不一样，早来了一个多小时啊。我先带你去房间休息，等到12点再说吧。对了，你是怎么认识老师的啊？又是怎么通过考核的？老师给你出的考题是什么？”

冉斯年故作神秘，又拿出糊弄小孩子一般的口吻说：“这个嘛，是秘密。”

“哼，小气。”余雯把冉斯年领进了靠里面的一个小隔间，“你就在这里休息吧，以后这里就是你的房间。你自己定好闹钟，不要睡过头，12点准时在后面集合。”

冉斯年说了句没问题，然后便把房门关上。听着余雯的脚步声越来越远，他松了一口气，但是却莫名地兴奋，就好像他是个潜入敌方的卧底。这个地方，还有这个年纪轻轻的余雯，包括她口中的老师和考核，都让冉斯年好奇心高涨。

可是12点的集体活动中，如果那位老师也出席的话，一定会拆穿他的身份，该如何是好呢？冉斯年想趁12点之前先偷偷出去探一下地形环境，可是却隐约能够听到前台那里传来韩剧的声音，余雯一直在那里，他如果偷偷行动被余雯发现怎么办？

没过半小时，冉斯年给饶佩儿发了一条报平安的短信后，开门出去，径直走到余雯身边。

“你怎么又出来了？”余雯抬头望着冉斯年。

“我睡不着，太兴奋、太紧张了，”冉斯年说的是实话，“所以出来跟你一起看韩剧啊，正好，这部片子我也喜欢。”

“你也喜欢《来自星星的你》？”余雯一听说冉斯年跟她有共同兴趣，颇为高兴，拉了一把椅子给冉斯年，“那就跟我一起看吧，我最喜欢秀贤欧巴啦，他就是我心目中的男神，这部剧我都看了五十遍啦！”

冉斯年惊讶地张大嘴巴：“骗人的吧，五十遍？”

余雯一拍桌子，怒道：“不许怀疑我对秀贤欧巴的真心，真的是五十遍，我还要继续看下去，看一百遍都不够！”

冉斯年哭笑不得，他告诉余雯自己喜欢全智贤，示意余雯按下播放键，两人一起观看。

十一点，门铃再次响起，又是一个戴着徽章的人走了进来，这人看起来二十出头，典型的屌丝相，畏畏缩缩，跟余雯打了个招呼就往里走。

余雯轻声对冉斯年说：“他叫吴智，人如其名，是我们这里最笨的学生，一般人学个半年最多一年也就可以毕业了，他啊，都在这里赖了两年啦，还是不得要领，现在是借钱交学费呢。唉，老师都劝他干脆退出算了，他根本没那个慧根，可他就是不听。”

冉斯年点头，心想原来这里的确就是那位老师教授学员清明梦的学校，而且还收取高额学费，看来这位老师的目的说到底也是钱。

“对了，咱们这里目前有多少个学员啊？”冉斯年小心翼翼假装不经意地问。

余雯目不转睛地盯着屏幕，想也没想地说：“算上你这个新来的，现在一共是七个学员，只不过有三个学员最近一段时间请假，所以今晚恐怕只有你、我和刚刚的吴智，还有一个叫崔志超的男人四个人啦。”

晚上还差5分钟12点，崔志超赶到，他是一个看起来有点痞子相的年轻人，染着一头的黄毛，还戴着个唇环，一身的烟味。冉斯年觉得他是刚从网吧出来的。

“你是，新来的？”崔志超一眼就看到了跟余雯并排坐着的冉斯年，眯着眼不屑地问。

冉斯年友好地笑笑说：“是啊，你好，我叫毛杨。”

“毛杨？”崔志超挠挠一头的黄毛，“我是不是在哪里见过你啊，怎么这么眼熟啊？”

冉斯年心里一惊，难道自己被认出来了？不会吧，自己的照片在一年前爆炸事件发生前的确在行业内的网站上可以看到，可这个崔志超怎么看也不像是会去看心理行业网站的家伙啊。

“是吗？我可是没见过你呢。”冉斯年面不改色地应和着。

余雯关上了电脑，拉下了旅馆的卷帘门，关好灯后带着冉斯年经过两边都是隔间的窄走廊往里走，推开了一扇房间的门，进入了一个几十平方米的空荡房间中。

冉斯年这才注意到，这间长方形的大房间有好几个门，从外面看，一定以为门内也是一间间的隔间，可其实，里面只有一个大房间。

房间有点像教室，最前面有个给老师坐的桌椅，而学生的位置则是一张张单人床，并排摆放在对着老师的位置。看来，学习清明梦的学员是要躺着听课的。

冉斯年注意到房间里只有六张床，幸好今晚只有他们四个学员，否则他这个新来的家伙还真没有地方。

老师迟迟不到场，这让冉斯年愈加紧张，他本来已经准备好了一套说辞，等见到这位老师之后就说是姚叶私底下介绍他来的。可是老师迟迟不出现，他就怀疑那位老师搞不好已经发现了他这个闯入者，搞不好已经偷偷离开了此地。

正想着，崔志超进门，走到自己的床位上躺下，吊儿郎当地说："看来老师今晚是不会来啦，估计是嫌人少生气了吧。最近这阵子缺课的学员就有三个，估计今晚又得咱们几个自习啦。"

冉斯年松了一口气，又不免失落，他还是挺想见一见这位老师的。

眼看屋子里的几个人都挺败兴的，冉斯年一时之间也不知道该如何是好，便主动找余雯搭话，他问："老师不来，我怎么办啊？要不，你先教教我？"

"我？"余雯捂着嘴笑出声，"我可教不好，说真的，我是这里仅次于那个吴智的学员。老师说我不是笨，就是没法集中注意力，说等我再大个两岁会好一些。"

"你为什么要学习清明梦啊？"冉斯年大着胆子问。

余雯大大咧咧地说："这还用说，当然是为了秀贤欧巴啦。秀贤欧巴是我的男神。可在现实中，我是无论如何也不可能跟他在一起的，为了实现我的梦想，我只能在梦里与秀贤欧巴相知相守啦。为了我的秀贤欧巴，我都已经辍学啦，偷偷把家里给我的学费交到这里来，老师看我如此诚心，就让我当了旅馆的前台，每天都收留我在这里。"

冉斯年听得不免有些心痛，他更加觉得有必要解散这个所谓的清明梦学校，让余雯这个误入歧途的孩子回学校上学去。

畏畏缩缩的吴智躺在床上，睁眼瞧着天花板，也是一副不知道该走该留的为难样。冉斯年便想把他也拉入聊天的队伍中，便问："吴智，你呢？你为什么学习清明梦啊？"

吴智干笑了两声说："为什么？因为清明梦能给我一切我想要的，我在现实中得不到的。我高考失利，只读了一个三流专科，毕业后找的第一份工作又被骗子骗走了一万元。那之后，我几乎事事不顺，长这么大，没有一个女孩看上我。这辈子，我是注定落魄了，只有在梦里，我才能成功，我才能成为人上人，让那些骗过我、拒绝我的人都拜倒在我的脚下。”

冉斯年无奈地摇摇头，一时之间不知道该说些什么。

一旁的崔志超插话：“新来的，你又是为什么要来学习清明梦呢？看你的穿着打扮，不像是不得志的人啊。”

冉斯年苦笑说：“实不相瞒，我是因为我的未婚妻，哦不，现在该说是别人的未婚妻了。她狠心抛弃了我，可我却一直无法释怀。我想她，所以……”

吴智坐起身，说：“你这情况跟姚叶挺像的嘛。”

“姚叶？也是这里的学员吗？”冉斯年抑制住内心的激动，假装好奇地问。

余雯接茬儿：“是啊，姚叶姐就是请假没来的学员之一，她都请假一个月了，听说好像是生病了吧。姚叶是三个多月以前来的，是这里悟性最高、学得最快的学员。老师说，这也许是因为姚叶的学习动机最强烈的原因。姚叶姐的老公是个花花公子，在外面到处拈花惹草，把姚叶姐冷落在家里。可她又是那么深爱老公，没办法，只好寄托于清明梦，在梦里跟深爱的男人长相厮守。你说，这跟你不是很像吗？”

冉斯年心想，姚叶已经死了，而且还是被清明梦给害死的，可这屋子里的三个人似乎是真的不知道此事，不知道他们学习和向往的清明梦其实骨子里就是啃噬他们灵魂、让他们脱离现实的妖怪，甚至被有心人利用后，还能变成杀害他们的武器。

吴智咋舌，反对余雯的说法：“小雯，你就别美化姚叶啦。哼，说什么深爱老公，其实她早就跟张国梁那个家伙搞在一起啦。咱们这里谁不知道这事儿？”

冉斯年心念一动，珠宝店的抢匪张国梁也是这里的学员，而且还跟姚叶有一腿？这说明什么？果然珠宝店的抢劫案是他们俩联手策划的！

可是张国梁为什么要帮助姚叶夺回丈夫呢？他难道不想独占姚叶吗？还是说姚叶给了他报酬？不对，如果是金钱交易，姚叶又何必跟张国梁那样一个中年丑男上床？

崔志超不屑地骂了一句脏话，说：“张国梁那个老笨蛋，根本就是被姚叶给玩了，姚叶怎么说也是个年轻美女，怎么可能看得上张国梁那个老痞子？”

崔志超话音刚落，冉斯年敏锐的耳朵便捕捉到门外传来了声响，像是一个人懊恼地吐出了一口气的声音。

“门外有人！”冉斯年警觉地站起身，要往门口走，却被眼疾手快的崔志超给拦住了。

“胡说什么啊你，这里就咱们四个！少给我疑神疑鬼的！”崔志超的力气很大，把冉斯年给推倒在床上。

冉斯年确信自己没有听错，门外刚刚的确有人，搞不好就是张国梁。

张国梁现在是通缉犯，听瞿子冲说，他是个刑满释放人员，老婆孩子在他刚判刑入狱的时候就离他而去，去了外地，后来改嫁，孩子连姓都改了。张国梁在松江市无亲无故，他要是想躲在什么地方，这里又隐秘又熟悉，再合适不过。而且刚刚，正是由于崔志超说张国梁是个老痞子，所以门外的张国梁才沉不住气发出声音。

不能打草惊蛇，否则让张国梁逃了，冉斯年此次的卧底行动可就是帮倒忙了。于是冉斯年不好意思地说自己听错了，又安安分分地坐在床边。

“对了，小雯，你不是说请假的有三个学员吗？除了姚叶和张国梁，还有一个是什么人啊？”冉斯年隔了一会儿像是突然想到这个问题似的问。

余雯的脸色有些复杂，竟然有点羞赧，她小声地说：“他啊，他是在你之前最新的学员，他是个非常有魅力的男人，长得还有一点像我的秀贤欧巴呢。”

崔志超冷嘲热讽地说：“呸，还有魅力，我看他就是个伪君子，就是看准了你是个小姑娘好骗，说什么替你交学费、将来带你去韩国见秀贤欧巴，其实就是为了骗你上床。”

余雯攥紧拳头叫道：“不许你胡说，俊杰欧巴才不是那样的人！”

冉斯年不动声色，趁余雯跟崔志超争论的时候，又给饶佩儿发了一条短信报平安。凌晨两点的时候，崔志超首先提出退场，他说既然老师没来，他在这里跟他们废话也是浪费时间，不如回网吧继续打怪。

剩下的余雯无处可去，因为这里已经等同于她的家，她家里只有一个年迈的姥姥，根本管不了她。吴智也说与其回那个四个人合租的小屋子，不如在这里休息舒服。

又聊了一会儿，等余雯和吴智都睡着之后，冉斯年悄悄起身，轻手轻脚地离开了这间教室。他屏住呼吸，脱了鞋，赤脚在漆黑的走廊里缓缓移动，同时，竖起耳朵仔细聆听，寻找张国梁藏身的地方。

均匀的鼾声钻入冉斯年的耳朵，那声音是从最里间的一个套间里传出来的，黑暗中借着月色，冉斯年看得出来，里面的套间不同于外面的隔间，似乎是旅馆主人居住的地方。

难道张国梁就藏在那里？冉斯年决定明天一早通知瞿子冲来这里假装工商税务的人秘密找人，现在不太方便，瞿子冲现在就带人来直接抓人的话，自己的卧底任务就得被迫终止，因为屋子里的那些人一定会识穿他的卧底身份，认为是他通风报信，而且搞不好那位老师就再也不会露面了。况且，这房间里打鼾的家伙到底是不是珠宝店劫匪张国梁，也是两说。

第八章

老师的老师

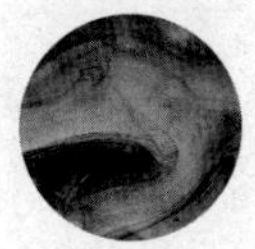

/1/

清晨六点半，冉斯年走出小旅馆，一边转过拐角一边再次给饶佩儿发短信报平安。昨晚一整夜，冉斯年的睡眠被他分割成好几截，他让自己每隔一个小时醒来一次，给饶佩儿发短信报平安，不这样做的话，饶佩儿就会报警，那么他也别想继续在这里打探什么了。

短信发送成功，冉斯年一抬头，竟然看见了熟悉的车子，就停在拐角的另一边。车子里的饶佩儿坐在驾驶座上正在低头看手机。

冉斯年大跨步跑过去，打开车门，一脸惊愕地看着还是昨天那副穿着打扮，头发凌乱、脸色憔悴的饶佩儿，问："你……你一整晚都在这里？没……没回家？"

饶佩儿揉了揉熊猫眼，无力地点点头，挤出一个放心的笑容，说："幸好你没事，我还想着，一旦你没有及时报平安，我就先报警，然后马上进去救你。等警察过来，搞不好你已经……"

可能是意识到自己说话不太好听，饶佩儿没说完，吐了吐舌头。

冉斯年一声不吭地把饶佩儿拉下车，让她坐到副驾驶的位置，然后开车送她回家。昨晚一整晚，冉斯年还是睡了一段时间的，可是饶佩儿，看她的样子根本是一夜没合眼。冉斯年的心里说不上来的五味杂陈，最多的是酸涩，酸涩中又透着一丝温暖感动。

“什么？说俊杰欧巴长得有点儿像秀贤欧巴？”刚一进家门，饶佩儿听冉斯年讲到了这句话的时候，一惊一乍地说，“我说脸盲侦探先生，我没有告诉过你，李颂杰长得就有点像金秀贤吗？”

冉斯年一愣，马上反应过来，难道说自己之前的那位新学员，那个余雯口中的俊杰欧巴就是李颂杰？

可是，李颂杰又为什么要去“梦乡”学习清明梦呢？他昨晚没有出现又是为什么？冉斯年庆幸自己并没有跟李颂杰打过照面，这样一来，就算他们在“梦乡”里遇见了，李颂杰也不会看穿他的身份。

想到这里，冉斯年马上给瞿子冲打电话，要求观看李颂杰录口供的视频，他得通过声音和肢体特征记住这个李颂杰，免得在“梦乡”里见到却认不出。紧接着，冉斯年也把昨晚的经历讲给了瞿子冲，瞿子冲答应他上午会派人假扮工商税务人员去那家小旅馆，趁机查看到底张国梁是不是藏身在那里。

“斯年，你这样深入敌后，会不会太冒险了啊？干脆我带人把‘梦乡’里这几个人都抓回来审讯得了。”瞿子冲在电话里提议。

冉斯年马上否决这个提议：“不行，不能打草惊蛇，一来，把他们抓回去审也审不出什么跟姚叶跳楼案有关的信息；二来，你这样做惊动了那位老师，他恐怕会就此销声匿迹。我不能让这样祸害人的老师继续从事这种祸害人的活动，必须抓到他才行。我后天晚上还是会去‘梦乡’那里继续打探，我倒是要亲眼见识一下这位老师到底是何方神圣，有什么能耐。而且，对于之前的珠宝店抢劫案，我也有了一点自己的想法，后天晚上我去那里，正好可以去证实我的想法。”

瞿子冲拗不过冉斯年，只好答应，又叮嘱了几句话便挂了电话。

午饭过后，冉斯年又接到了瞿子冲的电话。瞿子冲告诉他，假扮成工商税务的警员进入了小旅馆，也趁机进入了冉斯年所说的那个里间套间里，可是整个旅馆里并没有什么张国梁，那间套间里住的是旅馆的老板范明伟，一个二十多岁的年轻人。

冉斯年觉得这其中一定不简单，看来一切只有等到后天晚上他再去“梦乡”学习的时候才能有所进展了。

瞿子冲说警方那边的调查已经陷入了僵局，上面的意思是如果再没有进展的话，就以自杀结案。瞿子冲把破案的希望都寄托在了冉斯年身上。

冉斯年挂上电话，脑子里有些乱，一方面是姚叶坠楼的案子，一方面是那个失踪的记忆卡；一方面是清明梦成了杀人的工具，另一方面，他还总觉得昨晚的经历有什么不妥，却也说不上来是哪里不对劲儿。

在客厅里琢磨了一阵子，这才想起饶佩儿吃过午饭就急匆匆地上楼说还要睡觉。她都已经睡一上午了，这样睡下去不是办法，于是冉斯年便打算上楼去看看这个为了自己一夜未眠的女人。

敲门后，饶佩儿隔了一会儿才来开门。冉斯年一进门便看出了饶佩儿根本没在睡觉，她一直在上网。再看饶佩儿那有些紧张的神情，像是做错事的孩子被抓到现行一般，冉斯年马上明白过来。

“你在查有关清明梦的信息对不对？你想自学清明梦？”冉斯年板着一张脸问。

饶佩儿索性坦白：“没错，但是你尽管放心，我是不会像你口中的那几个学员那样用虚幻的梦境去代替现实的，我想要做清明梦，就是为了寻找我丢失的那段记忆。首先，我要想起来，盒子里的照片上到底是谁。这对我很重要，因为这关系到我父亲的死！”

“清明梦，父亲。”冉斯年喃喃念叨着这两个词，脑子里再次浮现出了那个大雨滂沱中的年轻人，固执地站在他大学宿舍的楼下。

“斯年，你就帮帮我好不好？如果你不肯教我清明梦的话，那么，你亲自进入到我的梦里，替我查出真相！”饶佩儿拉住冉斯年的手臂撒娇似的晃悠。

冉斯年这才回过味来：“什么什么？进入你的梦？我没听错吧？”

饶佩儿走到电脑前，把最小化的网页放大，指给冉斯年看，说道：“你看，我都查到了，网上说按照控制梦境的能力分为五个层次：最低层次是随梦者，就是自身无法改变梦境内容，只能随着梦境的改变随波逐流，但能清楚知道自己身在梦中；第二层次是入梦者，做梦时能根据无意识创造的梦境内容用意识‘想’出符合自己的东西，但整体不能超出无意识创造的梦境规则；然后是逐梦者，也就是做梦时能根据无意识创造的梦境大幅改变梦境内容，以利于自己的方向，但做梦时出现的梦境自己无法预测；紧接着是造梦者，能根据需要在睡前强制潜意识创造意识分配的梦境，效果与能力有关。你不就是造梦者吗？你想做什么梦就能做什么梦。最高层次的就是潜梦者，就是说能够完全掌握控梦的精髓，还能同步潜入别人的梦境中。”

冉斯年难以置信地瞪着饶佩儿，又瞄了一眼电脑屏幕，最后指了指网页下方的一行字，说：“看到了吗？连你信任的网页都告诉你，潜梦属于玄学的范畴。你还真以为我是神棍啊？”

饶佩儿委屈地噘着嘴：“你……你没法潜梦吗？”

冉斯年双手抓住饶佩儿的双肩，苦口婆心地说：“佩儿，我理解你迫切的心情，但是你也不要慌不择路异想天开。潜梦这东西我认为根本就是一派胡言，至少在我的领域，我从来不敢往那方面想。我答应你，一定会想办法帮你探究你身上的秘密，请你给我一点时间可以吗？等忙完了姚叶的案子，我就帮你。”

饶佩儿松了一口气，苦笑着说：“忙完了姚叶的案子，你还有黎文慈的案子，还要寻找那个记忆卡，轮到我，不知道什么时候呢。我怕时间久了，我就会想不起来了。”

冉斯年看着仍旧疲惫的饶佩儿的小脸儿，想起了昨晚她因为担心自己的安危在车子里过夜的事，不免心软，说：“相信我，没有把握的事情我是不会许诺的。而且你忘了吗？我的运气一向很好，一定能够找到记忆卡，一定能够让你看清楚梦里照片上的人是谁。”

饶佩儿点头，对于冉斯年的许诺，她深信不疑：“好吧，还是先忙姚叶的案子，然后抓紧时间寻找黎文慈留下的记忆卡，记忆卡的事情可是大事情，我的事情其实也不急于一时。”

冉斯年轻拍饶佩儿的肩膀，温柔地说：“这才乖，晚上奖励你吃大餐。”

/2/

深夜，冉斯年一个恍惚的空当，他再一次置身于那个半地下的小旅馆，“梦乡”的大本营。他躺在床上，听着周围余雯和崔志超的争论，闻到的仍旧是崔志超身上那股子散不去的烟味。只不过这一次，冉斯年闻到了烟味中似乎还夹杂着别的什么味道，就像是什么东西放坏了一般。

冉斯年一个激灵，从床上坐起来，他的举动并没有引起余雯和崔志超以及吴智的注意，他们像是看不见冉斯年一样。那是自然，因为此时此刻的重现，是冉斯年在做梦。

冉斯年像昨晚一样轻手轻脚地离开了那间大教室，顺着走廊摸黑往最里面的套间走去。没错，不但鼾声是从这里传来的，就连那股奇怪的味道也是从这里传来的。这就是白天的时候冉斯年隐约觉得不妥，但是又想不起来是哪里不妥的源头，就是这个奇怪的味道！

冉斯年自然知道他无法在梦里推开那扇门，因为现实中他昨晚并没有进入那个套间里，可是就像饶佩儿在网上查到的说法一样，他是个造梦者，他可以让自己的潜意识给自己造出一个梦境，用自己的意识去影响潜意识，做一个受自己意识和潜意识共同控制的清明梦，且看潜意识会在这扇门后面编织出一幅什么样的景象作为提示。

冉斯年打定了主意，飞起一脚，踹开了眼前的那扇门。

木门应声倒下，里面传出了一个男人的惊叫声。男人打开灯，警惕地望着眼前的冉斯年，看来是受惊不小，竟然吓出了一身汗，全身湿透，一双眼睛放射的尽是警惕和惊恐的光。

冉斯年能够感觉到那股味道愈加浓烈，但也可以肯定眼前的男人不是那个珠宝店劫匪张国梁，一来，这个男人也就二十多岁，如同瞿子冲所说，是个年轻的旅店老板，而张国梁是个身材敦实的四十岁男人。

令冉斯年惊奇的是，面前的男人竟然没有问他是谁、闯进来是要做什么，居然一声不吭地逃走了。冉斯年顾不得追他，只是在房间里四下翻找，他想找到那股味道的来源。

冉斯年不顾自己在梦中的形象像个警犬一般，用力地嗅，终于在墙上挂的一幅画上找到了味道的源头。那是一幅看起来十分老旧的水墨山水画，画的下方是个破旧木柜。冉斯年踩着木柜把画轴取下，眼前瞬间显现出一个清晰的人影，这人影就投射在墙上，同时，那股让人作呕的味道更甚。

墙里面有尸体，这就是冉斯年的清明梦给他的提示！

可是，这会是谁的尸体？是张国梁的吗？是谁把尸体砌在墙里？看这墙面似乎不像是最近刚刚砌成的，怎么看都像是有年头了，难道墙里面的尸体不是张国梁，是个很多年前就已经死掉的沉尸腐尸？

冉斯年在梦中陷入了沉思，他坐在床上，盯着眼前墙上的人形发呆，耳边却传来越来越大的雨声。

下雨了吗？冉斯年站起身，走到窗前往外看。等一下，这明明是在半地下的小旅馆，只有房间的上方有那么一个扁扁的小窗，怎么透过窗子往外看？

而事实上，冉斯年却是站在了一扇大窗前，正俯身往楼下看。

这一看不要紧，冉斯年浑身一个激灵，他竟然看到了一个年轻人站在楼下，被淋成了落汤鸡，可尽管如此，他仍旧没有要离开的意思，仍旧直愣愣地仰着头，盯着自己所在的窗子。

“我说老五，我看那小子八成是看上你了，不然怎么这么执着？”冉斯年的身后传来了一个男生边吃东西边说话的含混声音。

冉斯年一回头，自己哪里还在什么小旅馆，他正在大学本科时期的寝室里！跟他说话的正是寝室里的老六。

“别胡说，人家是孝顺儿子，之所以这么执着是为了他的父亲。”冉斯年不受控制地脱口而出。

话音刚落，冉斯年便睁开眼，瞬间回到现实，醒来时已经是全身都浸泡在汗水里。

时间显示是凌晨五点，天色微亮。冉斯年起身冲澡，脑子里迅速闪现着梦里的画面，和自己分析得来的结论。他到现在才发现，原来自己也跟其他正常人一样，喜欢逃避，喜欢自欺欺人，而他的潜意识似乎看不过去这一点了，竟然这么残忍地把残酷的事实呈现出来。

五点半，冉斯年下楼打算准备早餐，却见饶佩儿已经在厨房忙活开了。饶佩儿一抬眼，看见了一脸落寞的冉斯年也是吓了一跳。

“怎么了？你没睡好？还是说，你在梦里查到了什么？”饶佩儿放下手里的活儿好奇地问。

冉斯年只觉得胸口憋闷，有些事情他不吐不快，而眼前唯一能让他倾诉的人只有饶佩儿。把自己的故事以及昨晚的梦和推论讲给饶佩儿，对他来说就像是忏悔，说出来了，也能舒服一些。

“佩儿，记得你之前问过我，清明梦就没有帮助过什么人吗？”冉斯年有气无力地说，拉了一把椅子，坐在餐桌前。

饶佩儿给冉斯年倒了一杯水，然后坐在他对面洗耳恭听。

“其实，早在我上大二那年，就曾用清明梦帮助过一对父子。”冉斯年眉头紧锁，满脸哀伤，一点儿也不像在说一件助人为乐的好事，他压低嗓音，极为压抑地说，“我还记得那年那个男孩才十六岁，在论坛上发现了我这个对清明梦发表过见解的大学生，认定了我会做清明梦。他也不知道是通过什么方法找到了我，一连七天，每天晚上都会来我的寝室楼下眼巴巴地抬头望着我，乞求我能够教授他做清明梦，风雨无阻。”

“然后呢？你有没有被他的诚心感动？”饶佩儿小心地问。

“他叫袁孝生，十六岁就已经辍学，白天打工，下午五点下班，一直到晚上十点还要继续去打工，每天在我这里等上将近五小时，一连七天。我怎么能无动于衷？一开始我的确很是反感，我担心他学习清明梦就是为了逃避现实，可是后来，我才从他口里得知，他要学习清明梦不是为了他自己，而是为了他截瘫在床的父亲。袁孝生跟单亲父亲相依为命，因为一次工伤，他的父亲被截去了下肢，因为长期营养不良，体弱多病，每天只能卧床，生活不能自理。”

饶佩儿点点头，的确，这样的人才是最需要以清明梦作为生命寄托的人吧。现实中，他们只能躺在床上，除了思想自由之外，身体完全不听使唤，一定会觉得了无生趣。可是如果可以做清明梦的话，那么他们的生命等于在某种程度上得到了重生，他们还是可以体会到活着的快乐和生存下去的动力不是吗？

“我跟着袁孝生去了他家。”冉斯年继续讲述，“他家住在棚户区，非常简陋，他的父亲骨瘦如柴，躺在床上甚至连话都说不清楚。这也是袁孝生让我教他做清明梦，而不是直接教他父亲做清明梦的原因，因为他的父亲学起来会非常慢，而袁孝生不想耽误我太多时间。我也曾问过袁孝生，他会不会沉迷其中，当时他觉得我问这个问题很不可思议，他说他一天要打两份工，负担他的父亲，哪里有时间去沉迷这东西。”

饶佩儿静静倾听，可冉斯年却戛然而止了。

“后来呢？可想而知你还是答应了袁孝生教他做清明梦对吧：后来发生了什么？”

冉斯年揉了揉双眼，哑着嗓子说：“我用一个月的空余时间教会了袁孝生做清明梦，他的悟性很高，学得比我想象中快得多。一个月后，我再去棚户区找他们父子俩的时候，邻居告诉我，他们搬家了，搬去了哪里他们也不知道。袁孝生不辞而别，当时我以为他是怕我向他要学费。可现在想想，他是逃了吧。”

“逃？他为什么要逃？是为了躲债吗？”饶佩儿问。

“也算是躲债吧，准确来说是躲我。”冉斯年揉了揉太阳穴，哀伤地说，“袁孝生消失后的几天我一直在做一个相同的梦，我梦见袁孝生卧床的父亲只是个人偶，被袁孝生牵线控制的人偶。我当然明白这个梦代表着什么，我的潜意识告诉我，我上了袁孝生的当。可是我的意识却不愿意面对自己被骗的可能，强迫自己不去想，甚至淡忘这件事。”

“斯年，当年你也是不到二十岁的年纪，又身在校园，不懂人心险恶，而袁孝生虽然才十六岁，却已经在社会上摸爬滚打了，你被他骗了也不用自责，犯不着因为自己的善良被险恶利用而感到自责的。”饶佩儿由衷地说。

冉斯年用力摇头：“现在已经不是自责，是懊悔。因为昨晚的梦，我意识到了当年我犯了多么大的一个错误，我间接害死了一个人！”

饶佩儿一时之间没有反应过来：“被袁孝生骗了，就间接害死了一个人？”

“是的，我怀疑当年袁孝生那个瘫痪在床的父亲根本不是他的父亲，不过是他找来的一个傀儡，有可能是个健全的流浪汉，又或者本身就是身体有缺陷的人。他找来这个演员，利用我的同情心欺骗了我，等到他觉得不再需要我之后，这个演员自然也就没了用处。我想，八成袁孝生已经把他给杀了。”冉斯年说完这些，就给饶佩儿讲了他昨晚梦见墙里有尸体的事。

饶佩儿双眼圆瞪，最后总结冉斯年的意思：“你的意思是，这个‘梦乡’的老师，其实就是袁孝生？他利用了你教给他的清明梦去收徒赚取利益？而且，他把当年找来当演员的那个男人给杀了，尸体藏在了小旅馆的墙壁里？”

“是的，我很清楚，我的潜意识就是这么认定的。”冉斯年极为笃定，“我就是这位老师的老师，所以他创建的‘梦乡’徽章才会类似我的大学校徽，这样算是他的一种追本溯源吧，而且回想起前天晚上我在‘梦乡’的几个关键点，也正好符合我的这个推测。”

“昨晚在‘梦乡’，你是说，那位老师并没有出现？”饶佩儿顿悟，“难道说，正是因为那位老师，也就是袁孝生认出了你？”

“是的，还有一点，就是那个染着一头黄毛的崔志超，他见我第一眼的时候曾脱口而出说在哪里见过我。后来，他也是最后一个进教室的，我怀疑他根本就是袁孝生的朋友，他认出了我就是当年教袁孝生清明梦的那个人，于是给也身在小旅馆的袁孝生通风报信。袁孝生怕与我打照面，所以不肯现身。”

饶佩儿觉得冉斯年的推理可能性非常大，如果真的是这样，冉斯年一定会很难过，毕竟他当年的错误造就了这么一个坏蛋。

“今晚，我想他也是不会现身的吧，或者，如果他得知了我患有脸盲症的话，说不定也会冒险出面。只可惜，那么多年前见过的16岁男孩，如今变成了什么样，别说我是个脸盲了，就算我是正常人，如果他变化大的话，我也很有可能认不出。”

“通过行为特征也认不出吗？”饶佩儿问。

“没办法，我认识袁孝生那时候还不是脸盲，并没有仔细去观察对象人物行为特征的习惯。”冉斯年重重叹息，“也就是说，除非把墙里的身体挖出来，否则我根本拿这个袁孝生没办法。今晚，我会想办法进入那个房间，看看里面是不是真的如同我的梦一样，藏着尸体。”

按照冉斯年的要求，饶佩儿偷偷给瞿子冲打了电话，把冉斯年怀疑自己就是那位“梦乡”老师的老师的推测讲给了瞿子冲，算是以间谍的身份给瞿子冲通风报信。

此举是为了让饶佩儿取得瞿子冲的信任，让瞿子冲以为冉斯年还在他的掌控之中。当然，冉斯年当年被骗的这种事，他自然是不愿意吐露给瞿子冲的，但是由饶佩儿讲出来就再合适不过，一来可以显示冉斯年对饶佩儿的信任，二来可以让瞿子冲对饶佩儿的间谍身份更加放心。

瞿子冲听了饶佩儿的汇报，表示自有安排。饶佩儿问他是要直接安排手下去小旅馆搜寻尸体，还是安排人密切监视小旅馆。

瞿子冲犹豫了一下，选择了后者。一来，他不想让冉斯年知道饶佩儿对他通风报信；二来，他也怕直接搜寻尸体什么也找不到，还打草惊蛇。

第九章

走火入魔

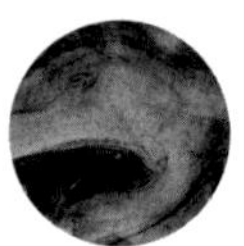

/1/

晚上十一点，冉斯年再次佩戴着徽章踏入了“梦乡”那扇半地下的门，第一眼见到的还是坐在前台的余雯。

“呀，帅哥欧巴，你来了啊。”余雯亲昵地跟冉斯年打招呼，“今晚老师一定会出席的，放心吧。”

冉斯年绕到前台后面，果然，余雯还在看《来自星星的你》，他假装不经意地问：“哦？是因为今晚的学员多吗？那三个请假的学员也会来？”

余雯鼓着腮帮子，不高兴地嘟囔着：“我从昨天就一直给俊杰欧巴打电话，问他什么时候来，可是他一直不接我的电话。刚刚我再打，那个号码已经是空号了。我想，他是永远都不会来了吧。他一定是厌倦了这里，也不再喜欢小雯了。”

冉斯年心想，这个俊杰欧巴八成就是李颂杰，他是在姚叶中枪住院期间来到“梦乡”的，姚叶一死，他又彻底告别了“梦乡”，可见他找来这里的目的不纯，说不定就是为了调查姚叶。

“其余两个学员呢？就是那个貌似有一腿的姚叶和张国梁，他们会来吗？”冉斯年又问。

余雯摇头说：“我也不知道，我只是知道老师就在里面的房间休息，一到12

点，他就会来授课的。”

冉斯年又坐在了余雯身边，好奇地问：“小雯，你能先给我讲讲你做过的清明梦吗？我真的很好奇，清明梦会是什么样子。”

余雯嘟着嘴：“我做的清明梦火候根本不够，还需要继续练习呢。”

“没关系，讲给我听听，就当是给我做个课前的预习，不然待会儿老师会觉得我是个外行。”冉斯年双手合十，用同样幼稚的口吻乞求余雯。

余雯眨巴眨巴大眼睛，说：“好吧，我就给你讲讲我最常做的那个清明梦吧。我现在还控制不了我梦里的场景环境，顶多就是能在梦进行一部分之后知梦，也就是知道自己在做梦而已，至于说控制我的梦，也就是达到‘出体’的境界，我还差得远呢。对了，你知道什么是‘出体’吧？”

冉斯年假装了不起似的打了个响指说：“当然，来这里学习，在网上事先做点功课那是必须的，你不必给我解释什么术语原理，我就是想知道，你现在的清明梦做到了什么程度，快给我讲讲吧。”

余雯按下了暂停键，思索了片刻，娓娓道来：“我最常做的梦是身在一个高耸入云的高塔里，我是住在塔顶的天使，拥有天使之翼。我的翅膀是那种长着厚厚的白色闪光羽毛的，特别美。休息的时候，我能够感觉到宽大厚实、柔软温暖的羽毛包裹着我的身体，直接接触我的皮肤，非常舒服踏实。接下来就是我的成果啦，我每天都要从塔顶振翅飞翔，在天空遨游，那种俯瞰广阔美景的感觉简直惬意极了。老师说，飞翔是清明梦最基础的一部分，我们都要从在梦里学会飞翔开始，这部分我已经合格啦。只不过，后面的一部分，我始终无法突破。”

“后面？”冉斯年听得极为认真，“快说说看，难突破的是什么？”

“是危险，”余雯露出了挫败的表情，“我居住的高塔被妖怪侵袭。全身乌黑、长着尾巴的，酷似恐怖电影里异形的妖怪降落在了塔顶，它不停地用爪子去抓挠塔顶，那声音又剧烈又刺耳，让我听了之后只想放声大叫。最终，妖怪掀开了塔顶，把魔爪伸了进来。我想要反抗，我想要自己变得强大。可是，始终无能为力，我只能不停大叫，挥舞双臂和翅膀，我的羽毛被妖怪的爪子抓得散落一地。”

冉斯年露出了感同身受的痛苦神色，同情地问：“接下来呢？”

“我很受伤，只能不停哭泣。我的意识无法控制我打败妖怪，只能逆来顺受。终于，妖怪用尾巴一扫，把受伤的我丢出了高塔。我根本无法飞翔，只能不断下坠，最后摔落在地上。幸好，有我那残破的翅膀、厚实的羽毛的保护，我才能活下来。只是，我的翅膀已经残破不堪，脱离了我的身体，我再也无法飞翔，只能守着翅膀的碎片哭泣。”

冉斯年看余雯极为入戏，讲到最后甚至眼中泛着泪花，轻轻拍拍她的肩膀安慰道：“别太难过了，这只是梦而已，相信你再学习一阵子，就可以在梦中打败妖怪啦。”

余雯狠狠抹了一把眼眶里的泪水，用力点头说：“是的，我相信，很快那个该死的妖怪就会被消灭掉的。”

“除了这个清明梦，还有别的吗？”冉斯年继续追问，“你应该不止做这么一个清明梦吧？”

余雯似乎来了兴致，继续讲：“当然啦，我还经常梦见在海上航行，像是泰坦尼克号一样的大轮船，可漂亮啦。我和秀贤欧巴都在船上，我真的很想跟秀贤欧巴一起到船头摆出那个经典的姿势，可是秀贤欧巴跟那些韩国人工美女在一起，看都不看我一眼。后来我就努力调动我的意识，想要控制梦里的秀贤欧巴，让他看看我，结果你猜怎么着？真的有成效呢，秀贤欧巴笑着朝我这边走来。只可惜，这个时候轮船撞到了冰山，大家慌作一团，船长和秀贤欧巴的意见出现分歧，秀贤欧巴说要弃船让少数人坐救生艇逃走，船长却说不必弃船，冰山不大，摧毁不了轮船，只需要让船熄火，让船自己慢慢挨着冰山划过就可以。”

“最后呢？”冉斯年像个极为入迷听故事的孩子，好奇地问。

余雯耸耸肩：“不知道，我的梦也就做到这里，我也不知道结果。不过我想，我肯定会把这个梦做完的，一定会是好结果。”

/2/

聊天期间，黄毛崔志超和吴智陆续到来，快12点的时候，余雯在冉斯年的帮助下拉下卷帘门，关灯闭店。

冉斯年和余雯这一次是最后步入教室的，进去的时候，老师的位置已经坐着一个看起来年纪跟冉斯年差不多大的男人，身材消瘦，梳着寸头，一脸淡然，只不过他穿着老成，看样子是努力想让自己显得踏实稳重年长一些。当然，冉斯年无法认出这个人是不是当年的袁孝生。

“你是？”老师清了清喉咙，一边上下打量冉斯年一边平静地问。

冉斯年知道自己再也瞒不下去，只好坦白说：“老师你好，我是姚叶介绍来的新学员，我叫毛杨。”

余雯首先大叫一声，冲冉斯年喊：“天啊，你骗我，说什么是老师亲自收的新学员，原来不是！”

冉斯年看得出，余雯是真的很生气，只好双手合十跟这个小妹妹道歉：“抱歉，我如果不那么说的话，怕你把我赶出去啊。”

老师一抬手，示意冉斯年和余雯安静，问冉斯年：“你的徽章是姚叶给你的？”

冉斯年点头承认。

一旁的余雯一直瞪着冉斯年，显然对于冉斯年欺骗她，仍旧无法释怀。

“罢了，进入正题。”老师端坐着，用不含任何感情的口吻说，“还是老习惯，我来讲解一下理论和练习的窍门，然后你们就开始强化知梦扳机，定好闹钟后带着任务入睡。新来的，你今天就安静地听我讲，有什么不懂的，我再单独给你讲解。”

冉斯年听着这位老师讲解着多年前他给袁孝生讲的做清明梦的诀窍，越发肯定这个人就是当年的袁孝生。因为这套做清明梦的诀窍跟网上那些练习方式有很多细节的地方不同，是冉斯年自己研究出来的，是带有冉斯年的私人标签的东西，而这些东西，他从未如此条理化地透露给什么人，除了袁孝生。

等到其余三个学员已经进入梦乡的时候，老师走到了冉斯年的身边，轻声说：“跟我来吧，我们换个地方说话。”

老师领着冉斯年进入了那个套间，与梦中不同的是，这里没有什么挂在墙上的山水画，墙面看起来也再普通不过。

“冉老师，好久不见啊。”所谓的老师竟然一开口叫冉斯年老师。

冉斯年一愣，他知道对方这话是什么意思，他等于承认了他就是袁孝生！

“袁孝生？真的是你？”冉斯年警惕地往门口靠了靠，他担心袁孝生会对自己这个知情人痛下杀手，就像当年杀死那个他找来的木偶演员一样。

“是我，冉老师，当年不辞而别，抱歉啦。不过你也看到了，我也算学有所成，用你教给我的知识帮助和拯救了不少人。从这一点来看，我也算对得起你了，也算对得起我的父亲，哦，不，说父亲不太合适，其实我也只是叫了他一个月的父亲而已，他到底是谁，我根本不知道。他只是我从桥洞下捡来的一个奄奄一息的残疾流浪汉。”袁孝生说话的时候极为平静，好像在说一件稀松平常的事，而且还隐隐引以为豪。

冉斯年咬着牙问：“你杀了他，对吧？”

袁孝生嘿嘿一笑，指了指身后的大衣柜，说：“是的，我不忍心再把他丢到桥洞下面等死，就给了他一个痛快，也算是感谢他对我的帮助了。说真的，我是真的想要教他做清明梦的，毕竟他的确可怜，也只能靠做梦苟活下去，在梦里寻找一星半点或者无尽的满足和快乐，因为现实给他的除了痛苦窘迫别无其他。”

冉斯年顺着袁孝生的手指看向大衣柜。莫非真的像梦里暗示的一样，尸体就在大衣柜的后面，被袁孝生给砌在墙里？

“可是我真的试过了，不行，他的脑子似乎也是有问题的，始终学不会。我想，与其让他这样生不如死，还不如我来拯救他，让他彻底、永远进入那个平静的极乐世界。”袁孝生面带微笑，非常自豪。

冉斯年简直不敢相信自己的耳朵，他觉得袁孝生如果说的是真心话的话，他一定是精神出了问题。

“为什么对我说这些？”冉斯年小声问。

“因为我打算自首。”袁孝生坐在床上，冷静地说，“前天晚上你第一次来，我和黄毛就认出了你，所以我并没有现身。昨天，黄毛去调查了你最近几年的动向，他告诉我，你因为一次爆炸事件患上了脸盲症，所以也没有认出当年曾经在我家出现过的黄毛。黄毛也告诉我，他打听到姚叶已经死了，你现在是跟警方合作的侦探，我想，你来这里很可能就是为了调查姚叶的案子。”

“这些跟你打算自首有什么关系？”冉斯年问。

“从头讲吧，当年我之所以想要学习清明梦，那是因为我在网上得知了有这么一样东西，而我自己的悟性也还不错，我可以用做清明梦实现愿望，实现我在现实中永远无法实现的愿望。某种程度上，也算是不枉此生，找到了自己的价值。你也知道，当年我有多么窘迫，要不是靠黄毛的接济，我早就饿死在街头了。”袁孝生一副超然的架势，侃侃而谈，像是在讲述一个名人的光辉史。

“后来，我认识了更多跟我一样挣扎在社会底层的人，他们跟我一样，跟那个流浪汉一样，想要飞黄腾达，想要逍遥自在，这辈子是根本无望的。我跟他们惺惺相惜，我是最了解他们苦痛的人，也是唯一能够拯救他们的人，只要他们有那个悟性，能够从我这里学会清明梦。”

“于是你就当上了老师？靠收取学费为生？”冉斯年对袁孝生的感觉很复杂，大部分是憎恨，竟然也夹杂着一点儿同情，因为他看得出，这是个当年被自己间接害得误入歧途的孩子。

袁孝生原地转了一圈，示意冉斯年看看周围，说：“学费？这么多年积攒下来的学费只够维持这么一间小旅馆，你还不明白吗？我的目的不是为了赚大钱，我只想在维持生计的前提下去帮助更多的人。有很多连饭都吃不饱的人，我根本不收他们学费的。”

冉斯年冷笑：“你教给他们的如果是一技之长，我现在一定对你刮目相看，可是你都做了什么？让更多的人像你一样沉沦在梦里，成为社会的寄生虫？”

袁孝生愣了一下，随即释然：“没想到连你也不理解我，在这个世界上我以为能够理解我的只有你。唉，也罢，反正我也厌倦了这样的生活，我厌倦了这些个别有用心的学员，利用我的珍宝清明梦去实现他们那微不足道的目的。现在，你又找来了这里，我也是时候退场了。我可以去到另一个更需要我的地方，给那些更需要清明梦的人帮助。我想，这就是我的使命吧。”

冉斯年恍然大悟，原来袁孝生想要自首，就是为了到监狱里去拯救那些无期徒刑，一辈子没有自由的人清明梦里的自由自在！

“你真的是疯了！我当年的愚蠢不单单害死了那个流浪汉，也等于是害死了你！”冉斯年咬牙切齿地说。

“我昨晚就跟黄毛商量好了，今天下午我们也联系好了律师，明天一早就投案自首，证据就在这大衣柜的后面。当年我刚刚满十六岁，加上现在又是主动投案自首，律师告诉我判无期是没问题的。反正我的极乐世界就在我的梦里，谁也夺不走，现实世界对我来说就是个桎梏，丢弃了也无所谓。更何况能够帮助更需要我帮助的那些单纯的人，我何乐而不为？”

冉斯年用尽全身力气去叹息，问：“那你准备解散‘梦乡’？等一下，你说‘梦乡’里的学员别有用心、不单纯？你是什么意思？”

袁孝生哈哈笑着：“冉老师，你那么聪明，就无须我多说了吧，如果你想得知真相，倒是可以考虑接管我的‘梦乡’。到时候你就会知道，现在‘梦乡’的几个学员，除了黄毛最单纯之外，剩下的全都是阴谋家。”

“你是怎么知道他们都是阴谋家的？”冉斯年急忙问。

“答案就在他们给我讲述的他们的清明梦里。当然，现在你再去问他们做了什么梦，恐怕谁都不会告诉你，但是你可以问黄毛，他们之前讲梦的时候，黄毛都在场，他可以复述那些梦给你听。”袁孝生说完便挥了挥手，示意冉斯年可以出去了。

冉斯年用颤抖的手拧开门把手，全身无力地出了门，靠在墙上，只感觉全身笼罩在一股彻骨的凉意中。瞧瞧，他都做了什么？他当年都做了什么？这就是清明梦，这就是因为清明梦而走火入魔的年轻人！

但是有一点是肯定的，如果袁孝生真的被判无期徒刑，他一定要想尽一切办法，让他被单独关押，绝对不给袁孝生机会再去荼毒更多人的灵魂，让更多人成为活在虚幻里的行尸走肉，不能让瘟疫在监狱里散播。

更何况，清明梦是那么容易被利用的武器，一旦让那些囚犯掌握，还不知道会酿成多大的惨剧。

冉斯年拿着手机，不知道该不该给瞿子冲打个电话通报这里的情况，该不该趁明早到来之前就报警，让警察来搜寻尸体。尸体一定还在，因为冉斯年仍旧闻得到那股味道，该不该毁了袁孝生计划中的自首呢？

冉斯年这么一犹豫就是半个晚上，他在自责，袁孝生变成今天这副走火入魔的模样，是他间接造成的，如果当初自己再谨慎一些，调查一下袁孝生的背景，查出真相的话，是绝对不会教袁孝生做清明梦的。这样看来，冉斯年也对袁孝生的堕落负有一定的责任，冉斯年甚至觉得自己对不起袁孝生，不忍心毁了他的投案自首。

/3/

半夜，冉斯年回到教室，正赶上黄毛醒着。冉斯年便拉着黄毛出了教室，去到了一个小隔间里。

“怎么，是孝生让你来找我的吧？”黄毛索性大大方方地叫出了袁孝生的名字，看来他俩的关系的确不一般，而且根本不是什么师生关系。

“是的，你现在就给我转述一下余雯、吴智、张国梁、姚叶以及最后加入的那个俊杰欧巴的清明梦。”冉斯年想要抓紧时间在这些梦里找到姚叶案子的线索，赶快解决此案。

黄毛耸耸肩：“最后来的那个俊杰欧巴根本就没有学习清明梦的意思，他只是跟余雯打得火热，两个人总是在一起窃窃私语的，他也从来就没有做过一次清明梦。再说余雯吧，她做的梦都是小女生的梦，什么长着天使之翼啊，什么跟秀贤欧巴在泰坦尼克号上啦。”

冉斯年又认真听黄毛转述了一遍他听过的余雯的梦，黄毛的讲述跟余雯讲述的几乎是一模一样。

“接下来是吴智，这个小子也是愚笨得很，没做过几次清明梦，好不容易做成功的一次，成功知梦了，在梦里，他变成了军火商外加科学家的钢铁侠，想要在梦里当英雄救美女，结果还失败了，被坏蛋揍成了狗熊。没办法，只能求助于黑寡妇和绿巨人，然后黑寡妇和绿巨人就替他把坏蛋给打败了，他根本插不上手，成了最无能的钢铁侠。他的梦就卡在这里，意识和潜意识始终达不到一个平衡，要不就是意识多了，被秒踢出来，醒了；要不就是潜意识多了，他没法控制梦的走向。”

“那么张国梁呢？”冉斯年继续问。

“张国梁是个刑满释放人员啊，他在牢里落下了病，好像是风湿还是什么的，隔三岔五就嚷着浑身痛。在牢里也总是受欺负，一条腿也受了伤，到现在走路还一瘸一拐的。他的梦大多数都是在牢里称王称霸，去暴打那些曾经欺负过他的人，甚至是当年判他有罪的法官啊，律师啊，反正他就像是仇恨社会似的，见谁就打谁，见到好东西就抢，见到美女就上，在梦里为所欲为。当然，这是他成功做了清明梦的时候，不成功的时候，他还是得沦为被打的，重温在监狱里的噩梦。”

“看来张国梁的确是个暴力分子啊。”冉斯年若有所思地说。

“是啊，一直到姚叶加入进来，他俩就不知道什么时候走到一块儿去了，有时候我半夜被闹钟吵醒，还能听到他俩在小隔间滚床单的声音呢。”黄毛露出一副猥琐的神态。

“姚叶做的是什么清明梦呢？”

“她呀，她的梦是穿越的，她是来自西域的古代王后，把跟她抢皇上的妃子一个个地害死，最终跟皇上幸福地在一起。连宫女们也都驱逐出去，后宫除了她一个女的没有其他女的。姚叶学得很快，做清明梦的成功率比我们都高。哦，对了，她还是带着手机穿越的呢，到了古代也不忘自拍发微博。”黄毛边说边翻白眼。

冉斯年沉吟片刻，又问：“你们也会相互分享知梦扳机吗？”

“会啊，孝生专门让大家把自己设计的知梦扳机都讲出来，大家一起探讨可行性。我记得姚叶的知梦扳机是她最爱的自拍，好像是自拍出的照片如果是正常就是现实，如果变成了倾国倾城的大美女就是梦境；张国梁是最简单的掰拇指，掰不动，疼，就是现实，掰到180度还不疼，那就是做梦；吴智是照镜子，镜子里要是只有他一个，那就是现实，要是能在镜子里看到他日思夜想的女神，那就是做梦；余雯嘛，她就说韩语，以你好作为开头，要是不会说下去那就是现实，要是能往下说，说得流利又能让人听得懂，那就是做梦啦。”黄毛大大咧咧地回答。

冉斯年微微点头，这些知梦扳机果然不简单。

“所以姚叶没事就自拍，张国梁整天掰手指，吴智这个大男人随身带着个小镜子像个娘炮一样照呀照的，余雯天天唠唠叨叨地说：阿尼哈赛油。”黄毛夸张地模仿。

“原来如此。”冉斯年重重吐出一口气。袁孝生说得没错，这几个人的梦境全都有问题，一定程度地表达了他们的创伤和欲望，还有，杀人动机。

“你明白了？”黄毛禁不住好奇心，“快告诉我，姚叶是谁害死的？是张国梁吗？还是自杀？”

冉斯年微微摇头：“你还是等最后警方公开案情的时候吧，现在，无可奉告。”

/4/

清晨六点半，冉斯年仍旧没有离开的意思，他回到自己的小隔间，开着门，等待着袁孝生的律师到来，带领袁孝生去自首。

一直等到了八点半，仍旧没人来访，冉斯年隐约觉得不对劲儿，便主动去找袁孝生。

敲门半分钟，房间内没人回应。冉斯年暗叫不妙，马上打电话给瞿子冲，要他马上带人赶来。他猜想到，瞿子冲的人一定就在小旅馆的附近蹲守，因为有之前饶佩儿的通风报信。

果然，不到两分钟，邓磊和范骁就赶了过来，显然他俩一直就在这附近随时待命。

踹开了套间的门，里面早已人去楼空。冉斯年猜想，一定是昨晚趁黄毛给自己讲梦的时候，袁孝生偷偷逃走了。好在味道还在，尸体也还在，只要有尸体做证，袁孝生也逃脱不了通缉犯的命运。

于是在冉斯年的命令下，范骁和邓磊移开大衣柜，开始用工具凿墙。

随着墙体的碎裂，水泥脱落，那股腐臭的味道更甚。

黄毛闻声跑了进来，一看这架势马上大叫："你们……你们对我的旅馆做了什么？"

"你的旅馆？"冉斯年的心一抖，这旅馆难道是黄毛名下的？

说话间，瞿子冲也赶到，他看了一眼黄毛，告诉冉斯年，昨天他派人伪装成工商税务的人来的时候，在套间里看到的旅馆主人的确就是这个黄毛，营业执照上的法人也的确就是崔志超。

冉斯年身子一软，往后退了几步，他意识到了一个极为糟糕的问题，自己再一次被袁孝生给耍了！

十分钟后，套间里弥漫着腐臭的味道，地面的中央是一具已经腐烂了的动物尸体，像是一只羊。

黄毛悻悻然地说："怎么，我听个风水先生说这样做有好处，就在墙里塞了一只羊，这样做也犯法吗？"

冉斯年一把揪住黄毛的衣领，咬着后槽牙问："袁孝生和尸体都在哪里？"

"孝生昨晚告诉我说想要来一场说走就走的旅行，我也不知道他什么时候走的，至于说尸体，我不知道你在说什么啊！"黄毛一脸无辜和愤怒。

冉斯年的心已经变成了一团熊熊燃烧的烈火，他松开黄毛，也不顾身边的瞿子冲他们，独自离开。

"砰"的一声，冉斯年的拳头砸在了墙面上，别墅客厅的墙面顿时就凹进去了一块。看得饶佩儿心惊肉跳外加心疼。

"他是为了取笑我，他本可以在昨天白天就逃之夭夭的，既然墙里的尸体是假的，他完全可以一走了之！”冉斯年懊恼地咆哮着，“故意跟我表明身份，还编造了一番谎言，说什么要自首到监狱里去教授清明梦，完全就是为了要看我第二次被他耍弄的样子，他利用了我的自责和对他仅剩的一点同情！”

“可是，他又不知道你会找到那里，又怎么会提前在墙里藏了一只羊的尸体呢？”饶佩儿不解地问。

“他早就预料到会有这么一天，预料到我会找上他，他早就设计好了这出戏码，为的就是愚弄我之后金蝉脱壳。袁孝生啊袁孝生，你真是个天生的阴谋家！”

“既然这样，斯年，你更加不用自责啦，他本质就有问题，又不是你创造了他这个恶魔阴谋家。”饶佩儿安抚冉斯年，“既然那个流浪汉的尸体不在墙里面，一定是被他藏到了别的地方，我们早晚会找到的。只要找到了尸体，警方就有理由去追缉袁孝生啦。”

冉斯年摆摆手：“找尸体，这才是大海捞针。”

“那就先把这事儿放一放，先说说看，姚叶的案子，你有什么进展吗？”饶佩儿努力想要转移冉斯年的注意力。

冉斯年又砸了一下桌面：“袁孝生就是利用了我对姚叶案子的注意力，从我眼皮底下逃走的，他是故意让我找黄毛聊天，然后趁机离开。我怎么会这么笨，竟然真的相信他走火入魔，愿意去蹲监狱！现在想想，七年了，他又怎么可能只赚来这么一个小旅馆？狡兔三窟，他一定给自己安排了退路的。”

饶佩儿抓起冉斯年的拳头吹着气，轻轻揉着，说：“快说说姚叶案子的进展吧，别再想那个该死的袁孝生啦。”

冉斯年叹了口气，说：“姚叶的案子我已经有了些眉目，接下来就得看警方那边的调查怎么样了。刚刚瞿子冲送我回来的时候也说了姚叶的手机的确被人动过手脚，可是植入的程序又在姚叶死后马上就被远程删除了，想要找到这个幕后做手脚的IT高人，还需要技术部门进一步的调查。”

“到底有什么眉目啊？”饶佩儿穷追不舍地问。

“我对‘梦乡’这几个学员的身份比较好奇，已经让瞿子冲分别详细调查了，依我的猜测，吴智应该是个枪械爱好者，并且掌握改装枪的技术，还不赖；余雯说过与姥姥相依为命，她的母亲应该是在她年幼的时候不幸离世；张国梁蹲了十几年的监狱，却是蹲了冤狱，他应该是无辜的；李颂杰的小三，那个在珠宝店工作的徐春梅应该是跟以上三个人其中一个有关联的；姚叶不仅仅是手机被人动了手脚，卧室里也被安装了针孔摄像头，另外她家主卫的那个电视应该也能够被远程操控；最后，李颂杰，如果不出我所料的话，他就是把这些人联系起来的一个中心点。”

饶佩儿的嘴巴越张越大，惊愕地问：“天啊，你都在说什么啊？你就告诉我，到底谁才是凶手啊！”

“按照我的推测，可以说他们每一个人都是凶手，就连死者姚叶也是。”冉斯年故弄玄虚地说，“也可以说，他们每一个都不是凶手。这其中的复杂，我打算在之后警局的会议室里揭晓。当然，前提是瞿子冲那边已经通过调查证实了我之前的几个猜测，还有就是得等整个事件中的一个关键人物现身才行。”

“没现身的人，难道是在逃的张国梁？”饶佩儿满脑子的问号。

“是的，我跟你打赌，不出三天，这个张国梁就会出来自首，而且，他的左手拇指应该还是断着的，当然，也有可能被接好，但至少，断过。”冉斯年胸有成竹。

“你凭什么认定张国梁三天之内会出现啊？”饶佩儿半信半疑。

“因为我的身份已经泄露了啊，现在‘梦乡’的那三个人应该都知道我是警方的人，是去调查姚叶案子的侦探。这样一来，张国梁也就没有必要再躲躲藏藏了，他早晚都会出现。至于我说三天嘛，这只是我的一个猜测，不过你也知道，我的猜测一向很准，除了……除了……”

饶佩儿一听冉斯年又要拐到袁孝生那里去，急忙打岔说：“好，我就跟你打赌，如果张国梁三天之内出来自首，算你赢，如果他是三天之后自首的，算我赢，怎么样？”

冉斯年饶有趣味地歪着头，问：“输赢又怎样？”

“你说怎样就怎样。”饶佩儿为了转移冉斯年的注意力，什么也不顾地说。

冉斯年现在可没心思去想怎么捉弄饶佩儿或者怎么被她捉弄，挥挥手说：“这话先放在这里，赢家可以让输家无条件做一件事，输家不能拒绝，具体什么事、什么时候做，由赢家以后规定，怎么样？”

饶佩儿笑嘻嘻地点头应允，她不在乎输赢，只是希望冉斯年能够不要被袁孝生的事情困扰懊恼。

冉斯年当然能够体会到饶佩儿的苦心，他凝望饶佩儿的双眼，用自己砸桌子的手握住饶佩儿的手，十分郑重地说："佩儿，谢谢你。"

"谢我什么？"饶佩儿装傻，笑呵呵地问。

冉斯年拍拍饶佩儿的手背，轻声说："谢谢你陪着我。"

第十章

劫案之谜

/1/

两天后的中午，冉斯年窝在客厅的沙发里摆弄手机，在软件商城里搜寻着新的APP软件。不一会儿，他眼睛一亮，已经找到了想要找的目标。

饶佩儿凑了过来，看了一眼冉斯年的手机屏幕，不怀好意地嘲笑道："怎么？你也想下载一个美颜相机自拍？"

冉斯年看了一眼饶佩儿，笑着问："你们当明星的不是最爱自拍吗？你不用美颜相机？"

"笑话，我是自带美颜功能的好不好？再说了，我还算什么明星，自拍什么的容易招黑，我才不爱自拍呢。"饶佩儿翻了个白眼。

冉斯年不免有些心疼起饶佩儿这个沦落到要去拍痔疮药广告的三线小明星，心想饶佩儿接拍这种广告就等于是为了利益抛下颜面，广告公开播放在即，她这个时候发微信微博什么的倒是可以出个小名，但更多人会把她跟痔疮药或者痔疮联系起来，所以她不得不保持低调。

想到这些，冉斯年头脑一热说道："下次不要什么活儿都接啦，如果缺钱，我这边房租可以减免。"

饶佩儿小声"嗯"了一声，嘀咕着："但是最好还是不要成为你的累赘，我妈说的。”

两人正聊着，范骁的电话打了过来。

“冉先生，上午的时候张国梁已经投案自首，并且正如你预料的一样，他的左手拇指是断的，已经错过了最好的接骨时机，现在仍旧断着。”范骁语气振奋，听得出，他认为整个案子已经破案在即了。

饶佩儿也听到了范骁的话，张国梁真的就如冉斯年预料的一样，在三天内主动出现投案自首，她知道输掉了赌约，但是仍旧很高兴，冲着冉斯年做了个服输的手势。

“冉先生，这个张国梁的供词跟你之前说的简直是一模一样，现在我们把他暂时拘留了，你让我查的其余几个人的背景资料我也已经分派给同事们去查了，他们刚刚反馈回来消息说是查到了一些端倪。”范骁颇为兴奋地说，“瞿队让我问你，你是不是可以公开真相了呢？”

冉斯年犹豫了一下，问：“姚叶的手机呢？查得怎么样了？”

范骁有些尴尬地说：“我们的技术人员还是没能找到远程操控姚叶手机的人，只是发现姚叶手机的美颜相机软件似乎被动过手脚。”

冉斯年沉吟了一下：“好吧，我也想快点结束这个案子，那么你让瞿队把所有关系人集中起来，除了我之前让你们调查的那几个人，现在又多了一个关键人物，就是鼎盛科技公司穿越相机的开发者，什么时候人到齐了，我这边就可以开始。”

范骁一时之间没反应过来：“什么穿越、什么相机？”

“穿越相机，是最近刚刚出现的一款新的手机软件，鼎盛科技公司出品，就是可以把拍照的人一键PS成阿凡达或者是蒙娜丽莎，白人或者是黑人，机器人或者是原始人。总之你派人去这个公司，找到这个软件的开发者，他应该是最近才从李颂杰的公司带着这个APP跳槽到鼎盛的，是整件案子的一个证人，他必须到场。什么时候人都到齐了，我这边随时可以开始公布真相。”冉斯年胸有成竹地说。

瞿子冲那边的动作很快，下午三点，范骁便再次打来电话，声称所有人都已经在来的路上，瞿子冲希望冉斯年现在就可以动身到警局，彻底解决姚叶坠楼案。将近四点的时候，冉斯年带着饶佩儿赶到了分局刑警支队的会议室。瞿子冲已经一早就端坐在了会议主持的位置，身边是拿着个小本子时刻待命的范骁、邓磊和梁媛。除了警方的人，还有一个冉斯年不认识，而且也肯定没有见过的男人。

“这位是……”冉斯年落座后问瞿子冲。

瞿子冲介绍道：“他就是你要我们找的那个穿越相机的开发者，马思成。就像你说的，他原来是李颂杰公司的员工，因为被李颂杰排挤穿小鞋，一怒之下带着新开发的成果跳槽到了鼎盛公司。”

冉斯年伸手跟马思成握手，说：“你好，马先生。待会儿还希望你能够配合警方实话实说，相信我，这是为了你好。”

马思成一脸诚惶诚恐，但是又似乎什么都不知道，只是愣愣地点头，小声说：“我一定知无不言，言无不尽，警察同志，我……我可没有做犯法的事情啊。”

“放心，只是找你来做个证而已。”冉斯年拍拍马思成的肩膀，示意他冷静。

很快，会议室的门开了，走进来一老一少两个男人，身后还跟着一个职业装的中年女人，手里提着一个公文包。

范骁凑到冉斯年身边，小声告诉他：“这是李颂杰父子俩，前面那个就是李志民，李颂杰的父亲，最后面那个女的，应该是他们的律师吧。”

冉斯年点点头，小声跟范骁道谢，又礼貌性地朝李氏父子点头示意。

瞿子冲跟三人打了招呼，给他们安排了座位，坐到了冉斯年的对面。

李颂杰很快就发现了角落里坐着的马思成，脸色瞬间一变，又马上恢复正常，冲着他冷哼一声，像是在说：跟我作对，我是不会放过你的。

那位女律师刚开口问瞿子冲是不是姚叶的案子要以自杀结案了，还没等瞿子冲回答，会议室的大门再次被推开。

这次被警员送进来的是三个人，两男一女，分别是一脸凶相的中年男人张国梁、畏畏缩缩的年轻男人吴智，还有一脸兴奋看似没心没肺的十六岁少女余雯。

“呀，俊杰欧巴！”余雯第一眼就看到了李颂杰，兴奋地大叫着冲到李颂杰的身边，拉起他的手臂摇晃，“你怎么也来了啊？”

李颂杰嫌弃似的甩开了余雯的手，冷冰冰地说：“小妹妹，你认错人了吧？”

余雯的眼里一下子噙满了泪水，委屈地后退几步，嘟囔着：“我知道，知道你不想理我了，给你打电话你也不接，就因为……因为我拒绝跟你上床，你就要这样对我吗？”

李颂杰的脸色更加难看，嘴唇颤抖着说：“胡说八道，你真的认错人啦！”

李颂杰身边的李志民轻咳了一声，示意李颂杰多说无益。

吴智坐下之后冷嘲热讽地说："小雯，你不要太傻、太天真啦，人家有钱人都有个习惯，玩够了就翻脸不认人。"

余雯抽了抽鼻子，又望向对面的冉斯年，鼓着腮帮子白了冉斯年好几眼。

冉斯年知道，这是余雯还在生他的气，气他骗她是老师新收的学员，其实是警方的人，潜入"梦乡"是为了调查姚叶的命案。

张国梁端着左手，生怕别人看不到他不听使唤的左手拇指一样，喘着粗气坐在了余雯旁边。

冉斯年扫视了一圈，低声跟瞿子冲说："还有一个徐春梅。"

瞿子冲点点头，走到门口打了个电话。又等了十分钟，李颂杰的情人、珠宝店的营业员徐春梅也被带到。

李颂杰一看见徐春梅不免更加吃惊，他有些气急败坏地问："我说瞿队长，你这到底是什么意思？今天叫我来，说是就姚叶的死要给我一个交代，可是你却叫来这么多不相干的人做什么？"

瞿子冲冷笑反问："你又怎么知道这些人与姚叶的死不相干呢？实话告诉你，在场的所有人都与姚叶的死有着密切的关系，缺一不可。"

李颂杰身子一抖，脸上惊恐的神色一闪而过，他与父亲李志民对视一眼，两人都沉默不语。

/2/

"好了，人也到齐了，斯年，可以开始了吧？"瞿子冲询问冉斯年。

冉斯年清了清喉咙，说出了开场白："大家好，我是冉斯年，是与警方合作，负责调查姚叶坠楼案的侦探。现在，由我来为大家揭示四起案子的真相。"

李志民首先沉不住气了，他严厉地打断了冉斯年："等一下，你说什么？四起案子？哪里来的四起案子？"

冉斯年不动声色地说："好吧，现在说四起案子还为时过早，那么就先说最近发生的两起案子吧。一个是张国梁挟持姚叶抢劫珠宝店的劫案，一个是姚叶在自家卧室跳楼身亡案。"

李志民不再出声，板着一张脸冷冷地瞪着冉斯年，等待他的下文。

“先来说说那起巧合的珠宝店抢劫案吧。为什么说这起案子巧合呢？原因有三点：第一，张国梁这个劫匪跟姚叶这个人质其实是认识的，他们不单单认识，还同是‘梦乡’的学员，不单单同是一起学习清明梦的学员，彼此之间还有肉体关系；第二，张国梁抢劫的珠宝店正好是姚叶丈夫李颂杰的婚外情人徐春梅工作的地点；第三，张国梁在抢劫之前，恰巧就在珠宝店的门口遇见了似乎是正在跟踪李颂杰的姚叶。”

范骁突然举手，大叫道：“我知道，冉先生，你的意思是说，这么多的巧合不可能只是巧合，珠宝店的劫案里面大有文章！很可能是姚叶和张国梁合谋制造的！”

张国梁一听范骁抢先说出了他想要说的话，突然站起身，近乎咆哮着喊：“没错，我是无辜的，我是被姚叶利用的！我以为……以为……”

冉斯年抬手示意张国梁坐下，冷静地说：“我知道，你以为当时是在做梦，对吧？”

张国梁挥动着自己不听使唤、等于已经废掉的左手拇指，带着极大的怨气说：“是的！姚叶这个女人，居然趁我不注意在我的食物里下了药，趁我被迷晕的时候给我注射了麻醉药，然后硬生生把我的手指给掰断了！”

冉斯年冲大家解释：“对了，有一件事我不得不事先告诉大家，张国梁在‘梦乡’学习清明梦，他的知梦扳机就是掰手指，是否能够把左手拇指掰到贴平手背的极限就是他区分现实和梦境的关键。这种知梦扳机是最为初级的，很多初学者都喜欢用。姚叶就是利用了张国梁的这个知梦扳机，还有他对清明梦的偏好。”

范骁翻着手里的小本子，说：“没错，张国梁是个刑满释放人员，在监狱里也经常跟狱友打架，是个暴力分子。这样的人，就算是做梦，也很可能会在梦里犯罪，实施暴力，而且与现实不同，他是毫无顾忌丧心病狂无往不胜的！对吧，冉先生，这就是张国梁对清明梦的偏好。”

冉斯年对范骁的解释很满意，赞许地对他笑笑，说：“没错，张国梁的清明梦做得最多的恐怕就是杀人放火，打家劫舍，在梦里过干瘾吧？当然，也有可能有温馨的一面，那就是跟服刑之后就弃他而去的妻子和女儿重新团聚……”

“没有！”张国梁用鼻子冷哼，撇着嘴说，“我才没有梦见她们，哼，她们这会儿还不知道是谁家的老婆孩子呢，我女儿，连姓都改了！我只会梦见姚叶那个臭女人，跟她一起在梦里痛快地为非作歹，要么就是开枪扫射大开杀戒，要么就是疯狂抢银行。自从我进入‘梦乡’学习之后，她就主动跟我示好，给我交学费、跟我上床，说什么就喜欢我这种有男人味的男子汉，不像她老公是个花心的娘娘腔。姚叶跟我约定，我们俩的清明梦里一定要梦见对方，为了达到这个目的，只要在‘梦乡’上课，我们每晚都会去小隔间里……”

“够啦！”李颂杰突然大吼一声，看起来是实在听不下去了，“不许你这样污蔑诋毁我的妻子！她之所以要去加入什么‘梦乡’只是为了在梦中跟我厮守，都是因为我，因为我的花心滥情，所以她才会想要在梦中得到寄托的！”

张国梁白了李颂杰一眼，目的达到一样心满意足地住口。

“也许一开始真的是如此吧？”冉斯年叹息着说，“可是后来，姚叶已经不甘心只在梦里拥有自己的老公，而在现实中要跟别人分享老公了。说到底，清明梦给不了她真实的满足和快乐。”

范骁无奈地摇摇头，转而问张国梁：“所以那天当姚叶把你带到珠宝店门口的时候，当你掰断了自己的拇指却感觉不到疼痛的时候，当姚叶再次跟你说明并且强化此时是在做梦的时候，你就真的以为那是梦境了？”

张国梁一拍桌子，粗声粗气地说：“可不就是吗？尤其是姚叶还突然从包里掏出了一支枪！这玩意儿哪里是想有就有的啊，我更加以为这是做梦啦！唉，怪就怪我非要学什么该死的清明梦，搞得我这阵子浑浑噩噩的，才会被姚叶这个女人给骗了！真的去持枪抢劫珠宝店！”

冉斯年微微摇头，对于张国梁的表现，他早有预料，只是没想到，一个大老粗表演起来会这么自然。

“然后呢？”范骁严厉地问张国梁。

“然后我就假装姚叶是我的人质，跟她一起进了珠宝店。本来我是打算开枪把里面的人全都打死然后抢了珠宝再跟姚叶一起离开，上演一场刺激的被警察追捕的追车戏码的。可是姚叶进去之后就不对劲啦，原来是因为她老公也在珠宝店里。看见我把枪指向这个李颂杰，她突然大叫一声‘老公’，然后就去替他堵枪口啦！哎呀妈呀，那股劲头，还真是把我吓了一跳。我还想呢，这又是哪一出啊？就在这个时候，我的拇指也感觉到了疼痛，手枪的火药味、姚叶的血，还有保安按响的警笛声让我感觉到有点不对劲儿了，我就逃跑了！”

范骁不免对这个被利用的大老粗张国梁有些同情，声音软了一些，问：“逃走之后呢？”

张国梁小声爆了一声粗口，说：“这么一逃不要紧，我彻底明白了，原来这根本不是什么清明梦，那些停在路边的车车门我打不开，好不容易我才把一个刚坐上驾驶座的男人给拉下车，自己坐了上去，结果发现自己根本不会开车！这他妈的根本不是做梦啊，老子在梦里可是会飙车漂移的啊！”

范骁推测着问：“所以你就意识到你被姚叶耍了，就躲了起来？你想看看姚叶到底死没死，如果她被你打死了，你就干脆逃跑，要是她没死，你就要去找她算账？”

“没错，她要是没死，我也得把她给……”张国梁突然意识到自己面对的是警察，马上改口说，“我也得找她好好问清楚，到底为什么这么耍我，跟我上床就是为了她那个花心娘炮老公？为了给他挡一枪？不会吧？”

“当然不是，”冉斯年平静地说，“姚叶就算再怎么不要命也不会设计这么一出戏夺回李颂杰的心，一个不小心，她自己很可能就挂了。她导演这出戏，利用张国梁当枪手的真实目的，其实就在姚叶的清明梦里。”

冉斯年这话让所有人都把目光集中于他身上。大家都在想，姚叶已经死了，她的目的这个侦探又怎么会知道，而且怎么会通过姚叶的梦知道？

冉斯年解释：“我记得黄毛给我讲过，姚叶的清明梦梦的都是她穿越回古代，作为皇后，把跟她争宠的妃子一个个除掉。一个人的梦就是她潜意识里欲望的体现，清明梦更是如此。所以我认为，姚叶真正想要杀死的人不是李颂杰，而是当时在珠宝店里准备打烊下班的店员、她的情敌——徐春梅。当然，姚叶也不惜以另外可能出现在珠宝店里的店员或者保安做陪葬，让张国梁把这些人全都打死，最后，她再在摄像头之外的地方，用那把枪趁其不备了结了张国梁。”

“不会吧？”范骁首先表示怀疑，“姚叶绕了这么一大圈，就是为了这个目的？”

“是的，依照现在掌握的信息，我认为这是最大的可能。”冉斯年保持着一贯的自信态度，“只是姚叶没想到，她有自信本不应该出现在珠宝店的李颂杰却偏巧不巧地出现在了那里。李颂杰在场的话，事情发展下去无非有两种可能：一、李颂杰跟其他店员保安一样被张国梁用枪打死，这样可不行，毕竟姚叶最为深爱的还是李颂杰；二、李颂杰没死，李颂杰看到了妻子姚叶出现在珠宝店，还是抢劫犯的人质，难免会怀疑姚叶跟踪自己，或者是姚叶发现了他跟徐春梅的私情，这个结果也是姚叶不想要的。”

范骁最先听懂了冉斯年的意思，分析说：“也就是说，当时的姚叶似乎别无选择。也许是她真的太爱李颂杰了吧，当看到张国梁举枪对着的人第一个就是李颂杰的时候，她的本能控制了她的身体，她替李颂杰挡枪是真性情的表现，是以死一搏，要么死，要么夺回老公的心。”

“是啊，姚叶这个女人，真的让我不知道该怎么评价。但是可以肯定的是，事情的发展脱离了姚叶的控制，这场预谋中的抢劫案，因为李颂杰的不巧出现，失控了。”冉斯年用复杂的眼神凝视李颂杰，想要看看此时的李颂杰会有如何的反应。

瞿子冲哀叹着总结说：“唉，目前看来也只有这种说法能够解释珠宝店劫案的种种巧合了。姚叶的计划算是失败了，也算是成功了，失败是因为她的情敌徐春梅还活着，成功是因为李颂杰因为姚叶替他挡枪，也因为感激回归了家庭。”

冉斯年冷笑一声，反问李颂杰：“真的是这样吗？你对姚叶的感情是感激，而不是憎恶？尤其是当你雇用了私家侦探调查了姚叶之后，顺着私家侦探给你的线索一路追着姚叶的踪迹加入了‘梦乡’之后，结识了余雯他们几个，听他们几个讲了姚叶和张国梁有私情之后，你对姚叶还是感激吗？”

李颂杰的脸色青红不定，想要说话，可是身边的女律师和李志民却示意他不要开口。

“如果是换作别的男人，有可能会心存感激吧，毕竟姚叶能够在本能下为你挡枪，说明她对你的爱已经深入骨髓，尽管她是一个心机算尽的狠毒的女人，有些像她梦里穿越世界中的狠毒皇后。可是你李颂杰是个皇帝一样的人物，花心滥情，对于自己的正宫皇后可是没那么多眷恋，尤其是在得知了你的皇后竟然在外面跟恶心的宦官有染。”冉斯年突然意识到自己的口误，对着张国梁抱歉地说，“不好意思，我不过是打个比方，请你不要介意。”

张国梁翻了个白眼，无所谓地耸耸肩。

冉斯年接着说：“这就是只许州官放火，不许百姓点灯。李颂杰，你可以在外面拈花惹草，但是却容不得你的妻子姚叶跟除了你之外的任何男人有私情。你憎恶姚叶，认为她肮脏，你看穿了她的计谋，看穿了她是个不适合做家里不倒旗子的、让你在外彩旗飘飘的狠毒女人，所以你决定甩掉她，在不用分割财产的前提下，甚至是能够得到她那一部分遗产的前提下甩掉她，也就是杀了她，而且是以一种比较好玩的方法，以其人之道还治其人之身。我说得没错吧？”

李颂杰抿嘴不语，倒是范骁首先明白了冉斯年的意思，问道：“冉先生，你是说杀死姚叶的真凶就是李颂杰，他使用的杀人手法跟珠宝店抢劫案有异曲同工之妙，也是利用了清明梦？”

第十一章

双重机关

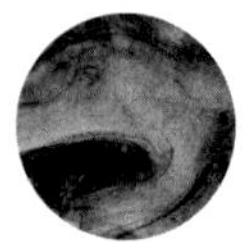

/1/

冉斯年用锐利的眼神咄咄逼人似的死死盯住李颂杰，随即又转而去看李颂杰的父亲李志民，没错，李志民也是整起案子里一个关键的人物。之前冉斯年还担心李志民今天不会现身，现在好了，这个罪魁祸首没有缺席，今晚这出好戏的高潮部分，精彩程度也许会超出冉斯年的预料。

“没错，李颂杰也是利用了清明梦，在不在场的情况下远程操控一切，让姚叶亲自迈出了掉入地狱深渊的那一步。”冉斯年总结道。

李颂杰的律师，那个戴眼镜的中年女人扶了扶眼睛，以一副模式化的口吻问：“这位冉先生，你这么说可有什么证据？你别忘了，我的当事人李先生在姚叶坠楼的时候身在外地，拥有最完美的不在场证明。”

冉斯年望了一眼马思成，沉稳地说：“证据嘛，现在还不好说，但是我有根据。我在姚叶的卧室里检查的时候，曾经发现一个针孔摄像头，就被隐藏在了梳妆台抽屉的把手上。我有理由相信，在这么隐私的地方安装摄像头的除了家里的男主人之外，别无他人。所以我怀疑李颂杰在姚叶坠楼的时候虽然人在外地，但却是通过网络实时观测着，并且远程操控着家里卧室里姚叶的一举一动的。”

女律师冷嘲热讽地说：“摄像头的事情李先生已经跟我提过了，没错，针孔摄像头就是李先生安装的，它的功用就是保姆摄像机。是因为李先生担心在家养伤的妻子，也担心劫匪会来找妻子的麻烦，所以才出于好意安装的，能够随时看到爱妻，看看她是否按时午睡吃药，是不是违反医嘱剧烈运动，等等，这也是李先生关爱姚叶的一种表现。你说观测，我同意，但是摄像头是根本没法操控别人的，不是吗？安装一个摄像头就能让远在家里的妻子跳楼？简直是天方夜谭！”

冉斯年有些哭笑不得，没想到李颂杰居然会把摄像头和他自己美化成这样子：“好吧，现在我们的确没有办法去证实李颂杰安装摄像头是出于善意还是恶意。越过这一点，我继续往下说，接下来的部分就是姚叶的手机。马思成先生，请你来给我们大家讲述一下李颂杰是如何让你把你新开发的软件穿越相机的一部分功能远程植入并且操控姚叶的手机的。”

马思成不可置信地瞪着冉斯年，结结巴巴地说：“这……这，你是怎么知道的？”

冉斯年笑着对马思成说：“马先生，记得我之前给你的忠告，一定要实话实说，否则，警方会怀疑你是在知情的情况下帮助李颂杰实施他的杀人计划的。”

马思成慌乱地用力摆手，大声澄清：“我不知情，绝对不知情。是李总之前跟我说想要给他太太姚叶一个惊喜，让我把穿越相机的一部分功能，也就是一键自动变换欧美人脸孔的功能植入到姚叶手机上的美颜相机上，达到拍照后随即换脸的效果。李总说这件事本来他是想自己做的，可是技术上有些困难，所以才找我，因为我是穿越相机的开发者，又是公司的技术骨干……”

女律师似乎早就预料到了马思成会这样说，想来也是李颂杰之前就给她打过预防针了，她微微一笑，摊开双手无所谓似的说：“这一点李先生承认，因为姚叶挡枪事件之后，李先生对姚叶心存感激，感情升温，得知姚叶一直梦想变成欧美面孔的愿望，一向又有自拍的习惯，所以才特意请手下的技术人员在姚叶的手机上稍微动了些手脚，为的就是给姚叶一个惊喜。这也是李先生关爱妻子的浪漫表现，怎么？这也能作为李先生杀妻的证据？”

马思成抢在冉斯年前面性急地说：“我现在明白了，为什么李总要违背诺言，把穿越相机的案子给PASS掉，原来就是为了掩饰他要我在姚叶手机上做的手脚，他不想让穿越相机被公开！如果是单纯地为了给妻子一个惊喜，为什么PASS掉我的穿越相机？”

“因为你的穿越相机简直是小儿科，根本没有市场价值！”李颂杰不屑地说。

马思成仰着头，颇为自豪地说：“不见得吧，我带着我的穿越相机跳槽到鼎盛公司之后，老板可是很看重我呢。而且就目前的市场反馈，穿越相机已经是热门软件了！我现在正在奉命研发穿越相机里更多收费的程序！”

李颂杰冷嘲热讽地说：“也许是鼎盛的老板眼光有问题吧，等到他意识到他成了废品收购站之后，也会把你和你的穿越相机弃如敝屣。”

瞿子冲实在是看不下去马思成和李颂杰就一个相机软件的口水战，出言打断说：“好啦，这个穿越相机到底有没有市场价值的问题不是重点，斯年，你快说说，为什么在姚叶的手机上做了手脚，就能导致姚叶跳楼？”

冉斯年回归正题：“没错，穿越相机有没有市场价值，李颂杰不在乎，他在乎的是有没有被他利用杀人的价值。结果他惊喜地发现，有！因为在‘梦乡’的短暂学习，李颂杰得知了知梦扳机这东西，再结合姚叶平时的习惯性举动，或者加上旁敲侧击地询问，或者干脆就是从‘梦乡’的学员那里听说的，总之李颂杰得知了姚叶的知梦扳机就是自拍。如果自拍出来的照片是她原本的样子，那就是现实，如果如同她梦想的一样，相片里的她成了金发碧眼的欧美性感美女，那么无疑，就是在做梦。”

李志民不屑地冷哼一声：“那又怎样？”

冉斯年无视李志民的反应，自顾自地解释：“得知了姚叶的知梦扳机，李颂杰就制订了一个杀人计划，就像姚叶在张国梁的知梦扳机上做手脚一样，李颂杰也在姚叶的手机上做了手脚，让姚叶分不清梦境与现实，以为现实是梦境，以为可以在梦里自由飞翔，飞出这个家，这个李颂杰不允许她外出的囚笼。”

瞿子冲不想在外人面前不给冉斯年面子，可是有些话他实在是不吐不快，犹豫了一下还是说：“斯年，也许是我不了解清明梦吧，本身也没做过什么清明梦，我实在是无法理解，人怎么会分不清梦境和现实呢？要说把做梦当成现实，那还有可能，毕竟在梦里，人的意识受限。可是要把现实当成梦境，这还是有一定难度的吧，就比如说姚叶，她难道仅仅凭借着自拍变成了欧美脸孔，就认定这是在做梦了？那她的感觉也太迟钝了吧？”

不等冉斯年回答，张国梁先沉不住气了，叫嚣着说：“就是有这个可能，因为我们‘梦乡’的学员每天的任务就是练习清明梦，每天都要在现实和梦境中来来回回地游走，时刻都要练习知梦扳机，已经养成了一定的习惯。尤其是在刚刚睡醒的时候，意识多少会有一些恍惚，姚叶就是利用了我这种近乎走火入魔的状态，在我刚刚睡醒的时候把我拉到了珠宝店门前，教唆我去抢劫杀人的！”

冉斯年理解似的示意张国梁少安勿躁，然后给予肯定地说：“张国梁，放心，我是相信你的，没有接触过清明梦的普通人不会理解，但是我是能够理解你和姚叶那种沉迷其中，类似于走火入魔的状态的。在没有外力作用的情况下，沉迷于清明梦的人，尤其是在练习的不成熟阶段，都有可能分不清现实与梦境，更何况被别有用心的人在知梦扳机上做了手脚，那就更加有可能错把现实当作梦境了。”

瞿子冲还是不能苟同的模样，板着一张脸，期待似的望着冉斯年，期待他能够进一步说服他。

冉斯年却不担心自己面对的这种连自己人都不相信他的局面，依旧自信满满地说：“瞿队，你的这个想法，李颂杰也曾有过。所以，为了确保他能够让姚叶把现实当作梦境，他还用了第二重机关，有了这两层知梦扳机的机关为他所用，胜算就可以大幅增加。”

“第二重机关？”范骁兴奋而好奇地问，“什么第二重机关？”

冉斯年郑重说道：“小范，如果你的意识或者潜意识本来就在怀疑自己是否做梦，这个时候，你看见了明明已经死去的人，你会作何感想？”

范骁理所当然似的回答：“像我这么理智的人当然不会认为自己是见鬼了，再加上我本来就在怀疑自己是否在做梦，见到了明明已经死去的人，那么我就一定会认定这是在做梦了！”

“没错，见到已经死去的人，这本身也是一个知梦扳机。”冉斯年又望向李颂杰，“李颂杰，你在使用了手机自拍即时变脸的功能让姚叶错以为现实是梦境之后，紧接着马上又放出了你的第二重机关，那就是让姚叶见到一个已经死去的人。”

冉斯年这一句话可谓语不惊人死不休，让会议室里一下子陷入了惊愕甚至有点灵异的氛围中。

/2/

片刻之后，瞿子冲首先问道：“斯年，你解释一下，李颂杰是怎么让姚叶看见一个已经死去的人的？”

范骁握着笔的手微微颤抖，也不去看本子，直接就抬着头一边奋笔疾书冉斯年话中的关键一边迫切地问：“冉先生，根据蔡大姐的口供，当时的卧室是个密室啊，根本就没人进去过，姚叶又怎么会看见一个已经死去的人呢？”

冉斯年抱歉地摆摆手：“不好意思，刚刚是我口误，我纠正一下，不是李颂杰让姚叶看见了已经死去的人的样子，而是李颂杰让姚叶听见了已经死去的人说话。”

“已经死去的人指的是谁？”范骁追问。

“张国梁。”冉斯年指了指张国梁，说，“当然，我们眼前的张国梁是个大活人，只不过，是李颂杰让姚叶以为张国梁已经死了。”

李颂杰不屑又夸张地表演，阴阳怪气地说：“冉先生，我没听错吧，还是你现在分不清梦境与现实了？怎么说胡话了啊？我怎么让姚叶认定张国梁已经死了？”

冉斯年耸耸肩：“很简单，你只需要告诉姚叶张国梁已经死了就好了，还可以自己制作一段假的新闻视频，把张国梁的照片贴在主持人的右上角，然后让主持人播放新闻说一个月前的珠宝店抢匪在逃避警方追捕期间拒捕已经被警方就地正法之类的。我想，你很可能是在出差前一天对姚叶放出了这个消息，给她看了这个新闻，在这之后，你就必须马上实施你的杀人计划，否则要是让姚叶上网或者看电视发现了根本没有这条新闻的话，你也就前功尽弃了。”

女律师轻咳一声，代替李颂杰开口：“首先，冉先生，你没有证据证明我的当事人曾经做过这样的虚假新闻；其次，就算你有证据证明，我还是那句话，李先生这样做的动机你也无法证明，他也有可能是撒了一个善意的谎言，因为姚叶受伤受惊，每天担忧劫匪找上门，身为体贴的丈夫，撒个小谎言让妻子安心，这也是李先生关爱妻子的表现不是吗？”

冉斯年听女律师这样说，歪嘴一笑，说：“果然，这件事李颂杰也跟你提前招呼过了，你们也无法肯定我们现在手里有没有掌握他制作虚假新闻的证据。你的战术就是要把李颂杰的一切所作所为都归于一个丈夫对妻子的关爱啊？”

女律师冷冷一笑，做了个无所谓似的神态，便又不说话了。

“小雯，”冉斯年突然转向一直在角落里沉默着看好戏的余雯，说，“现在轮到你了，你来证明，证明李颂杰是如何制造张国梁已经死去的假象的。”

余雯有些不明所以，歪着头反应了一会儿才试探地问："我也不知道我知道的这些算不算证明啊？"

冉斯年像是哄小孩子一样温柔地说："没关系，说说看。李颂杰加入'梦乡'之后，都曾经让你为他做过些什么？"

"俊杰欧巴让我给他讲'梦乡'里所有学员的事，包括我们都做什么清明梦啊，知梦扳机是什么啊。我就像之前对你一样，对俊杰欧巴知无不言，告诉他姚叶姐跟张国梁经常躲在小隔间里面嘿咻啦。后来，俊杰欧巴就管我要所有学员的照片，我就把我手机里存的大家的照片给他看，当然，也包括张国梁的。对了，我手机里还存着之前偷偷录下的姚叶姐跟张国梁的对话。那些恶心的对话，也被俊杰欧巴听到了。"余雯懵懵懂懂的，用讲八卦似的口吻说着，似乎不明白她的这些话到底意味着什么。

冉斯年冲余雯点点头，又对瞿子冲说："李颂杰就是从余雯的手机里得到了张国梁的照片，用于制作虚假新闻的材料。值得一提的是余雯录的录音，李颂杰也偷了去。他本来就是计算机科技公司的副总，多少都会有一些专业技术，利用一段录音，修改合成另一段录音，但同样都是恶心的内容和语气，这种事情对他来说，简直是小菜一碟。"

范骁恍然大悟似的用力点头，马上又一脸问号："那么，李颂杰是怎么远程播放这段录音让姚叶听见的呢？"

冉斯年用戏谑的眼神望着范骁，打趣似的说："这一点，还是我的梦，我梦里的你和佩儿给了我提示。就在我扫描完姚叶整个家的那天晚上，我的梦给了我提示，关键就在于位于主卧进门处侧面的主卫里面。姚叶和李颂杰的家算是个小豪宅，主卫里面还挂着一个液晶电视，而那个电视也是可以被李颂杰远程操控的。还是那句话，这对李颂杰这个计算机公司的副总来说，是小儿科。他只要远程操控主卫里的电视发出张国梁说话的声音，而且是夹杂着淋浴声音，状似张国梁在洗澡，一边洗一边说着恶心肉麻的话，邀请姚叶进去一起，或者是告诉姚叶他马上就要出来，这样就算大功告成了。"

范骁懵懂的神色随着冉斯年的解释渐渐舒展，到冉斯年话音落下的时候，他已经完全明白了冉斯年阐释的这个李颂杰使用的诡计，所谓的双重机关中的第二重机关。

但范骁不懂的是他和饶佩儿是如何在梦里给了冉斯年提示，于是便问：“冉先生，我跟饶小姐是怎么在梦里给你提示的啊？”

冉斯年笑着解释：“不瞒你说，梦里的我通过主卫的那个液晶电视看到了你在客厅里言语骚扰佩儿的画面，而佩儿当时的反应就是反感和极力躲避，甚至躲到了阳台。你们俩的这个情形让我联想了姚叶当时的状态，她应该也是跟佩儿一样，产生了想要逃开骚扰的念头。”

范骁的脸一下子红了，支支吾吾地小声澄清：“我……我可没有言语骚扰饶小姐啊，我没有。”

“我当然知道你没有，我也说了，这只是我的潜意识在造梦，给我提示而已，小范，你大可不必放在心上。”后半句冉斯年没说，其实他想说，反正我在梦里也给你教训了。

瞿子冲露出一个了然于胸的神态，说：“原来如此，李颂杰只要让‘张国梁’在浴室里洗澡，并且对姚叶进行言语骚扰，姚叶那边就会认定自己是在做梦，并且想要本能地逃离令她反感的张国梁？”

“是的。首先，姚叶不可能喜欢张国梁，她之所以委身于张国梁就是为了利用他，所以在张国梁已经失去了利用价值之后，姚叶也可以不必再去伪装和勉强自己跟这样一个又老又丑的臭男人在一起。”冉斯年说着说着又意识到自己说错话了，再次向张国梁道歉，“不好意思，张先生，我还是没有恶意，只是站在姚叶的角度阐述而已。”

张国梁一张苦瓜脸，挥挥手示意冉斯年随便说，他根本不在意。

“其次，站在姚叶的角度，经过了手机自拍变脸，又听见了已死的人就在浴室里洗澡说话，姚叶已经认定自己是在做梦，而且她也到达了知梦的程度，做清明梦的话，接下来的步骤是控梦，让梦按照她的预想发展，可她对此还没有十足的把握。用意识去控制梦里的张国梁，让他被锁在浴室里无法出来骚扰自己，或者是让张国梁凭空消失，再或者是经过主卫的门前离开卧室，这些都有一定风险，一旦意识没能控梦成功，姚叶就会被张国梁给逮到，在梦里再受一次张国梁的蹂躏，做一场失败的清明梦，而且是令她恶心的噩梦。这种情况下，姚叶最好的选择就是用她最习以为常的、以往成功率最高的办法逃脱，也就是清明梦里最常发生的桥段——飞翔。”

范骁倒吸了一口冷气说："所以姚叶就主动选择跳楼，她迈出去的那一刻，还以为自己能够飞翔！"

"很不幸，就是如此。这一点'梦乡'的学员都应该理解，因为你们在'梦乡'学习清明梦，最基础的控梦练习就是飞翔，没错吧？"冉斯年把目光投向余雯、吴智和张国梁。他有把握这些人会给他一个肯定的回答，因为他们的老师是袁孝生，而袁孝生的老师就是他自己，当初他教授袁孝生做清明梦的时候，也是将梦里飞翔作为基础开始教起。

余雯重重点头："没错，飞翔是控梦练习的基础。姚叶姐在飞翔这一课可以说是优秀毕业生，她跟我们讲过，她已经可以自由运用意识让她在梦里自由飞翔啦。"

瞿子冲还是觉得冉斯年的这番言论有些扯，但他潜意识里还是相信冉斯年的，于是沉着地问："斯年，你的这番推论在我们普通人，没有接触过清明梦的人听来实在是不可思议，我想，李颂杰和他的父亲以及律师也是没法接受的，你一定有证实这一切的证据吧？是时候拿出来了。"

冉斯年尴尬地耸耸肩，又是一句语不惊人死不休，他大大咧咧地说："抱歉，我没有证据，这一切都是我，一个深谙清明梦之道的梦学研究者的——推测。"

瞿子冲的脸一下子沉了下来，抑制不住怒意责怪冉斯年："斯年，你别开玩笑！如果你没有证据，这起案子今天就得以自杀案结案了！"

李颂杰脸上荡开了放松的微笑，笑意越来越浓，有些嚣张地说："今天的故事很精彩，也算是让我不虚此行，如果没有别的事情，我们要先告辞了。"

冉斯年故作夸张，颇为惊讶地说："告辞？不行，真正的故事还没开始呢，你这位主角怎么就要告辞了呢？"

第十二章

复仇联盟

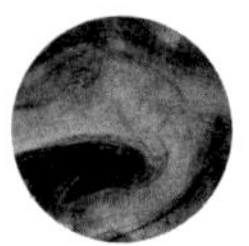

/1/

冉斯年的话再次让他成为会议室里所有惊诧目光的焦点，几乎就在所有人都认为推理故事已经讲完的时候，他却说真正的故事还没有开始！

瞿子冲倒是最不吃惊的那个，他了解冉斯年，不会仅凭猜测，没有任何证据就把所有人都召集到这里推理，他一定还留了一手。

“斯年，别卖关子了，现在就揭示真相吧。”瞿子冲两边指挥着，“李先生，也请你们三位留步。”

李志民犹豫了一下，还是坐回了位置，并且示意李颂杰和女律师也坐回去。也许是之前冉斯年说没有证据让他安心了些，也许是想知道冉斯年手里还有什么不利于他们的把柄，总之，他选择了留下。

冉斯年稳操胜券地说：“虽然我没有证据支持我之前的所有推论，但是幸运的是，此时此刻，在这间会议室里，肯定有一个人手里有证据，能够支持我的推理的切实证据，指证李颂杰就是杀死姚叶真凶的铁证。”

瞿子冲惊喜地问：“斯年，你凭什么这么肯定？”

冉斯年的目光扫向余雯、徐春梅、吴智和张国梁，徐徐地说：“证据就在你们四个人其中一个，或者是几个人的手中，我说得没错吧？你们四个，才是整起案件幕后藏得最深的赢家。”

余雯首先哈哈笑出声，用有些稚嫩的清脆声音反问：“帅哥欧巴，你在说什么啊？我们又没杀死姚叶姐！”

冉斯年笑望余雯，亲切地说：“小雯，你们当然没有杀死姚叶，杀死姚叶的是李颂杰，但是你们却是推动李颂杰杀人的力量。因为正是你们告诉了李颂杰姚叶与张国梁有染，你还把他们俩的那种事情给录了音并给李颂杰听；你们在间接告诉李颂杰，姚叶的阴狠计谋，她想要杀死李颂杰的所有情人；你们在间接告诉李颂杰，躺在他枕边的结发妻子不但是个为达目的不择手段、跟别人上床的荡妇，还是个心狠手辣、蛇蝎心肠的毒妇。所以你们，在某种程度上的确是催化甚至是强化了李颂杰的杀人动机，不是吗？”

吴智不屑地笑出声，说：“冉先生，你这话我可不敢苟同，要是李颂杰是个坚定正直的人，就算我们把刀架在他脖子上，他也是不会去杀人的。现在，他本身就是个自私狠毒的男人，我们只不过是把他当成了新来的学员，像对待你一样，把‘梦乡’里的故事讲给他听而已，怎么就说我们是催化甚至强化了他的杀人动机了呢？再说了，我们当时根本不知道李颂杰就是姚叶的丈夫啊，就如同我们也不知道你这位化名为毛杨的帅哥是警方的人一样。我们对待新学员，都是不设防的。”

冉斯年不得不承认，吴智的话有道理，他点点头说：“没错，我刚刚的话也只是我个人的推理，没有证据证明，你们也可以说是什么责任都没有。”

瞿子冲不爱听冉斯年的这话，带着点怒气地反问：“斯年，你到底是什么意思？你是说他们四个才是幕后主使？”

“他们的确是幕后主使，但是他们的复仇目标并不是姚叶，而是李颂杰！”冉斯年干脆一针见血，“早在珠宝店抢劫案的时候，他们就想利用姚叶的计划将计就计，杀了李颂杰，当然，是借张国梁的手。只可惜，当时的姚叶居然甘愿为李颂杰挡枪，致使他们的计划失败。”

“什么？”范骁一边奋笔疾书一边问，“目标是李颂杰？不是姚叶吗？”

“我还是从头来说吧。”冉斯年喝了一口水，不紧不慢地说，“当然，这一切还仅仅是我的推测而已。”

李颂杰父子的好奇心显然已经被彻底调动，他们俩连同那个女律师全都瞪大双眼，迫不及待地想要听冉斯年解释清楚，什么叫作“四个人才是幕后主使”。

而那四个被称作“幕后主使”的人，却个个神情坦然，似乎一点也不惧怕。

“最开始，你们四个人之中可能只有一个或两个人是‘梦乡’的学员，在姚叶到来之后，你们可能是无意中或者是经过一番调查之后得知了姚叶就是你们共同仇人李颂杰的妻子，你们觉得这也许是个复仇的好机会，便召集了另外的人，一起加入了‘梦乡’，成为姚叶的同学。”

范骁看了看珠宝店的营业员徐春梅，又看了看冉斯年，用眼神询问冉斯年，徐春梅这个例外是怎么回事。

冉斯年马上解释：“当然，这其中不包括徐春梅，徐春梅只是跟你们三个其中一人有密切关系的帮手而已。当时，姚叶加入‘梦乡’的时候就表明了她的情况，她知道丈夫李颂杰在外面彩旗飘飘，也把这个加入‘梦乡’的缘由跟你们坦白。你们从她的清明梦中得知她潜意识里的欲望就是独占丈夫，把那些跟她抢李颂杰的情人全都除掉。到这个时候，你们隐约觉得可以利用姚叶为你们复仇，但是具体怎么利用姚叶去对李颂杰复仇，你们还没有一个清晰的想法。”

范骁的头皮发麻，这四个人心机深沉，跟表面形成了鲜明的对比。他接替冉斯年继续分析：“一直到姚叶自己先动了杀机，想出了一个利用清明梦去杀人的计划。你们看穿了她的计划，便联合张国梁和徐春梅，将计就计，跟姚叶一起实施这个计划。只不过，姚叶的目标是李颂杰最近刚刚打得火热的徐春梅，而你们的目标则是李颂杰。”

冉斯年对范骁点了点头，又转头问梁媛和邓磊，问：“你们有没有调查出徐春梅跟他们中的谁有什么密切关系？”

邓磊回答：“徐春梅是吴智的高中同学。我去他们的高中询问过当年的老师，老师说他们曾经有早恋的苗头，徐春梅追的吴智，但是吴智似乎对徐春梅不感兴趣，他喜欢的是当时的校花。”

“原来如此，”冉斯年颇为同情地望着徐春梅，“你是为了吴智才甘愿如此牺牲，主动去勾引花花公子李颂杰的。其实珠宝店抢劫案的那晚，按照姚叶的计划，李颂杰是不会出现在珠宝店的，是你在得到了张国梁的通风报信之后，把李颂杰约到了珠宝店，为的就是让张国梁能够亲手报仇。”

徐春梅的目光牢牢盯在桌面上，似乎在强力控制自己不要去看吴智，她喃喃地低声说：“不是的，不是这样的。”

“徐春梅，你为了吴智的复仇计划，不惜牺牲自己的清白。再说张国梁，你为了能够在杀人后脱罪，指证是姚叶用计让你分不清现实与梦境，所以才不肯及时把左手拇指给接回去，对吧？你为了你们的复仇计划，不惜毁掉自己的一根拇指。”冉斯年又快速转向吴智，“吴智，你为了你们的复仇计划，为姚叶提供了那支改装枪，没错吧？改装枪械是犯法的，你的牺牲就是在事情败露之后必须承担刑事责任！你们几个，为了复仇，都牺牲了自己的一部分利益！”

邓磊适时补充道：“没错，冉先生，我调查过吴智，这家伙的确是个喜欢枪械改装的技术宅，做过不少枪械模型，在圈子里也算是小有名气。珠宝店抢劫案之前，他曾经在黑市购买过火药，很可能是用来制造子弹。”

吴智重重叹了口气，目光转向余雯，默默无语。

范骁也叹了口气，继续说：“你们的计划本来是将计就计，利用姚叶对张国梁的利用，反过来利用姚叶，只是没想到，事情居然在关键时刻出了差错，姚叶居然在本能的驱使下去替李颂杰挡枪。当时张国梁一定被突来的状况吓坏了，他除了逃走，别无他法。”

冉斯年接替范骁继续说：“接下来，计划失败的你们必定重新聚集起来，想要商议另一个对李颂杰的复仇计划。当时，你们几个之间一定起了分歧吧？既然这种置身事外的复仇计划没有成功，你们中一定有人被仇恨冲昏了头，打算干脆置身其中去复仇，不管事后是否能够全身而退。我想，这个人应该就是了无牵挂的张国梁吧？或者是已经背上了改造枪械罪责的吴智？又或者，或者是你，小雯？”

余雯冷冷地瞪着冉斯年，一改以前天真无邪的模样，低声说：“你到底有没有证据？”

冉斯年苦笑着耸肩，吐出两个字：“没有。”

余雯白了冉斯年一眼，咬住嘴唇保持沉默。

会议室里安静了片刻，冉斯年再次开口：“在你们意见无法统一的时候，李颂杰出现在了‘梦乡’，你们当然知道他是来调查姚叶的，你们根据李颂杰的种种表现，看穿了他对姚叶已经产生了杀意，便顺水推舟。也是那个时候，你们再次统一了意见，你们当然还要继续复仇，而你们需要做的就是——什么也不做，就像一首歌名‘let it go’，就像余雯给我讲述的她的那个泰坦尼克号就要撞冰山的梦，梦里的船长提出什么也不用做，只需要熄火，让船自己顺着冰山划过就能顺利过关。对应现实，也就是你们几个什么也不用做，只需要暂时熄灭胸中的怒火，让事态顺应李颂杰的意图发展，以此来把他送入监狱，以杀人犯的罪名。”

“原来如此，这样一来，你们所有人都可以全身而退，李颂杰也算是自掘坟墓，这可以说是最完美的复仇计划。只不过，姚叶就必须成为你们复仇计划中一个牺牲的棋子了，你们明明知道姚叶会被李颂杰害死，却无动于衷，所以某种程度而言，你们也是害死姚叶的帮凶！”范骁瞪着眼，来回扫视着那四个已经被揭下面具的复仇联盟。

饶佩儿在冉斯年身后小声轻叹，她想起了之前冉斯年说的，这一系列的案件中，每个人都是凶手，连姚叶自己也是，原来就是这个意思。

“当然，你们认为姚叶死不足惜，因为她本身就是个为达目的不择手段的人，为了杀死情敌，她不惜利用张国梁，不惜让珠宝店里的其他店员和保安陪葬，到最后为了自保，姚叶还很可能会杀了张国梁。这样一个姚叶死了，你们的内心里也不会产生任何自责愧疚吧？”冉斯年说这话的时候，眼神凌厉直指余雯，他在责怪余雯，因为他已经认定，这个看似最单纯无辜、年龄最小的余雯，其实就是他们几个人中最深藏不露的首脑。

余雯仍旧咬着嘴唇一言不发，她无视冉斯年，目光直指李颂杰，用她这个年纪不该有的阴冷和蔑视，死死瞪着李颂杰。

李颂杰被余雯的目光吓了一跳，这才反应过来似的，结结巴巴地问：“你们……你们，我跟你们有什么恩怨？你们，到底……到底是谁？”

女律师和李志民一左一右拉扯着李颂杰，示意他不要乱说，免得有不打自招的嫌疑。

/2/

“我来告诉你他们到底是谁。”冉斯年清了清喉咙，大声说道，“不过，直接说出来未免太过无趣，还是说说我对他们身份猜测的根据吧，也就是他们三个人的清明梦。李先生，也许听了他们的清明梦，你就能够想起什么了。按照先后顺序，我先来讲讲余雯的梦。”

接下来，冉斯年便转述了在“梦乡”里，余雯在不知道他身份的情况下给他讲的那个有关高塔、翅膀和坠落的梦。

“余雯梦中那洁白闪着光厚实的羽毛其实正是象征着她的母亲，羽毛包覆着身体，直接接触幼嫩的皮肤，这种舒适安全的感觉，还有梦中的余雯无法说话，只能大叫、挥舞手臂和哭泣，都很有可能是婴幼儿时期的体验的重现。结合那段时间余雯正在学习清明梦中的飞翔，所以潜意识便把婴幼儿时期记忆深刻的感受编织成了一个飞翔的梦，母亲就幻化成了能够带给她愉悦飞翔感受和安全保护的强大翅膀。”

范骁像是自言自语似的说：“难道，跟余雯的母亲有关？”

“只不过，后来危险来临，翅膀为了保护余雯支离破碎，而且是从高处坠落后损毁，脱离了余雯的身体。这正代表着母亲离她而去，婴幼儿失去了母亲，就等同于失去身体的一部分一样。根据这个梦，再结合余雯说过她跟外婆一起生活，我便猜想，她的母亲一定是在她极为年幼的时候出了状况，并且是为了保护幼小的余雯而受重伤或者身亡。”冉斯年说完，就去看梁媛和邓磊。

梁媛正在惊奇于冉斯年的推断跟自己手头调查的结果惊人地相似，听冉斯年轻咳了一声，这才反应过来，是该她汇报调查结果的时候了。

“没错，我负责调查余雯的背景。我查到余雯母亲在余雯三岁那年，抱着她失足从楼梯上滚下，母亲为了保护年幼的女儿，用身体包裹住女儿，结果导致头部遭到撞击。幸运的是这位伟大的母亲还活着，不幸的是，因为头部遭创，全身瘫痪，神志不清，一直卧床，生活不能自理。”梁媛顿了一下，突然又像想到什么似的，兴奋地叫道，“对了，我还查到当时余雯家的楼上住着的，正是李颂杰一家三口！并且警方有过记录，两家人曾经因为起争执，余雯的母亲报过警，好像是说楼上家的小孩恶意扰民，家长不但不听劝说管教孩子，还对余雯的母亲出口相骂，随后更是因为余雯母亲报警而伺机报复。”

冉斯年叹息着摇头：“小雯，你一定想起来了是吧？你的梦让你记起了当年母亲的事故，当时母亲抱着你下楼，她看不见身后，可是你却看得见。你的母亲并不是失足滚落楼梯，而是像你的清明梦里一样，是被一个妖怪给推下去的。你梦里的妖怪，就是李颂杰吧，当年那个十岁出头的小男孩。”

李颂杰瞪大双眼跟李志民对视，一副不敢置信的模样。那感觉就好像是他自己都忘记了自己曾经做过这样的事情！

“一派胡言！一个三岁孩子能有什么记忆？”李志民用鼻子冷哼，说，“这么多年前的事情了，你们有什么证据？”

冉斯年遗憾地说：“梦境的确可以重现人婴幼儿时期的记忆，但不幸的是，这无法构成证据，当年的目击证人现在虽然已经十六岁，却仍旧没法成为证人指证李颂杰。可以想象，余雯是在怎样的愤恨和无奈中成长，面对为保护自己而卧床瘫痪的母亲，她的一腔复杂情感该如何宣泄。没人能为她的母亲讨回公道，她只能靠自己，还有她结识的这些个跟她一样背负冤屈和憎恨的同盟朋友。”

冉斯年又转向李志民：“李先生，我也可以想象李颂杰这些年是如何在你们的娇惯和纵容之中长大成人的。当年不过是邻里间的小矛盾，如果你们能够教给李颂杰正确的是非观，而不是‘以身作则’地给他灌输罪恶的行为准则，当年的一个孩子也就不会在你们家长的影响下，甚至是模仿你们的情况下，把罪恶之手伸向一个抱着孩子的母亲。”

李志民的鼻孔剧烈收缩着，双眼圆瞪，布满血丝，他咬紧牙关，并没有急于反驳。

冉斯年的语气更加强硬，带着控诉的意味：“可以说李颂杰一路走到今天，成了一个自私自利的花花公子，一个不懂感恩、心狠手辣、视人命为草芥的杀人犯，你们身为父母的有着不可推卸的责任。我刚刚还说，是余雯他们四个人强化甚至是催化了李颂杰的杀人行为，其实负责任地说，早在十几年或者二十几年前，你们就已经无时无刻不在强化和催化着李颂杰内心里的罪恶萌芽，所以李志民先生，你和你的妻子才是打造李颂杰这个杀人犯的罪魁祸首。”

李志民气得面色发白，好几次想要开口反驳甚至谩骂冉斯年，这个胆大妄为竟然敢公开指责他教子无方的男人，可是好几次，他都只能以语塞收尾，说不出一个字来。

“小范，你那边调查张国梁的背景，有没有查到什么，尤其是他入狱服刑的原委？”冉斯年不去理会李志民，转而问范骁。

范骁忙翻动手里的小册子，一边看一边说：“当年张国梁入狱是因为监禁虐待第九中学的女生王毓琪。”

邓磊“咦”了一声，翻开自己手中的小本子，说：“王毓琪，这个名字不就是我之前调查吴智的时候，吴智喜欢的那个校花吗？”

范骁一拍桌子，不无感慨地说：“看来这王毓琪的案子果然跟眼下的案子有关系啊！我调查到的结果是张国梁在八年前因为在地下仓库监禁虐待王毓琪一周时间，导致王毓琪精神失常并且丧失生育功能而被判刑，而当时王毓琪正在闹分手的正牌男友正是高二男生李颂杰！”

李颂杰的双眼凸出，来回望着张国梁和父亲李志民。李志民也才后知后觉，这会儿才意识到这个张国梁是谁。

“果然如此，真是贵人多忘事，李颂杰，你并不知道当年你父亲给你善后，找的替罪羊就是张国梁，就连你父亲李志民也都忘了当年这个小人物啦。也对，也许这种对王毓琪和张国梁来说是天大灾难的事情，对于你们这对有钱父子来说就是小菜一碟，不足挂齿，更不足以被铭记。”冉斯年冷嘲热讽地说，“唉，余雯你认不出情有可原，毕竟当年她还是个三岁幼儿，可是如果你能够认得出张国梁就是当年你的替罪羊，说不定也不会落入他们的圈套了。”

张国梁此时已经再也抑制不住，呼吸急促，双眼冒火一般，他再也顾不得是不是该保持沉默，脱口大叫：“没错，当年就是这个李志民找了个无良律师陷害我，说在监禁小姑娘的仓库里找到了我的什么体液！废话，那就是我的仓库，里面有我的东西、我的体液还不正常吗？我怎么知道平时不常用的地下仓库里能被李颂杰这个畜生监禁着一个姑娘？本来姑娘一开始还有神志，准备指控李颂杰的，可是后来也不知道他们给姑娘用了什么药，她居然精神失常啦！到最后这罪名竟然就落在了我头上！我因为李颂杰这个畜生坐了七年的冤狱啊！我妻离子散，还在监狱里落下一身伤病，我的公道怎么算？”

冉斯年同情地对张国梁点头，跟他同仇敌忾，然后又望向吴智，理解地说：“吴智，你心爱的王毓琪被李颂杰糟蹋，至今仍旧生活在精神病院中，你对李颂杰的恨比妻离子散坐冤狱的张国梁是多是少呢？你当初加入‘梦乡’，为的也是在梦中与当年心中的女神相知相守吧？”

可能是因为张国梁的防线已经瓦解，在冉斯年的诱导下控制不住吐露了心声，吴智也有些演不下去了，尤其是听到了王毓琪这个名字，他整个人都在微微颤抖，泪水在眼眶中转了又转，就是倔强地不肯流下。

“我听黄毛讲过你的清明梦，梦里你是军火商外加科学家的钢铁侠，我想，这大概是因为你本身就对枪械感兴趣的原因，便猜想张国梁抢劫珠宝店用的枪就是来自你这里。你热衷枪械，所以梦里才会升级为科学家和军火商钢铁侠，当然，这种英雄情结也是你的潜意识在替现实中无能为力的你实现欲望。你想在梦里当英雄救美女，想要救的就是你的女神王毓琪。结果不幸失败。没办法，只能求助于黑寡妇和绿巨人，这个黑寡妇和绿巨人对应现实，恐怕就是余雯和张国梁，你把你的两个同盟军也添加到了你的清明梦里。”冉斯年自信地说。

吴智看了一眼仍旧沉默冷静的余雯，又看了一眼已经“缴械投降”坦陈一切的张国梁，索性也放下防备，狠狠抹了一把眼眶中的泪，响亮地说：“没错，既然你们已经掌握了我改装枪械的证据，我承认也无妨。我就是恨李颂杰这个人渣，恨他毁了王毓琪的一生！”

冉斯年重重吐出一口气，他已经逐层攻破了张国梁和吴智，就连李颂杰和李志民也都乱了阵脚，现在可以说是万事俱备，只欠证据了。

范骁虽然年纪轻轻，但是对于李志民也感慨万千，他老成地说：“李志民，溺子如杀子，你现在能够体会到这句话的深意了吧？如果你们能够及时刹闸，在余雯母亲案子之后就幡然醒悟，纠正李颂杰的观念禀性，也不会有后来王毓琪的惨剧，更加不会有今天，你们亲手把李颂杰送入监狱的结果。果然，你和李颂杰的母亲两个人才是害李颂杰锒铛入狱的罪魁祸首。”

李志民终于爆发，他咆哮着：“我再说一遍，你们没有证据，没有证据的话就是诬陷，我可以控告你们诬陷！我有的是律师，有的是钱，警察我也照样告！”

/3/

墙上的挂钟显示已经到了晚上八点钟。会议室里的人谁都没有吃晚餐，肯定都是饥肠辘辘，可是又没有一个人有心思去吃什么晚餐，因为今晚，对于他们每一个人都是至关重要的转折点。

僵持了十几分钟后，李志民、李颂杰和女律师已经冷静下来，三个人小声议论着什么，最后给出了答案，由女律师发言：“瞿队长，我们还是原来的观点，保留控诉你们诬陷诽谤的权利。对于你们警方如此凭空推测办案的方式，我们实在无法认同，一定会向你们的上级部门投诉的。”

瞿子冲不动声色，冷冷地望着冉斯年，等着冉斯年给予回击。

冉斯年却不与瞿子冲目光接触，只是一直用温柔如水的眼神看着余雯。许久之后，他才开口：“小雯，别再等了，我真的没有证据，但我知道，你一定有。这就是我今天下的赌注。我赌你不会眼睁睁看着李颂杰他们走出这间会议室，看着你们设计的复仇计划功亏一篑，而且我有自信，我的这个赌注一定会赢。”

余雯翻了个白眼，紧绷的全身倏地放松下来，又是一副嬉皮笑脸的架势，用玩世不恭的口吻说：“哎呀，帅哥欧巴，我真是服了你了。本来我手里的东西我是另有所用的，可你却把我的摇钱树给毁了。还非得逼着我把这个不知道能不能成为证据的东西充公，要知道，这样做可是对我没有任何好处啊！”

冉斯年知道余雯是在演戏，口口声声说对她没好处，其实一旦这个证据被公之于众，余雯他们就算是大功告成，得偿所愿，在什么也没做的情况下实现了对李颂杰的复仇，可以说是最为极致的复仇。

“果然，我就知道你会留一手的，如果不留有这最后的一手，你们的复仇计划也就无法最终实现。”冉斯年没有放心地舒一口气，因为他从一开始就万分笃定，没有紧张过。

“什么复仇计划？”余雯嘟着嘴说，“我还是不懂你在说什么喔，就像那位律师阿姨说的，你没有证据证明我们真的想复仇喔，我们所做的，也只是什么都没做而已，我们没杀姚叶，没杀任何人喔。”

冉斯年哄小孩似的说：“好，我没有证据，你有，现在请你公布你的证据吧。”

余雯一副拿冉斯年没办法的无奈模样，缓缓地从背包中掏出一个平板电脑，交给了冉斯年。

冉斯年把平板交给了邓磊，由邓磊负责在投影上播放文件。

两分钟后，投影屏幕上出现了一个文件夹，里面有几个视频文件，其中一个叫作“不雅门”。

“对，就是这个‘不雅门’，点开吧。”余雯傻呵呵地笑着，“虽然有些难为情，但是好在我也没有露点，你们看吧。”

视频播放，下面的时间显示正是姚叶坠楼的当天，画面中的情形是一间宾馆的豪华卧房，还有一个正在安装摄像头的余雯的大大的脸。

“安装在这里估计就可以了吧？哼，俊杰欧巴，把咱们俩的好事录下来，我看你还怎么甩掉我。”视频里，余雯没羞没臊地自言自语。

在冉斯年的示意下，邓磊快进视频，略去了李颂杰裹着一条浴巾湿漉漉从浴室里走出来的片段，略去了房间里李颂杰像老鹰捉小鸡一样跟余雯玩着追逐打闹游戏的片段，略去了余雯跑去浴室洗澡的片段，此时的时间显示正好就是姚叶坠楼的前后。

画面中，李颂杰看了看手机上的时间，然后打开了笔记本电脑，点开了一个实时监控的视频，视频不算清晰，但是完全可以看得出，那是姚叶所处的卧室。姚叶似乎是被什么声响给吵醒了，迷迷糊糊地坐起来，拿起手机看时间，然后又捋了捋头发，把手机举起来，摆好斜上方45度角，来了一张自拍。

姚叶的神态变化在视频里看不到，但是按照冉斯年之前的推论，可想而知，她是在手机里看到了自己变脸成了欧美美女。姚叶放下手机，从床上下来，显得有些兴奋，拉起睡裙开心地在屋子里转了两圈。

这时，李颂杰的脸上浮现出了冷笑，好像是着迷的游戏玩家玩游戏到了关键精彩时刻一样，他又点开了一个对话框，按下鼠标。顿时，张国梁的声音通过笔记本电脑的扬声器播放出来。

“小叶子，等急了吧？等哥哥我洗干净马上就去让你伺候啊！还是你进来跟哥哥一起来个鸳鸯浴？好久不见，我都想死你啦……”伴随着张国梁令人作呕的声音，还有淋浴的水声。

李颂杰好像是挺意外这声音被播放了出来，但是也听得津津有味，充满期待，他目不转睛地盯着屏幕，看着屏幕里的姚叶无措又反感的模样，嘴角的笑意越来越浓。

“很好，很好，你不是讨厌那个臭男人吗？逃啊，逃啊！你不是想要飞吗？你干脆飞出去啊！我看看你怎么飞！”李颂杰兴奋地拍着桌子，嘴里念念叨叨。

笔记本里的姚叶在卧室里犹豫了一下，先是想要路过浴室门口从卧室出去，中途又改变了主意，转身走到了窗前，从容地打开了窗子，丝毫没有犹豫地迈了出去。一瞬间，姚叶消失在了屏幕中，消失在了屏幕里的屏幕里，在这个世界里消失。

“哈哈哈！”李颂杰兴奋地蹦了起来，压抑着欢呼，“居然真的可以，居然真的可以，太棒啦，这样也行？哈哈，好玩，好玩！”

“什么好玩啊？”余雯裹着浴巾从浴室里蹦蹦跳跳地出来，“俊杰欧巴，你在玩游戏吗？教我一起玩啊！”

李颂杰啪一下合上了笔记本，纵身一跃跳到了余雯面前，把她给横抱起来，粗鲁地丢在了大床上，然后饿虎扑食一般扑上去，压在余雯身上，说了一大堆令人作呕的话。

余雯委屈地哭了，她挣脱了李颂杰的身体，跑到角落哭泣着说：“原来你对我不是真心的，你就是想跟我上床！俊杰欧巴，我好伤心！我是真的爱你，你那么像我的男神秀贤欧巴，我是真的爱你！你怎么可以这样对我！”

李颂杰乱了阵脚，莫名其妙地问：“怎么？不是你非要吵着跟我一起出差，跟我开房的吗？这会儿又反悔啦？小孩子就是小孩子啊！”

“那时候我以为你是真的喜欢我！”余雯固执地大叫，双手死死按住胸前的浴巾。

冉斯年示意邓磊按下暂停键，他真的看不下去了，他看不下去余雯这个十六岁的小姑娘为了取得李颂杰杀人的铁证而与狼共舞的危险桥段。

之前，他只是以为张国梁为了复仇计划奉献了手指，吴智为了复仇计划改装枪械，徐春梅为了吴智的复仇计划甘愿勾引李颂杰，他以为余雯在整个计划中没有牺牲什么，现在看来，余雯这个小姑娘也是有所牺牲的，搞不好她是牺牲最大的，搞不好她已经被李颂杰给……

冉斯年不敢往下想，他也不敢往下看，他不想看到视频往后发展真的会变成“不雅门”。

李颂杰和李志民的脸色已经彻底阴沉暗淡，面对如此的铁证，两人相对无语。

突然，李颂杰整个人弹了起来，跳上桌子朝余雯扑了过去，嘴里还大声咒骂着：“死丫头，你玩我，我杀了你！”

会议室里乱作一团，范骁和邓磊合力制止了已经发狂的李颂杰，梁媛则是挡在余雯身前保护。

余雯受惊不小，委屈地说：“俊杰欧巴，我没有玩你，我只是想录下咱们俩的视频，你就不会离开我了啊！”

李颂杰那边还在咒骂，瞿子冲看他已经失控，便起身亲自给李颂杰戴上了手铐：“李颂杰，你因为涉嫌谋杀姚叶，现在正式逮捕你。”

李颂杰被拷住，冰凉的手铐触感让他瞬间便像是泄了气的皮球，他茫然地望着李志民，被推出会议室门口的时候，眼巴巴地望着父亲李志民说了一句：“爸，救我！”

冉斯年只觉得好笑，李志民怎么救他？李志民要是真有能力救他，二十几年前就不会害他了。

会议室里再次陷入沉静，片刻后，李志民和女律师提出告辞，看来他们是要回去商议对策，如何最大限度地挽回败势，争取少判几年刑。

等李志民和女律师离开之后，冉斯年对瞿子冲说："瞿队，我有个不情之请，请你一定要想尽办法，让李颂杰这个人渣得到应有的惩罚，事不过三，不要让他第三次逃脱罪行。"

瞿子冲郑重点头："放心，法网恢恢，已经让他侥幸逃脱了两次，这一次他逃不掉的！"

冉斯年起身，又环视了一圈会议室里的几个人，哀叹了一声，提出告辞。

瞿子冲也起身，倒也不急着送冉斯年出门，只是总结似的说："斯年，你也应该知道，吴智改造枪械是事实，张国梁抢劫珠宝店也是事实，虽然这里面比较复杂，但是他们俩我还是必须留下，稍后起诉。"

冉斯年同情地看了吴智和张国梁一眼，无奈地摇头："那是自然，相信他们也有心理准备。"

余雯拉着身边徐春梅的手，两人走到了门口冉斯年的身边，余雯带着落寞的笑容询问瞿子冲："警察叔叔，我们俩可以走了吗？"

瞿子冲一愣，随即无奈地点点头："可以，当然可以，只是你们暂时不可以离开松江市，整个案子的后续工作还需要你们来做证。"

余雯回头不舍地看了看吴智和张国梁，小声说："吴智欧巴，国梁大叔，我先走了，你们保重啊。"

吴智和张国梁都是一脸的满足，冲余雯和蔼地笑着，挥手告别。

余雯踏出了会议室，徐春梅却迟迟不肯离开，她一直凝视着吴智，几次欲言又止，最后只吐出了两个字："等你。"

就是这两个字，让刚刚还隐忍、没有流下一滴泪的吴智瞬间崩溃，泪水唰地涌出。

冉斯年也拉着饶佩儿出门，再次跟瞿子冲告别："我的任务已经完成了，接下来的事情就要麻烦瞿队你了，千万不能让李颂杰这个人渣脱逃，拜托啦。"

瞿子冲挺着胸脯，一身正气地说："斯年，我向你保证，你就放心吧。"

第十三章

意外收获

走出警局已经是半夜九点多，冉斯年和饶佩儿默默无语，都各自沉浸在姚叶坠楼案牵扯出的这一系列案件之中。两人走向停车场，打算开车回家。

“帅哥欧巴！”不远处，又传来了余雯清脆的声音。

冉斯年抬头一看，不远处站着的正是向他挥手的余雯，还有徐春梅。

冉斯年拉着饶佩儿往余雯那边走，他想，余雯特意留下来，一定是还有话对他说，正好，他也有话要对余雯说。

“小雯，”冉斯年走到余雯面前，第一句就是十分心疼的一句，“其实你真的没必要如此牺牲，李颂杰那样的人渣早晚会自作自受，自掘坟墓。”

余雯含笑看着冉斯年，这会儿才放下伪装，坦诚地说：“不行啊，我等不及了，也做不到无动于衷地被动等待，我必须参与其中，必须为我的母亲讨回公道。只不过，连累了吴智欧巴和国梁大叔，还有……还有徐姐姐。”

饶佩儿叹息着说：“事情已经这样了，你也不必太过自责，大家都要为自己的选择付出代价的。”

余雯歪头瞧着饶佩儿，有些醋意似的问：“帅哥欧巴，这是你的女朋友？”

冉斯年一愣，索性把谎言延续到余雯这里，微微点头：“是的。”

余雯很失落地甩甩手，嘀咕着：“虽然不想承认，但是你们真的挺般配。其实帅哥欧巴，我一点也不喜欢金秀贤，我觉得他长得好丑的。假装喜欢他就是因为李颂杰那个人渣长得有点像他，我为了不让自己对李颂杰的感觉让他觉得太突兀，所以才假装喜欢什么秀贤欧巴。其实我觉得你比秀贤欧巴帅多啦！”

冉斯年苦笑着摇头，余雯这个小姑娘实在是复杂，时而像个富有心机的成熟女人，时而又会变成天真烂漫的少女。并且，她骨子里也有一股令冉斯年不舒服的阴狠，表现出来就是对姚叶的见死不救，甚至是推动了姚叶的死亡。可是对余雯，冉斯年却怎么也怨不起来，怪不起来。

“对了，我之所以要在这里等你，是想告诉你一些话，我偷听到的老师，也就是袁孝生跟黄毛的对话，”余雯凑到冉斯年耳边耳语，“我想我必须把这些话告诉什么人才行，因为我觉得袁孝生不像是好人！”

冉斯年一听提到袁孝生，收敛笑意，紧张地问：“他们说了什么？”

余雯把冉斯年拉到一边，踮着脚附在冉斯年耳边说：“我听袁孝生和黄毛聊天的时候说过，说他即将给一个松江市的大老板工作，工作的内容是去制造另一种形式的清明梦，这项工作要比他现在从事的清明梦教学工作赚得多得多。而且，另一种学员们也不会像现在这些如此难以把控。大概就是这个意思，但是具体这个大老板是谁，他们没说。帅哥欧巴，你说这个‘另一种形式的清明梦’，到底是什么啊？”

冉斯年眉头紧锁，咬住嘴唇面容僵硬，一直到余雯甩动他的手臂他才回过味来：“另一种形式的清明梦啊，我也不清楚。”

冉斯年说谎了，其实他已经有了答案，关于这个另一种形式的清明梦到底意味着什么的答案。

余雯看出了冉斯年的脸色变化，索性也就不多说，笑呵呵地跟冉斯年告别：“我要回去照顾妈妈啦，帅哥欧巴，再见啦。”

冉斯年把余雯揽入怀中，轻轻在她耳边说了两个字：“保重。”

那边的饶佩儿和徐春梅似乎也聊得不错，看见余雯和冉斯年朝她们走来，徐春梅放松地跟余雯招了招手，然后冲着饶佩儿笑了笑，便拉着余雯走开了。

望着两个女人的背影渐行渐远，冉斯年心里五味杂陈，他们这些人的将来会是怎样呢？“走吧，斯年，咱们回家。”饶佩儿拉着冉斯年着急地往停车的地方赶。

冉斯年有些奇怪：“干吗突然这么着急？你这么急着跟我回家，会让我误会的喔。”

饶佩儿笑着白了冉斯年一眼：“快，回到家我有样东西要送给你，保准你惊喜万分！”

冉斯年想让自己放松心情，便打趣说：“该不会你要把你自己送给我吧？”

饶佩儿娇羞地摇摇头：“相信我，待会儿保准你惊喜到跳起来，快，快上车！”

冉斯年是一点也猜不出饶佩儿葫芦里卖的什么药，便也带着期许上了车，一路把车开回家。

一进门，饶佩儿便把冉斯年拉到了书房，迅速把窗帘拉上，把冉斯年拉着坐在椅子上，而且是端坐好，然后像是变戏法一样，从自己的背包里掏出了一样东西。

冉斯年眼前一亮，怔得说不出话来。说眼前一亮，有一部分原因也是饶佩儿掏出来的这样东西太过耀眼，是一个土豪金的丘比特摆件！

“这东西，你……你是从哪里得来的？”冉斯年一把抓过那只套着透明罩子的丘比特，颤声问。

“刚刚你跟余雯在那边耳语的时候，徐春梅给我的。”饶佩儿耐心解释，“徐春梅告诉我，有一次李颂杰把她带到了他家，想要在他家里与徐春梅发生关系。唉，可惜的是，那次徐春梅真的为了吴智的复仇计划失身了。上床之后，李颂杰因为高兴就许诺徐春梅可以随便挑一样他家的东西当作送给她的礼物。当时徐春梅就随便一挑，挑中了这个丘比特的摆件。我想，后来那只丘比特摆件估计是李颂杰又买来的一模一样的东西吧，毕竟他也不想让姚叶起疑。徐春梅说这个东西在她看来很脏，好像是她卖身得来的一样，她也不知道怎么处理，索性就交给我了，让我交给你处理。你说，这是不是踏破铁鞋无觅处，得来全不费工夫？你的运气果然好得连老天都嫉妒呢！”

冉斯年死死盯着那只张着小翅膀的金色小天使，捧着它的双手都有些颤抖，生怕一个不小心，这小东西真的会飞走一样。他吞了口口水，示意饶佩儿给他找个螺丝刀，因为他有预感，这个正牌货的底座里，一定别有乾坤。

饶佩儿很快便找来了螺丝刀，战战兢兢地递给冉斯年。

冉斯年小心翼翼地撬开了底座，果然，空心底座的里面用透明胶粘着一个小小的记忆卡。

饶佩儿兴奋地抱住冉斯年的手臂，小声欢呼：“太好了，这次咱们的寻宝游戏终于成功了，不像上一次，在那个折叠的盒子里什么都没发现。快，快用电脑看看这卡里面到底有什么！”

冉斯年也不多说，赶忙把这张记忆卡插进了笔记本电脑的卡槽，点击鼠标。记忆卡里只有一个文件，文件的名字只有一个字——冉。看来这个文件就是黎文慈录给冉斯年的。

用微微颤抖的手点击文件后，冉斯年正襟危坐，目不转睛、全神贯注地盯着屏幕。

画面上马上出现了黎文慈，身在宾馆房间的黎文慈，她面如纸色，慌慌张张，一边警惕地四下张望一边摆好相机的角度，然后坐到床头，对着相机好几次欲言又止。

“我真的不知道该怎么说，冉老师，我……我真的梦见了！按照你说的方法，我在家里怎么也梦不到，可是在这里，在这个旅游景点的宾馆里，我竟然就梦见了！现在想想，我知道为什么，那是因为在家里，我就躺在他身边，我的潜意识一定是开启了你说的那种什么自我保护功能，不肯梦见真相！因为那个真相、那个真凶，就是我的枕边人！我的潜意识害怕我一旦在他身边识破真相，他就会马上杀死我！所以我才必须到远离他的地方才能梦见真相。没错，是瞿子冲，我梦见的就是瞿子冲！二十九年前闯入我的家，杀死我的亲生父母的凶手之一就是瞿子冲！”黎文慈言辞激烈，说着说着已经是泪流满面。

饶佩儿捂住嘴巴，瓮声瓮气地说：“天啊，她居然嫁给了杀亲的仇人！太可怜了！”

黎文慈轻抚胸口，努力深呼吸，继续说：“我真的很害怕，我怕他就在我周围，他就是魔鬼，阴魂不散的魔鬼！万一他跟踪我来了这里怎么办？万一他就在隔壁怎么办？他如果知道我想起了当年的事情，一定会杀我灭口的，一定会的！冉老师，我白天给你打过电话，他们说你受伤住院，到现在还昏迷不醒，你的办公室发生了爆炸事件！天啊，一定是他做的，因为我，是我连累了你。接下来就是我，就该轮到我了！我根本逃不出他的手掌心，他是刑警啊！事到如今，我不知道该跟谁去说这些事，我不知道还能相信谁，我只能寄希望于你，你一定要活下来，一定要替我揭示真相，替我的父母讨回公道啊！”

冉斯年可以体会当时黎文慈的心情，心痛和恐惧，还有走投无路的无措感。她没有证据，因为梦不能够当成证据，婴儿时期的记忆也不能够当成证据，而对方又是个刑警队长，她如何与之抗衡?

黎文慈当时就已经预料到了，她逃不过去，事情已经往不可收拾的地步发展，不可挽回了。因为自己这边已经发生了爆炸事件，她一定会步自己的后尘。所以才抱着必死的决心，录下这段视频，希望把真相留在人间。

“我记得凶手有两个人，一个是二十多岁的年轻男人，身材偏瘦，像个流氓混混，手臂上还有文身，具体什么样子我也看不清楚。另一个就是瞿子冲，当年他也就十岁出头的样子吧，我看得清清楚楚！他穿得破破烂烂，好像是那个男人的跟班。两个人好像是进来偷东西的，他们就在我父母尸体身边忙活，忙着往大口袋里装东西。他们……他们的身上都是血！我亲生父母的血！那个男人应该不是瞿子冲的父亲，因为瞿子冲是个孤儿，他是在孤儿院里长大的，十岁多的时候也还在孤儿院才对。冉老师，拜托你帮我调查他们，到底另一个凶手是谁！我想过请私家侦探的，可是我还是无法信任任何人，除了你，我只有你这么一个希望！”

黎文慈哭得全身战栗，泣不成声，调整了一会儿才继续说：“冉老师，记得我跟你说过，我开始做那个重现婴儿时期的梦是自从结婚纪念日跟瞿子冲吃过烛光晚餐开始的吧。我现在终于想起来，为什么那次烛光晚餐会是一个转折点，触发我做这个梦的转折点了！就像你之前说的，是某几个关键点集合起来，连成了一条线。餐厅新添置的老旧收音机摆件，复古花色的桌布，形状酷似奶瓶的饮品，还有瞿子冲那天特意穿上了平时不会穿的休闲装和刚刚剪的年轻新发型。当时我就觉得他替我往背包里装手机和钱包，还有纪念日礼物的样子有些眼熟，实际上，就是这些点触及了我潜意识里藏得最深的记忆，让我最终想起来，二十九年前，他也曾往自己的背包里装入我家的东西，他就是当年的小偷和杀人犯之一！”

冉斯年跟饶佩儿对视一眼，两人全都面色沉重，为黎文慈的命运唏嘘不已。

“冉老师，如果我死了，凶手一定是瞿子冲！”黎文慈最后斩钉截铁地说，“拜托啦，帮我的亲生父母讨回公道，帮我复仇，帮我保护我的养父母！我只能拜托你啦！我相信你一定会没事的，我相信你康复之后一定会看到这段录像的，你那么聪明，一定可以！”

文件播放结束，书房里陷入了安静。许久之后，饶佩儿才幽幽地说：“原来这才是瞿子冲把我安插在你身边当间谍的真正原因，他要知道你对于真相到底知道多少！”

冉斯年好像是突然想到了什么，赶忙去复制这份视频，然后把这个最原始的记忆卡藏在了书房的保险柜里。忙完一切后，他放松地对饶佩儿说：“佩儿，考验你演技的时候到了，在把瞿子冲送上法庭之前，我们必须装作什么都不知道。”

梦魇拼图

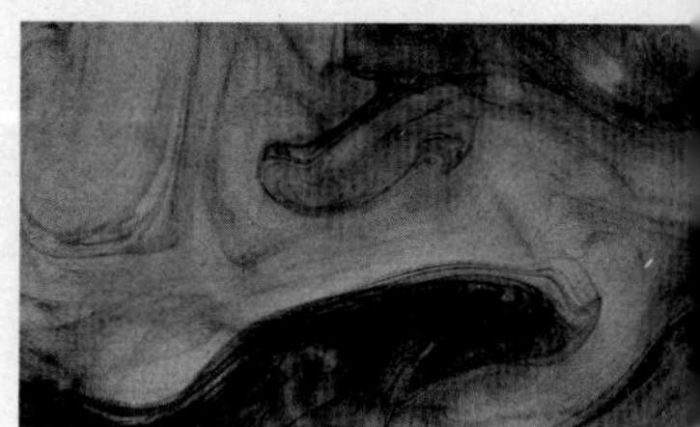

至于为什么我梦见的是一些无关紧要的印象，而对那些真正使我非常激动到足以“日有所思，夜有所梦”的印象，却反倒隐藏不见，我想最好的解释方法，就是再利用“梦之改装”的现象中，所提过的心理力量中的“审查制度”来做一番阐释。

——弗洛伊德《梦的解析》

第十四章
范氏父子

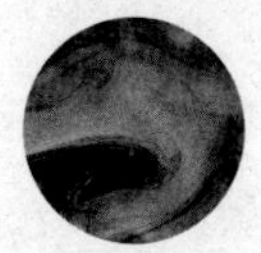

/1/

“叮”的一声，电梯门在高层写字楼的14楼打开大门，冉斯年迈开步伐踏出了电梯。

因为大雨，冉斯年迟到了。冉斯年低着头，在光可鉴人的干净地砖上看到了自己泥泞的脚印，还有自己以及身边一个男人的身影。

那个人就是他即将要撞上的快递员，准确来说，是快递员打扮的男人——炸弹客。

冉斯年做好了准备，打算第无数次在梦里抬眼打量这个男人，不抱什么希望地去看看这个男人的长相。只不过这一次，还没等冉斯年抬眼去打量他，对方先说话了。

“冉先生！”一个熟悉而稚嫩的声音极为突兀地冒出来，吓了冉斯年一跳。

冉斯年难以置信地抬头与说话的人对视，对方一身快递员打扮，中等个头，稍显复古的老成发型，光洁宽大的额头，还有一副大大的眼镜，一脸稚嫩和单纯的笑容，再加上这熟悉的声音，这人不是范骁又是谁？

“范骁？你怎么会在这里？”冉斯年狐疑地问，同时脑子里迅速运转，为什么范骁会闯入自己这个梦？

“我来给你送快递啊！”范骁用眼神指了指他怀里的盒子。

冉斯年原地不动，冷冷地问：“盒子里是什么？”

“这我哪儿知道呢？我只是送快递的，不是寄出快递的啊。”范骁依旧是那副没心没肺大大咧咧的模样，言语中透露着毫无心机和稚嫩天真，“我给您送到房间去吧。您带路好不好？”

冉斯年点点头，他倒是要看看，这个梦还会往什么方向发展，到底他的潜意识想要告诉他什么，范骁到底跟一年前的爆炸事件有什么关联。

进了办公室，冉斯年一直目不转睛地盯着范骁，眼睁睁看着范骁小心翼翼地把快递盒子放在他的办公桌上。

“冉先生，那我先走啦。”范骁笑着跟冉斯年挥手。

“等一下，是谁让你把这东西送过来给我的？是瞿子冲吗？”冉斯年不想就这么放范骁离去。

范骁理所当然似的说：“那自然啦，我是瞿队的手下嘛。不说啦，我得回去复命啦。”

冉斯年没有出去再追问什么，他直觉再问也问不出什么来，倒不如留下来，看看剧情还会怎样发展。

这么想着，梦里的冉斯年竟然也昏昏欲睡起来，他干脆趴在桌子上小憩，就像爆炸事件真实发生前一样。

哭丧的声音越来越大，再次惊醒了冉斯年的潜意识，他的梦中梦。

冉斯年在弥漫白雾的环境里顺着哭丧的声音走，他想快些遭遇送葬的队伍。

很快，雾气中几个人影若隐若现，冉斯年揉了揉眼，看到了为首的几个人，最前面的是一个双手抱着骨灰盒、披麻戴孝的男人，他身后还有两个男人。

“范骁？”冉斯年简直不敢相信自己的眼睛和辨识能力，可是那身材、那发型、那眼镜，不是范骁又是谁？

这一次，梦里捧着骨灰盒的也不再是那个中年男人，而是范骁！

“冉先生？好巧啊。”范骁也看到了冉斯年，笑嘻嘻地跟他打招呼。

“你这是……”冉斯年看了一眼范骁手里捧着的骨灰盒。

“我父亲去世了，我正在给他送葬。”范骁突然间就变了脸，笑容瞬间消失，取代的是一脸泪痕。

“你父亲？”冉斯年一惊，马上去看骨灰盒上的小照片，这一看不要紧，竟然被他给认出来了，照片上的男人不但长相酷似范骁，而且就是他一直想要辨认的那个快递打扮的炸弹客！

“他是你父亲？”冉斯年不由自主地往后退了几步，面对范骁，他第一次萌生出了恐惧感。

范骁一脸无辜地点头：“是的。”

“你父亲是怎么死的？”冉斯年试着询问，期待梦里的范骁能给出一个答案。

“我父亲是病逝的，癌症晚期。”范骁流着泪说。

冉斯年再次打量骨灰盒上的照片，马上明白了所谓癌症晚期的缘由，他想起了一年前在咨询中心亲眼见到这个炸弹客的时候，他的脸色就很不好，像是个病入膏肓的人，身材也是极为瘦弱，病病恹恹的样子。根据这些，冉斯年猜测这个人已经命不久矣。

“范骁，你父亲跟瞿子冲是什么关系？”冉斯年虽然这样问，其实自己已经有了答案，他问完之后就已经猜到了范骁给出的答案。

“他们是朋友，我父亲托瞿队照顾我……”范骁话还没说完，骨灰盒突然爆炸，一股热浪直冲冉斯年面门，让他瞬间便惊醒。

喘着粗气，眼睁睁望着晦暗的卧室天花板，冉斯年却万分惊喜。他平静了半分钟，马上起床开灯，起身去找楼上的饶佩儿。

“佩儿，我知道为什么瞿子冲要问你我对范骁有什么看法了！”冉斯年也不顾此时正是凌晨两点，兴奋地敲着饶佩儿的房门。

饶佩儿揉着眼开了门，迷迷糊糊地问：“几点啦？”

冉斯年也不顾饶佩儿此时只穿着一件稍显暴露的睡衣，直接给了饶佩儿一个熊抱，大声欢呼着：“我的梦已经给了我提示，一年前的炸弹客很可能就是范骁的父亲！”

饶佩儿这才清醒过来：“你说什么？范骁的父亲？”

冉斯年言简意赅地给饶佩儿讲了他刚刚的梦，最后笃定地说：“我最清楚我的梦，这就是它想要给我的提示，我的潜意识就是这样认定的！可能是最近这阵子跟范骁的接触吧，让我真的想起了那个酷似范骁的炸弹客的模样！”

“不会吧？要真是这样，瞿子冲让你认识范骁真是一个天大的错误。”

冉斯年的脸色又一下子沉了下来："这是瞿子冲对我的试探，他想用范骁作为测试，想要知道我何时会对他产生怀疑，一旦我这边有什么异动，他会继续一年前的计划，铲除我这个漏网之鱼。不过，我也能感觉得到，瞿子冲主观上还是不愿意失去我的，他还需要我的帮助，不到万不得已，他不愿意再次冒险杀我灭口。"

饶佩儿打了一个激灵："天啊，难道瞿子冲一直都抱着想要杀死你的念头？我真的看不出来，他会是那么心狠手辣的人物。"

"有时候人为了自保，是什么事情都做得出来的。"冉斯年一改刚刚的兴奋劲，沉重地说，"佩儿，我想你还是暂时先跟我保持一段距离……"

"不要！我这个时候如果离开你了，更会引起瞿子冲的怀疑，那不等于我间接害了你吗？"饶佩儿不依不饶，一副不容商量的模样，"我们现在就装作什么都不知道，还继续跟瞿子冲合作，帮他侦破案件，是不会引起他的怀疑的！而且还有我这个演技派的双面间谍，保准他什么都发现不了！"

冉斯年苦笑，心想你饶佩儿的演技圈里圈外的人都知道怎样，把他们俩的性命安危押在饶佩儿的演技上，搞不好是更加危险的选择。

"好吧，为了我们的安危，接下来咱们的一举一动都得小心谨慎才行，面对范骁的时候尤其要注意。"冉斯年摩挲着下巴，犹豫着说，"接下来，可以从范骁的父亲着手调查，他是瞿子冲的朋友，年龄应该在五十多岁，应该是身患绝症，在爆炸事件后没多久就已经过世，当然，也有可能仍然在世……"

饶佩儿突然抬手打断冉斯年："等一下，你说范骁的父亲是瞿子冲的朋友，年纪大概五十岁，那么三十年前，这个人也就是二十出头的年纪喽？"

冉斯年一惊，马上明白了饶佩儿的意思："你是怀疑，三十年前杀死黎文慈亲生父母的正是范骁的父亲和瞿子冲？"

"这个可能性很大不是吗？"饶佩儿兴奋地拍着手，"我觉得范骁的父亲跟瞿子冲交情一定不浅，不然瞿子冲不会让他去给你送炸弹，也不会在老朋友死后照顾他的儿子范骁。再说了，当年黎文慈亲生父母的命案如果就是他们俩共同犯下的，二十九年后，也就是去年，为了掩盖当年的罪行，两人极有可能再次合作，由瞿子冲负责杀黎文慈灭口，而范骁的父亲就负责给你送去一颗炸弹。"

冉斯年眉头紧锁，重重地点头："没错，目前看来这个可能性极大。看来，咱们得想办法暗中调查一下范骁的父亲才行了。"

“怎么调查呢？”饶佩儿着急地问，“除了瞿子冲，你还认识什么能够调查背景的人物吗？”

冉斯年无奈地点点头：“要说这样的人物，我还真的认识一个。”

饶佩儿看得出冉斯年的神色怪异，心想这个能够帮忙的人从未听他提过，但是又能帮他这么私密甚至危险的忙，这个人会是谁呢?

“他叫贺启睿，是我的老朋友，从高中就是同学。”冉斯年重重吐出一口气，“我们的关系一直很好，直到一年前的爆炸事件后，我出院后不久，苗玫跟我提出分手，又过了一阵子，他们俩公开关系。”

饶佩儿惊得目瞪口呆：“天啊，你最好的朋友抢了你的女朋友！这也太狗血了吧！”

“也不能说是抢，现在想想，他们俩的关系也一直不错，而且苗玫对于我的释梦疗法一直颇有微词，觉得我是在走旁门左道，总是劝我放弃。我们俩的关系其实从一开始就有问题。相比较而言，当然还是贺启睿这个年轻有为的大学副教授更能给苗玫安全感啦。”冉斯年耸耸肩，对苗玫的选择表示理解认同。

饶佩儿撇撇嘴，小声嘀咕：“我要是苗玫，绝对选你。”

/2/

第二天正好是周六，按照事先约好的时间，晚饭前，冉斯年带着饶佩儿主动拜访苗玫和贺启睿的新家婚房。两人带着礼物，礼貌登门，并且是以情侣的身份。

奢华别墅的客厅里，当苗玫和贺启睿听说冉斯年和饶佩儿成了一对儿之后，都是半晌没有反应过来。

还是贺启睿最先笑着祝福：“恭喜啊，斯年，说实话，我和小玫一直很担心你的现状，可是现在你有美人相伴，我们也就放心了。”

饶佩儿皮笑肉不笑地说：“放心吧，斯年有我照顾，不会比之前过得差。不管发生什么情况，我都是不会舍他而去的。”

冉斯年心底又惊又暖，尴尬地笑笑，拍了拍饶佩儿的手背：“亲爱的，过去的事情不是说好不计较了吗？”

饶佩儿不好意思地笑笑，低声说：“对不起，一时冲动。”

又跟贺启睿寒暄了几句，冉斯年便提出要跟他去书房说话。饶佩儿知道，这是冉斯年要请贺启睿帮忙了。

两个男人来到楼上的书房，气氛不免有些尴尬。贺启睿几次欲言又止想要说一些抱歉的话，好不容易才要说出口，却被冉斯年给打断了。

“启睿，说实话，我这次来是有一件非常重要的事情想找你帮忙。”冉斯年十分为难地说。

“斯年，我还不了解你吗？如果你不是遇到了真正的难事儿，是绝对不会主动来找我帮忙的。”贺启睿拍拍冉斯年的肩膀，坐到他身边，“有什么需要你尽管说，只要我能做到，绝对义不容辞。”

冉斯年神情复杂地望着贺启睿，这才发现他对贺启睿的怨恨已经近乎消散，他心里清楚，这是因为有饶佩儿的存在和陪伴，如果今天是自己一个人登门拜访请求贺启睿帮忙的话，他一定会非常难堪。

“启睿，我想请你帮我调查一个人，而且是秘密调查，这件事绝对不能让任何人知道，包括苗玫。相信我，这也是为了她好，这件事性命攸关，越少人知道越好。”冉斯年低声严肃地说。

贺启睿不单单是大学计算机系的副教授，也是松江市顶级的黑客，让他黑进公安系统去调查一个人，冉斯年知道这并不是难事。就看他是否愿意为自己冒险，搅和进麻烦之中。

贺启睿郑重地点头，毫不迟疑地马上拍着胸脯说：“没问题，你要查什么人？”

冉斯年掏出了手机，把范骁的照片给贺启睿看：“这个人叫范骁，现在是松江市鼓楼分局的一名侦查员，我要查的人是他的父亲。”

贺启睿二话不说，直接坐到了电脑前，一边忙着敲击键盘一边说：“稍等，我现在就试着查查看。”

“好的，记住，千万不要留下你调查的痕迹。”冉斯年担心地嘱咐，因为一旦让瞿子冲得知他在调查范骁，这就等于是一个明确的信号，瞿子冲就会再次对他实施灭口计划。

十分钟后，电脑屏幕上出现了范骁的户籍资料。范骁，24岁，松江市出生。父亲范铁芯，于一年前死于癌症晚期。范骁的学历是大学毕业，职业是刑警。而范铁芯的学历是小学，职业是无业。

范铁芯的背景更加简单，他无父无母，是个弃婴，在孤儿院读完了小学后便混迹于社会，成了到处打临工的无业游民，几乎一直靠救济和低保度日。

父子俩的户口落的是集体户口，可见他们并没有属于自己的房子。而且范骁没有母亲，他是单亲家庭长大的孩子，跟父亲相依为命。父亲范铁芯过世之后，他便再没了亲人。

冉斯年紧紧盯着户籍资料上范铁芯的照片，在那张看起来还算健康的脸上，他感受到了熟悉感，不单单是因为范铁芯和范骁有几分相似，也是因为范铁芯的模样跟梦中那张模糊的炸弹客的脸有了重合。

尽管他是个脸盲，尽管这照片恐怕是范铁芯四十多岁时候照的，但他就是能够感受到，范铁芯就是那个炸弹客。

贺启睿又想办法弄到了范骁的档案。

范骁是松江市警校的毕业生，刑事侦查专业，在校期间成绩和表现都一般。

“奇怪了，”贺启睿低声嘀咕，“按照资料来说，范家父子的家境并不富裕，我还以为这个范骁一定会申请助学贷款呢。可是他却没有。”

冉斯年在意的是孤儿院。范铁芯是市立孤儿院走出来的孤儿，而瞿子冲也是。两个人虽然年龄上有十几岁的差距，但是出处却相同。难道说，这个范铁芯真的就是瞿子冲的同伙，两人于三十年前入室抢劫，杀死了黎文慈的父母？

“启睿，你能进一步帮我查一下范家父子的经济背景吗？对于他们的家境如何供养一个大学生，还不用助学贷款，的确值得在意。”冉斯年诚恳地拍了拍贺启睿的肩膀。

“没问题，”贺启睿直视冉斯年的双眼，“你放心，我一定会暗中调查清楚。”

楼下，苗玫和饶佩儿并排坐着，相对无语一起看着电视节目。

饶佩儿犹豫了一下，还是决定说出她那个不情之请，她带着恳求的口吻说：“苗玫姐，我想再请你催眠我一次试试看，看看我能不能突破记忆的那道防线，想起对我来说至关重要的事情。”

苗玫靠在沙发上，手里紧紧攥着手机，似乎正在出神，根本没听到饶佩儿的话。

“苗玫姐？”饶佩儿加大音量，“你在想什么？”

苗玫这才缓过神来，冲饶佩儿抱歉地笑笑，然后低头去看手机。

“时间已经过了。”苗玫嘴里小声念叨着。

“什么时间过了？”饶佩儿好奇地问。

苗玫赶忙摆手，解释说：“没什么，我以为我会像以往每天晚上一样，在这个时间收到一条信息，可是今天时间已经过了，没有信息。这样也好，也许是我把事情想得严重了，一切已经结束了。”

饶佩儿根本听不懂苗玫的话，也知道苗玫是故意把话说得不清不楚，不想让她这个外人明白怎么回事，索性不再问，还是继续自己的话题，说：“苗玫姐，你能再催眠我一次吗？实不相瞒，我最近这段时间正在斯年的帮助下做梦，想要通过梦境去追寻失去的记忆，可是效果一直不是很好。”

苗玫神色复杂地望着饶佩儿，缓缓摇头：“不好意思，饶小姐，我恐怕无能为力。说实话，最近一段时间，我的工作陷入了瓶颈，我本人也很不在状态。而且，我更加相信斯年的释梦疗法，如果说他都对你的事情无能为力，我的催眠疗法就更无能为力了。”

苗玫突然一改以往观念，从以往的对释梦疗法抵触，认为是旁门左道，到了现在竟然自叹不如，这让饶佩儿大感意外。

饶佩儿刚想再问问苗玫的想法，苗玫的手机突然振动，吓得她全身一抖，整个人从沙发上弹了起来。

从苗玫低头去看手机屏幕的眼神里，饶佩儿读懂了什么。苗玫一定是身陷在了什么麻烦之中，并且她并没有把这件事告诉已经跟她登记注册的合法丈夫贺启睿。一个女人有了麻烦，却不告诉最亲的丈夫，这是什么麻烦呢？

苗玫的脸色瞬间缓和，像是自言自语又像是告诉饶佩儿一样地说：“是咨询中心打来的，公事，公事。”

晚餐过后，冉斯年和饶佩儿告辞。回程的路上，冉斯年把范骁的资料讲给饶佩儿听，饶佩儿却似乎有些心不在焉。

“佩儿，你在想什么？”冉斯年从刚刚跟贺启睿一起下到楼下的时候就看出了苗玫和饶佩儿的不对劲儿，他以为这两个女人之间发生了一些不愉快，八成是因为饶佩儿为苗玫的移情别恋替自己打抱不平。

饶佩儿幽幽地说：“我觉得苗玫有问题。”

冉斯年笑着打趣说：“怎么？你该不会是在吃苗玫的醋吧？你别忘了，人家现在已经是贺启睿的合法妻子，你真的没必要跟她争风吃醋。”

饶佩儿听出了冉斯年话里的意味，给了他肩膀一拳，不好意思地说：“什么吃醋啊，你不要自作多情啦。我说苗玫有问题完全是出于一个女人的敏锐观察，还有最近这阵子培养出来的侦探思维。”

冉斯年颇为惊讶地问：“怎么？你也想做侦探？”

饶佩儿仰着脖子，自信满满地说：“怎么？我不行吗？跟在你身边这么久了，耳濡目染，我怎么也算个侦探助理了吧？”

“好吧，说说看，你都看出了什么，苗玫哪里不对劲？”冉斯年收起笑意，决定认真对待饶佩儿看出的问题。

于是饶佩儿就把之前苗玫紧张手机的举动、惊恐的神色和肢体动作，以及她说的话原样复述了一遍。最后她总结说：“我觉得苗玫一定是因为工作的原因遭到了恐吓威胁，至少是骚扰。她也说了，工作上遭遇了瓶颈，而且突然对你的释梦疗法大为肯定，对自己的催眠疗法持否定态度。我想，八成是因为她工作上的失误，导致她的顾客病患迁怒于她，最近一段时间一直通过手机短信对她实施骚扰或者是恐吓威胁。”

冉斯年越听脸色越难看，压低嗓音说：“以苗玫的性格，如果她真的如你所说正在被骚扰或者是恐吓威胁，她倒是的确不会向别人求助，甚至因为她那可笑的自尊，不会让任何人知道她的失误或者失败。她更加不会把这种耻辱的事情告诉贺启睿。她一直都认定自己是个坚强的女强人，又是心理咨询师，能够把控自己的心理和行为。”

饶佩儿惊喜地问：“怎么？你也赞同我的看法？”

冉斯年叹息着点头：“按照你的描述，这种可能性的确很大。但是有一点也必须注意，那就是今晚骚扰恐吓短信并没有如期而至，这个变数恐怕是代表着什么，要么是代表着阶段性的暂停，要么是永久性的结束，要么……要么就是……”

“是什么？”饶佩儿看冉斯年的脸色很不好看，知道这第三种可能性不是什么好事。

“要么就是对方已经决定升华他的骚扰恐吓行为，不再局限于短信，他要付诸行动了。”冉斯年眉头紧锁，脸色阴沉，“这样吧，明天我直接去咨询中心找苗玫谈谈。她的事情，我没法坐视不理。况且我现在还在请贺启睿帮我这么重要的忙，我更加得对他负责，尽我所能去帮助苗玫。”

“我跟你一起去！”饶佩儿想也不想就脱口而出。

冉斯年苦笑着反问：“怎么？想要看着我？还说没吃醋？”

饶佩儿白了冉斯年一眼：“是想要看着你，但不是吃醋，我不能让你沦为破坏人家家庭的第三者！”

冉斯年无奈地摇头，他已经很清楚饶佩儿对自己有意的事实，只是现在他还不想戳破，毕竟他对饶佩儿的感觉还处在朦胧阶段。

第十五章

游戏开始

晚上八点钟，冉斯年和饶佩儿赶回家。冉斯年窝在书房里继续趁热打铁，跟那些人脸卡片较劲，他的人面识别能力在最近这段时间里有了突飞猛进的增长。

他把瞿子冲、范骁以及瞿子冲的手下梁媛和邓磊的脸牢牢刻在了心里，这几个人，他已经可以在第一时间辨认得出来。更不要提每天朝夕相处的饶佩儿了，饶佩儿那张脸，尤其是那双眼，他在人群中也可以一眼分辨出来。

至于那张酷似范骁，比范骁要苍老病态的炸弹客的脸，自从昨晚的梦境之后，也已经牢牢烙印在了他的脑子里。

晚上十一点，冉斯年仍旧无法入睡，满脑子想的都是苗玫遇到的麻烦事，他侧身一直盯着床头柜的手机，预感铃声很快就会响起，今晚注定会是个不眠夜。

果然，手机屏幕瞬间亮起，熟悉的旋律响起。冉斯年几乎是第一时间抓起了电话，一看来电显示，顿时心凉了一半。

来电的不是苗玫，也不是贺启睿，而是瞿子冲。瞿子冲在这个时间打电话给他，一定是有案子。

“喂，瞿队。”冉斯年接起电话，等着瞿子冲的解释。

“斯年，有案子，我把地址发给你，你马上赶过来。时间紧迫，事关一个小男孩的生死！”瞿子冲言简意赅，也不打算多说，只是强调时间紧迫。

冉斯年应了一声后挂断电话，马上起床穿衣，抓起手机就出了卧房的门。刚刚下到楼下，冉斯年便听到了楼上传来饶佩儿匆匆下楼的声音。

“斯年，等等我，我跟你一起。”饶佩儿似乎是一面叫住冉斯年一面边下楼边穿衣服。

两人在大门口会合，冉斯年这才注意到饶佩儿一身随性的运动装，一个凌乱的马尾，还有一脸的憔悴。

瞿子冲发来的地址距离冉斯年的家不近，已经是城区的边缘，具体位置是一个废弃厂房的地下仓库。经过半个多小时的车程，冉斯年和饶佩儿才赶到了目的地。

废弃厂房的门口停着好几辆警车，范骁就站在警车旁翘首以盼。

“冉先生，你可算来了，快，快跟我来！”范骁也不顾是否合乎礼仪，拉着冉斯年便往厂房里跑。

“到底怎么回事？”冉斯年被范骁拉着一边跑一边问。

“有个小男孩被绑架啦！绑架犯给你留下了线索，现在只有你才能找到小男孩的所在！”范骁焦急地叫着。

冉斯年一头雾水，绑架犯指名道姓提到了自己？线索是专门给自己留下的？为什么？

昏黄的灯光照射着地下一间破旧仓库，大约有三十平方米大小，仓库的四周摆放着不少已经损坏的铁质货架，上面还堆着一些看不出是什么东西的机械。

冉斯年置身于仓库的中央，眼神扫过四周，很快便停留在了最中央正对面货架上挂着的一张纸上。

那是一幅大概有A4纸那么大的铅笔画，画面以斜角的视角展示了一个平躺在床上的男人。他大概二十岁，面部扭曲惊恐，四肢僵硬，身体绷直。而他的身体上方则紧紧压着一团黑雾，甚至把他的胸膛压得有些变形凹陷，黑雾的边缘往外伸出来很多细小的触手，跟男人的身体粘连，就好像那团黑雾要融进男人的身体一般。

“鬼压床。”冉斯年的目光紧紧粘在了那幅铅笔画上，小声说，“这幅画想要表现的主题，应该就是俗称的‘鬼压床’，也就是梦魇，科学的解释，也就是睡眠瘫痪症。”

范骁站在冉斯年身后，瞿子冲的旁边，摸着下巴说：“我知道睡眠瘫痪症，就是意识已清醒过来，但是肢体的肌肉仍停留在低张力状态而造成不听意识指挥的情形。”

瞿子冲给了范骁一个赞许的眼光，看来他真的有按照他的吩咐，自己在私下努力做功课。

“睡眠瘫痪症有时会伴有幻觉，产生什么样的幻觉取决于个体的不同特征。画中的男人无法动弹，他所目睹的恐怖场景就是半梦半醒之间的幻觉。而他之所以会产生这样的幻觉，恐怕是源自他潜意识里对某种事物的恐惧。”冉斯年解释。

“这幅画就是绑架犯留下的，留给你的。除了这幅画，他还留下了一段录音，里面是他想要跟你说的话。”瞿子冲说着，抬手示意邓磊播放录音。

邓磊指了指铅笔画下方的那个古董录音机，又掏出手机，给冉斯年介绍：“绑架犯在那个录音机里放入了他录音的磁带，我刚刚已经把声音录在了手机里，你听听吧。至于那盘磁带，我们还得回去仔细分析。”

自从看出了铅笔画是在表现梦魇的时候，冉斯年就感觉到了对方直指自己的一股恶意，他能够猜得到，这次的绑架犯一定跟自己有什么渊源，绑架一个小男孩也许不是他的真正目的，针对自己才是他的真正意图。

“你们好，我是张晓，绑架陈佳奎小朋友的绑架犯。”邓磊的手机里传出了一个明显经过变声的怪异声音，饶有兴致甚至可以说是兴奋的说话声音，“你们一定很想知道我把陈佳奎小朋友藏在了哪里，想知道我是谁，为什么要绑架陈佳奎小朋友。刚刚我也说了，我叫张晓，哦，当然，这是假名，至于为什么要绑架陈佳奎小朋友，那是因为我想要梦学大师冉斯年先生玩一场寻宝游戏。我把陈佳奎小朋友藏在了哪里？这就是这场游戏的乐趣所在。”

冉斯年感觉后背发凉，他虽然看不见这个隐藏在暗中的对手，但是可以感觉到这个人是个心理扭曲的变态。想到现在有个无辜的小男孩正跟这样的变态在一起，他不禁攥紧了拳头，明白了瞿子冲和范骁为何如此火烧眉毛般焦急，明白了时间紧迫的意义。

“冉先生，相信警察一定会把我的这段录音放给你听的。现在我重新做一遍自我介绍。我叫张晓，一年半前曾经去过你们的咨询中心寻求你的帮助，因为我几乎每晚都要遭受梦魇的困扰，苦不堪言。我听说了你是研究梦学的大师，由你来为我治疗再合适不过。我当时是想要向你袒露我所有的秘密，把我自己和盘托出，寻求你的拯救的。只可惜，我没有见到你。接待我的是一个叫苗玫的女人，她很心不在焉，听我说到了‘鬼压床’之后就以睡眠瘫痪症的说法把我草草打发了。”

冉斯年心里一惊，额头沁出了一层冷汗，这事儿还牵扯到了苗玫！

“我感觉受到了严重的蔑视和敷衍，我很不开心，很愤怒！尤其是在得知了苗玫就是你的未婚妻之后。当时我就告诉自己，你们不帮我，没关系，总有一天你们会主动来找我，追在我身后哭着喊着求我接受你们的帮助的。没错，就是现在，现在轮到你们来找我啦，来对我实施迟到的治疗。但是一旦你们没能找到我，代价将会很严重，陈佳奎小朋友将会变成另一个我，或者是一具冰冷的死尸。”

冉斯年与瞿子冲对视一眼，重重吐出一口气，他现在终于明白苗玫所遭受的困扰是什么了，这个张晓也把当年受轻视的怨气发到了苗玫身上，近一段时间每晚给苗玫发送骚扰、恐吓的短信，让苗玫苦不堪言却不愿声张，毕竟一年半以前是苗玫的敷衍导致了张晓的病态行为。

而昨晚，苗玫之所以没有收到张晓的短信，就如同冉斯年那种最不好的预感一样，那是因为张晓已经升级了他的报复行为，在忙着绑架小男孩陈佳奎，并且布置这个现场，给冉斯年留下线索，开启这个寻宝游戏。

“冉先生，我给你的提示就是我的梦魇，这是我昨晚被‘鬼压床’之后感受到的景象。我知道，你一定认定这是幻觉，因为你认为这个世界上根本就没有鬼。我也做过一些简单的研究，当然知道这个世界上没有鬼，所谓的‘鬼压床’其实本质上就是我的噩梦。你是释梦的专家，如果你真的如传言中那么能耐，你就能够通过我留下的表现我梦魇的画读懂我的内心、我的潜意识，从而推测出我会把陈佳奎小朋友藏在哪里。”

冉斯年的拳头攥得咯咯直响，再也无法保持像以往当心理咨询师时那样，即使面对再变态扭曲的顾客都能保持冷静和风度。毕竟现在，有个无辜的小男孩正处于危险！而能够解救这个小男孩的，似乎只有他！

“我真心希望你如传言般有能耐，不然的话，这场寻宝游戏将会索然无味。不是吗？我也可以用我的生命和人格向你保证，我留下的提示绝对真实，我不会骗你，否则的话，游戏也失去了意义。不是吗？现在，游戏正式开始，希望我们都能乐在其中！”

录音结束，冉斯年咬住嘴唇默不作声。

一旁的饶佩儿懊恼地说：“天啊，这算什么？就这么一张画作为线索，这不是为难斯年吗？这个张晓简直就是个心理变态！而且是个玩赖作弊的玩家！”

范骁附和着说：“是啊，巧妇难为无米之炊，释梦这种事情本来就是要在充分听取当事人的描述，了解当事人背景情况的前提下才能实施的。现在，我们对这个张晓一无所知，仅凭这么一张画，的确是无从下手。冉先生，你现在有什么思路吗？”

冉斯年走近那张铅笔素描，近距离一点点地观察。蹙眉盯了好久，他沉吟着说：“可以看得出，这个张晓有绘画基础，画的画儿也很有表现力。至于说画的内容，信息量的确太少，不足以让我发表任何见解。这的确是无从下手的难题。”

范骁低头看了看手里攥着的那张小男孩陈佳奎的照片，苦着一张脸哀求冉斯年：“冉先生，事关一个小男孩的生死，您能不能先猜猜看，至少给我们一个调查的参考方向？”

冉斯年叹息着犹豫了一下，为难地说：“如果非要让我根据这幅画猜测些什么的话，我只能说这团压在他身上的黑雾暗示的是巨大的压力烦恼，他的潜意识里认定他将最终毁于此。又或者，这个张晓的身体患有某种疾病，这个梦魇的场景也可能是某种疾病发射的信号，当然，这个疾病绝对不轻。一句话总结，这幅画表现的梦魇跟张晓犯罪的成因有关，却跟陈佳奎藏身的地方无关。”

范骁不以为然，提出异议：“冉先生，可是这个张晓明确说这幅画暗示的是陈佳奎的所在啊？”

冉斯年解释说：“或许是这个张晓把梦想象得太过简单了。他以为日有所思夜有所梦，他白天一直在寻找合适的地点把陈佳奎藏起来，晚上，他的梦就会跟他苦思冥想的藏人地点有关。其实不然，这个梦反映的也许是他的犯罪动机或者他本身的心结；又或者，是他故意要戏弄我，这个梦魇根本就是他编造的，为的就是让这场寻宝游戏为他所掌控，我注定是失败的，让我被挫败感折磨。”

瞿子冲懊恼地撞击双拳：“孩子的父母现在已经急得团团转，还把希望寄托在了交付赎金上，打算去借钱筹钱，我该怎么告诉他们，绑架犯的目的不在于钱？绑架犯根本不是绑架犯，而是一个心理变态，以人命为游戏筹码的变态？”

冉斯年心念一动，兴奋地说：“张晓的梦魇线索太少，但是我们还有陈佳奎和他的父母，也许，从这些人那里能够得到什么线索，能够得知张晓之所以选择陈佳奎下手的原因。快，带我去见陈佳奎的父母。”

瞿子冲眼睛一亮：“我刚刚已经详细询问过陈佳奎的父母有关陈佳奎最近的

情况，他们也说不出什么异样来，只是说孩子经常会跟同学们一起来这个废旧仓库玩耍。我想，换作是你去询问，一定能够问出他们潜意识里的一些东西，会对寻找陈佳奎有帮助的。不过我这边要回分局统筹一下寻找孩子的工作，这一趟就让小范陪你吧。”

瞿子冲对范骁吩咐了一番，便跟着大队伍往回赶。

冉斯年心里清楚，瞿子冲这是故意要给他和范骁制造合作的机会，也许以范骁试探自己只是原因之一，除此之外，瞿子冲还有一个目的，那就是让范骁这个悟性颇高的孩子从这里学艺，等将来瞿子冲不得不除掉自己的时候，就有范骁这个心腹可以帮他维持最高的破案率。

第十六章

身世之梦

/1/

去往陈佳奎家的途中，范骁为冉斯年介绍案情。

陈佳奎今年十岁，读小学三年级，家庭条件一般，跟双职工父母挤在一间三十多平方米的旧楼房里。

昨天晚上一直到八点钟，陈佳奎还没有回家，陈佳奎的父母便打电话去陈佳奎平时一起玩耍的同学家里询问。同学说他们七点钟就一起离开了废旧仓库各自回家了。

心急如焚的父母开始在家附近和学校附近找人，晚上十点钟的时候，他们终于找到了废旧仓库，在仓库的一个货架下方发现了陈佳奎的书包，书包已经被撕扯坏，里面的书本散落出来。当然，他也看见了那幅让他们备感毛骨悚然的阴郁风格的铅笔画。

夫妻俩马上报警，警方赶到之后才进一步找到了老旧收音机，听到了绑架犯留下的录音。

冉斯年先是在陈佳奎单独的十平方米小屋子里转悠了一圈，然后关上门，把伤心欲绝的陈佳奎父母暂时交给范骁，自己则在小屋子里开始翻箱倒柜地搞“破坏”。

五分钟后，冉斯年出门，把饶佩儿让进屋子，要她帮忙收拾残局，自己则要跟陈佳奎的父母聊聊他们一家三口最近的梦。

“梦？”陈佳奎的母亲张悦一听说冉斯年不问案情、不问别的，上来就问他们做了什么梦，不免生气，“这跟绑架案有关系吗？”

范骁赶忙给陈佳奎的父母介绍冉斯年的身份和专业，末了嘱咐：“你们一定要全力配合我们，也许连你们自己都不清楚，你们的梦和潜意识已经掌握了案子的某些重要线索。”

陈佳奎的父亲陈国斌比较开明，首先迫不及待地开始讲他仍旧记得的一个梦：“我昨晚做了个梦，梦见我儿子给我考了个‘鸭蛋’回来，可是他却在考分前面给我加上了一个10，骗我说是一百分。我看了一下他的考题，明明都是错的，就胖揍了孩子一顿。可孩子就是死活不承认他改了试卷啊！他越是不承认，我就越是揍他，可是不管我怎么揍他，他就是不承认，真是气死我了。可是我家小奎平时学习成绩都是很好的，更加不会做出这种改分数的事情，我也不知道我怎么会做这种梦，我这个梦有什么隐喻的意义吗？”

冉斯年深吸一口气，犹豫了一下，说道：“两种可能性：第一，你的潜意识不信任陈佳奎是真的学习成绩优秀；第二，你的潜意识里就是想揍孩子，因为不能无端去对孩子发火，所以你的梦就为你制造出这么一个理由，给你提供一个发火的由头。至于说你真正想要冲孩子发火的原因，就潜藏在你的潜意识里，你自己还没有察觉到。”

陈国斌瞪大双眼，似乎一时间无法领会冉斯年的意思，只是无措地来回看着冉斯年和他的妻子。

陈佳奎母亲张悦有些尴尬地接过话茬儿：“那个，我从来都不做梦的，但是我想起来前两天小奎跟我讲过他做的一个梦，我要说说吗？”

“当然，请务必仔细说说。”冉斯年来了兴致，毕竟陈佳奎的潜意识是有可能感受到潜在的危险，感觉到了一早就盯上他的张晓的。

张悦讲述：“小奎跟我说他梦见自己变成了女生，长出了长长的头发，还有长指甲。学校是要检查学生的头发和指甲的，他刚刚剪过头发和指甲去接受检查，头发和指甲又会很快长出来。每次检查都无法通过，他只能不断逃避检查，一开始是躲在厕所里不肯出去，后来干脆从学校里逃出去，生怕别人看出他要变成女生。我当时也没把他这个梦当回事，就觉得这孩子是不是想逃课啊，就让他别胡思乱想，梦只是梦而已。”

冉斯年的脸色越来越难看，抿嘴不语，示意张悦继续讲述。

“就在昨天，小奎跟我说他又做了这个梦，这一次，他躲到了一个热气球上，飞上了天。热气球越飞越高，最后干脆飞离了地球。离开地球之后，小奎的头发和指甲才恢复了原样。”张悦用一种不可思议的口吻说，“我跟小奎说日有所思夜有所梦，一定是因为他产生了厌学的念头，或者是看了太多科幻片，所以才幻想要离开地球去外太空的。”

饶佩儿撇嘴，发表见解：“你们这些家长啊，凡事都喜欢跟学习联系起来，就不能关注一下孩子的内心世界吗？他们的世界里可不只有学习！”

范骁眼巴巴地望着冉斯年，性急地问：“冉先生，小奎的这个梦有什么寓意吗？”

冉斯年“哼”了一声，用略带不屑的口吻对陈国斌和张悦夫妇说：“寓意可大了，而且你们身为父母的，完全把问题的性质和方向想错了。小奎的潜意识承受着巨大的压力，可能他的意识还不清楚自己背负着如此大的压力和焦虑。在梦里，他长出了男孩子不该有的长发和指甲，并且无法剪除，这本不该有的长发和指甲就代表着小奎这个年龄的孩子本不该承受的烦恼。有句话怎么说来着，‘身体发肤受之父母’，小奎没有梦见自己穿上女孩的衣服，没有梦见自己化妆等这种外部改变性别的情况，而是梦见自己来自父母的身体部分有了女性化的特征，这也就表明，小奎的烦恼、焦虑很可能是来自父母的。”

范骁频频点头，赞同冉斯年的说法。因为冉斯年的耳濡目染，他对释梦也有了一些了解，便发表见解：“而小奎的意识不愿意承认他因为父母而感到焦虑、烦恼，所以才把梦境的环境放在了他除了家庭之外最为熟悉的学校。”

“没错，他害怕学校里的同学看出他的异样，其实也正说明了他害怕同学、朋友看穿他的潜意识，看穿他的家庭、他的父母存在的问题。”冉斯年叹了口气，继续讲，“在面临逃避的时候，小奎的潜意识丝毫没有想逃回家里的趋向。他宁愿登上热气球，彻底离开现实环境，去到外太空，也不愿意回家寻求父母的帮助，这也正说明了让他烦恼的正是他的家庭。最让我介意的，其实就是小奎逃避现实的这个欲望，消极地预测的话，我认为小奎的潜意识里已经产生了轻生的念头。”

张悦颤抖着嘴唇，脸色大变地说：“不可能吧？你……你这是凭空猜测！”

“我是不是凭空猜测，你们夫妻应该最清楚，因为你们的关系到底怎样，只有你们最清楚。哼，其实除了你们自己，每天跟你们朝夕相对的亲人，远比你们想象中敏感细致的孩子，小奎，也是很清楚的。”冉斯年咄咄逼人地直视着陈国斌和张悦夫妻，“而且，我做出这样的推论，也是因为刚刚陈国斌的那个梦，我认为他的那个梦很可能就是我说的第二种可能性，因为陈国斌的潜意识里在责怪小奎，想冲小奎发泄怒气，可是因为这种无端的怒火违反了梦的审查制度，所以梦才要经过改装，凭空制造一个小奎改分数的假象。”

陈国斌马上转头去看张悦，而张悦却僵着脖子，不去看陈国斌，她满脸都写着心虚。

“梦的审查制度？”范骁挠头，他还是第一次听到这个说法，“梦还有审查制度？”

“是的，按照弗洛伊德的观点，梦形成的动机往往是一个想要获得满足的愿望，而通常我们总会忽略这一点，因为梦总是具有一定的荒谬性。实际上，梦的荒谬性正是它的自我改装，在梦的审查制度的作用下的自我改装。所谓‘审查’，可以直接从字面来解读，就像是现实社会中的‘审查委员会’，偷税漏税、重婚超生，这些单位的工作人员都会查。为了躲避这些审查，现实中的人总会做一番伪装。梦也是一样，为了躲避审查，它就进行一番改装，把梦者真实的欲望，不被道德允许的欲望隐藏在荒谬之中。”冉斯年一面给在场的人普及释梦的知识，一面继续用眼神给陈国斌和张悦施加压力。

陈国斌沉不住气地问：“你……你到底是什么意思？我们的孩子现在被绑架了，可是你却把责任赖在了身为父母的我们头上，你到底想说什么？”

冉斯年冷冷地逼视着陈国斌，说：“我怀疑小奎并不是被强行绑架的，他就像梦里主动逃上了热气球一样，是在没有被暴力胁迫的情况下，平静地跟绑架犯离开的。至于说他为什么要跟随绑架犯离开，我想恐怕就是为了逃离这个家，逃离让他备感焦虑的父母吧。”

范骁一直跟在瞿子冲身边被手把手地教授各种经验，他的成长速度惊人，现在已经成了可以独当一面的刑警，他听到这个份儿上，已经明白了冉斯年话里的深意，从陈国斌和张悦的脸色更加证实了冉斯年的猜测。

范骁清了清喉咙，极为严厉地说："陈国斌、张悦，现在时间紧迫，如果错过了最佳的营救时间48小时，孩子的情况就更加危险了。你们最好实话实说，到底你们之间出了什么问题，这对寻找孩子非常重要！"

陈国斌一脸茫然，急得直搓手，无措地说："我不知道啊，我真的不知道啊！孩子妈，你知道什么，快说啊！"

张悦几次欲言又止，仿佛她的难言之隐说出来会石破天惊，就是不说话。

范骁实在是看不下去了，想象到一个十岁的小男孩正在跟一个变态在一起，他急得对陈国斌冲口而出："哎呀，你虽然不知道，你的潜意识却已经知道了，梦里的你之所以想要冲孩子发泄怒火，很可能是因为你的潜意识在怀疑陈佳奎不是你的亲生骨肉！否则的话，一个父亲为什么莫名其妙要对听话的儿子怀有怒火？有想要责怪孩子打孩子的欲望？"

范骁话一出口，屋子里所有人都震惊了，最为震惊的就是张悦。

冉斯年惊异地望着范骁："小范，你的进步出乎我的意料，没错，我就是这个意思。"

陈国斌怒目圆瞪，一双眼像要喷火似的死死地盯住张悦，嘴唇颤抖得半个字都说不出来。

所有人都把目光集中在了张悦的身上，等着张悦辩解或者承认。

张悦紧咬牙关，眼神里透射着心虚和恐惧，她虽然一个字都没说，可是她的神态和肢体语言等于什么都说了。

过了一分钟，陈国斌开口了："怪不得，怪不得小奎长得一点都不像我，原来他是个野种！"

范骁咳了一声，厉声道："孩子是无辜的，请你说话注意点儿。"

"没错，孩子是无辜的，有罪的是你这个荡妇！"陈国斌突然爆发，猛兽一样扑向张悦，掐住张悦的脖子大叫，"你让我替野男人养儿子！我杀了你！"

范骁和冉斯年急忙上前阻拦，把发疯的陈国斌拉开，可张悦的脖子上还是留下了两个触目惊心的红手印。

张悦剧烈地咳嗽，但仍旧不肯说一个字，只是缓缓往后瑟缩着，甚至不敢抬头去正视丈夫陈国斌。

/2/

范骁把发狂的陈国斌给架了出去，关进了另一个房间，要他冷静反省。

再回到客厅时，范骁尽量温和地对张悦说："张悦，现在你必须告诉我们小奎的亲生父亲是谁，因为目前来看，他就是最大的嫌疑人，很有可能是他把小奎给掳走或者骗走的。"

张悦不可置信地瞪着范骁，终于说出三个字："不可能！"

"为什么不可能？"范骁心急地问。

"他有自己的儿子，而且我们早就断了，他对小奎根本漠不关心！"张悦信誓旦旦地说。

范骁颇有刑警的职业风范，严厉地质问："他到底是谁？到底可不可能凭你一句话，我们得调查！你到底还想不想找回儿子了？小奎可是你的亲骨肉！"

张悦嘤嘤地啜泣，小声说："他叫郎剑，现在是我们厂子的副厂长，当年他跟我也就是玩玩，后来他娶了上任厂长的女儿，就把我给甩了。小奎出生后，我去找过他，他还威胁我说如果敢把小奎是他儿子的事情外泄出去，不但我丈夫饶不了我，他也会让我生不如死。就是这样一个狼心狗肺的人，怎么可能现在要认回儿子？"

饶佩儿不以为然，冷嘲热讽地说："谁说这个郎剑掳走小奎就是要认回儿子呢？说不定他有别的预谋，比如说他的亲生儿子得病啦，需要换个什么内脏没有合适的供体……"

冉斯年拍了拍饶佩儿的手背，打断她："算了，别胡乱猜测了，还是等瞿队调查之后直接排除或者确认郎剑的嫌疑吧。"

张悦双手抱头，用力撕扯头发，哭着说："都是我的错，都是我的错！是我害了小奎，这孩子说不定真的是知道了什么，去年有个邻居就开玩笑说他不是国斌的儿子，因为他们长得一点都不像！"

冉斯年无奈地摇摇头，不知道是该恨张悦这个不负责任的女人还是同情这个丢了儿子的母亲。

出了陈家之后，冉斯年在跟范骁分道扬镳之前特意嘱咐说："小范，陈国斌跟郎剑一样有嫌疑，如果说他一早就已经知道了陈佳奎不是亲生的，一直在演戏的话……”

“放心，我也想到了这一点，我回去后会马上把这边的情况报告给瞿队，接下来我们肯定会仔细调查这两个男人的，有什么进展我会马上通知你。冉先生，你这边过了今晚如果有什么发现也要第一时间通知我。”范骁所说的过了今晚的发现，自然就是指冉斯年在梦里的发现，“对了，瞿队也已经派人去接苗玫到警局了，希望她能够根据记忆给出一个张晓的画像，当然，我们首先会把目前两个嫌疑人陈国斌和郎剑的照片给她辨认。”

“好的。我现在就有睡意，现在马上回去休息，有消息第一时间通知你。”冉斯年看了看表，已经是清晨六点。折腾了半个晚上，他的确有些吃不消，但他却庆幸自己的吃不消，能够尽早入睡，尽早做梦，毕竟现在时间紧迫，关系到一个小男孩的生死。

跟范骁告别之后，冉斯年便坐上了副驾驶，让饶佩儿驾驶，自己则要在车上小憩一会儿。很快，冉斯年便再次到了陈家，陈佳奎那间小小的房间里。

不到10平方米的小屋一片狼藉，冉斯年站在中央，原地转了一圈，目光缓缓扫过四周。陈佳奎的房间很简单，只有一个单人床、一张书桌和一个简易衣柜，地上被冉斯年翻出来的东西都是书桌里的书本和衣柜里的衣物。

冉斯年的目光很快就越过层层阻碍，集中在了一本小学二年级数学课本上。陈佳奎现在读三年级，二年级的课本自然是不用了，所以才被他堆放在了书桌的柜子里。这本数学课本的书页里夹了一张纸，只露出了四分之一，露出的部分写着的是“三包凭证”。

是什么东西的三包凭证？冉斯年带着期盼蹲下身，捡起了那本数学课本，心里祈祷着，这本书千万要翻得开，白天的时候他“扫荡”这个房间的时候千万要翻开过这本书啊！

冉斯年翻开了这本书，看见了那个三包凭证的全貌，上面写着某某品牌平板电脑的字样。

冉斯年记得白天扫荡这里的时候根本没看见什么平板电脑，现在重新审视这间房间，也没有任何电子产品，那个丢在地下仓库的书包里除了书本文具，也没有什么平板电脑。

陈佳奎的家境着实不怎么样，父母都是普通工人，电视还是好多年前的款式，家里除了电视机、洗衣机、电冰箱和电饭煲就没有别的家用电器，陈佳奎哪里有钱去买什么平板电脑？而且从他把三包凭证藏起来这点来看，陈佳奎有一台平板电脑的事情父母并不知情。冉斯年可以肯定，陈佳奎这个小男孩绝对有秘密。

冉斯年一边思考一边摆弄手里的那张三包凭证，这才发现背面被写上了好几串字母和数字的组合，看字迹，就是出自一个三年级小学生的手笔，这是陈佳奎写下的无疑。至于说这些字母和数字的组合到底是什么，冉斯年也有了想法，只等他实地去确认就可以了。

第十七章

长腿叔叔

/1/

冉斯年睁开眼，已经可以透过车窗看到自家的小区大门了，他对身边的饶佩儿说：“佩儿，你先回去休息吧，我要再回陈家一趟确认一些东西。”

“啊？”饶佩儿颇为心疼地看了一眼冉斯年，然后毫不犹豫地把车子开过了小区门口，打算在前面掉头，“大侦探，你还是专心休息和思考案情吧，我送你回去。”

冉斯年欣慰地笑笑：“看来我的助理这个职位非你莫属啦，这样吧，作为你担任助理的报酬，房租全免。”

饶佩儿一听可以不用交房租，兴奋地大叫：“没问题，艺人、明星我当不好，助理还是没问题哒，绝对称职！”

冉斯年看着饶佩儿的兴奋样，不禁心疼地说：“委屈你啦。”

“不委屈不委屈，说真的，我觉得能够当侦探的助理协助破案，比每天在镜头前假惺惺地搔首弄姿充实多啦。”饶佩儿由衷地说。

很快，两人又赶回了陈家所在的老小区，再次步入陈家的单元。

站在陈家的门外，可以很清晰地听到里面夫妻俩吵架、摔东西的声音，还夹杂着张悦的哭声和陈国斌的咒骂声。

饶佩儿想马上敲门进去制止这两人的争吵，却被冉斯年拦住了：“这种事情早晚要爆发的，你劝得了一时，劝不了一世，让他们吵吧。咱们还是先做正事儿。”

“什么正事儿？”饶佩儿好奇地问，“你到底要回来证实什么？”

冉斯年也不回答，掏出手机开始连接无线网络，又从口袋里掏出一张纸交给饶佩儿。

饶佩儿接过那张纸问：“这是什么啊？这就是你刚刚在车上写的东西吗？”

“是的，这些像密码一样的字母数字组合就是我刚刚做梦的成果。”冉斯年简单描述了一遍他刚刚的梦，然后得出结论，“我认为有了平板电脑，陈佳奎就一定想上网，而他的父母根本不可能在家里安装宽带，他们甚至都不知道陈佳奎有个平板电脑。所以想要上网，就只能蹭网。这些密码就是陈佳奎想方设法得知的邻居们家里的Wi-Fi密码。”

饶佩儿恍然大悟：“没错，蹭网的确是陈佳奎最好的也是唯一的选择，可是，他只要记住一个邻居的Wi-Fi密码不就好啦，怎么记了五六个啊？”

“恐怕是因为有的邻居晚上偶尔会关掉网络，而陈佳奎的上网时间恐怕只有晚间，趁父母熟睡的时候，也是趁邻居们熟睡的时候，他才能拿着他的平板电脑在楼道里搜索可用的网络和密码上网。”冉斯年一边说一边选定了一个搜索到的无线网络，然后输入纸条上的密码。

饶佩儿也马上掏出手机，选定了另一个搜索到的网络，也开始从头输入密码。

五分钟过后，冉斯年在输入第四个密码的时候，终于成功联网。饶佩儿那边也在输入第三个密码之后联网成功。

“看来我的想法没错，现在也无须把其余几个密码挨个试过了，这的确就是陈佳奎蹭网的证明。”冉斯年示意可以再去陈家找陈佳奎的父母谈谈了。

饶佩儿敲了敲陈家的门，小声嘀咕说：“这对父母也真是太不合格了，自己家的孩子晚上偷偷出门他们都不知道，现在孩子丢了，他们就知道吵架。”

冉斯年无奈地叹息着说：“我能够理解他们现在的状态，都是市井俗人，这个时候怎么可能冷静沉着理智？唉，只是可怜陈佳奎这孩子了。”

面前的门开了，站在门口的是满脸杀气的陈国斌。陈国斌见是冉斯年和饶佩儿，脸色稍稍缓和，也不说话，只是转身回屋子里。

冉斯年和饶佩儿进门。张悦看见两人，马上冲过来问：“小奎有消息了吗？

找到了吗？”

冉斯年摇头：“还没有小奎的消息，我们这次来是想再问问有关小奎的事情。小奎平时上网吗？”

张悦茫然地点点头，感叹地说：“唉，现在的孩子哪有不上网的呢？就算是我家这种经济状况，孩子也是一定要上网的！怎么？小奎上网跟他被绑架有关？”

饶佩儿撇撇嘴，张悦到现在仍旧固执地认定陈佳奎是被绑架了，冉斯年之前说的小奎是主动跟张晓离开的话，看来她是一点都没听进去，是在本能地逃避责任，不愿意承认孩子离家出走是为了逃离这个让他烦恼的家庭和父母。

“有关系，当然有关系，我怀疑小奎就是通过网络跟绑架犯也就是张晓取得联系的，换句话说，张晓是通过网络跟小奎沟通，让小奎掉入了他的陷阱，心甘情愿地跟他走。”冉斯年犹豫了一下，还是告诉了张悦平板电脑的事情，小奎晚上偷偷到楼道里拿着平板电脑蹭网的事情，然后说：“我想，这个平板电脑八成就是张晓送给小奎的，在小奎收到平板电脑前他就已经跟张晓通过网络建立了联系，所以我想知道，你们所知道的小奎上网的途径。”

张悦似乎没太听懂冉斯年的意思，但是还是介绍说：“我们一开始是不愿意小奎上网的，我们觉得那东西肯定会影响学习，会上瘾的。可是现在的学校啊，老师啊，都要弄个什么班级群啊、家长群之类的东西，老师也经常会在群里布置一些作业、通知一些事情，小奎的同学几乎家家都能上网，有的时候老师通知明天带什么东西，全班同学都带了，就小奎不知道。唉，我们家条件不好，每个月的网费不说，就连给孩子买个电脑的钱也没有，没办法，只能让小奎去同学家上上网，小奎的同班同学谢刚就住在隔壁的四号楼，有时候两个孩子一起写作业，然后小奎用谢刚的电脑上一会儿网。”

“谢刚？”冉斯年起身，“谢刚家的地址是哪里？”

张悦一看冉斯年如此着急，马上也起身穿外套：“我带你们去。”

陈国斌本来在卧室，一听张悦说要出门，马上出来叫嚣着：“你要去哪里？去跟野男人约会？”

张悦也懒得跟陈国斌多说，只丢下一句话：“我跟侦探先生去找儿子！”

饶佩儿狠狠白了陈国斌一眼，也懒得解释，跟在后面出门。

/2/

一行三人很快到了小区的四号楼，进单元门前饶佩儿注意到了陈国斌也跟在他们后面。她想，这个陈国斌表面上看起来是个大老粗，一点儿也不像会通过网络诱骗小男孩的高智商罪犯，这会儿跟在妻子后面要么是真的担心妻子趁机出门私会小奎的亲生父亲，要么是担心妻子，也担心小奎，只是嘴硬不肯承认罢了。

今天是周二，谢刚还在上学，谢刚的父母也都不在家，幸好有个退休在家的谢刚奶奶。张悦跟这位有过几面之缘的奶奶解释了一番，谢奶奶听说看看谢刚的电脑就能帮助张悦找孩子，马上答应。

冉斯年有些为难，因为他不是来看看谢刚的电脑的，而是要把谢刚的电脑带走，带到警局让网警仔细检查上面是否还留有陈佳奎上网聊天的痕迹。他跟谢奶奶说要拿走电脑，谢奶奶却坚决不同意，无论冉斯年怎么解释会把电脑还回来，谢奶奶只是说她可做不了主，只能让他们在这里看。

冉斯年想过让瞿子冲派个警察来直接拿走电脑，但是看谢奶奶的固执，恐怕到时候还是会费一番唇舌，还不如直接让瞿子冲派个网警过来。想了一下，与其找网警，还不如找贺启睿，他绝对不比网警差，说不定还略胜一筹。

想到贺启睿，冉斯年马上掏出手机，把电话拨了过去。

冉斯年拨电话的空当，饶佩儿坐在了电脑前，她打开浏览器，找到了最近一段时间打开的网页记录，其中有一个网页吸引了她的注意。曾经有人在这台电脑上搜索过血型遗传规律表，时间是在半个月前。

饶佩儿等冉斯年挂了电话，指着屏幕说："我猜想，这个血型遗传规律表应该就是陈佳奎在这里上网的时候搜索的，也就是说，他对自己是否是陈国斌的亲生儿子这一点的怀疑已经不限于潜意识了，他的意识已经察觉到了！"

张悦这次终于听懂了饶佩儿的话，惊讶地说："半个月前？半个月前正好是小奎生病，我们带他去医院抽血化验的时候，当时的化验单上就有小奎的血型！小奎是B型血！"

饶佩儿问："那你跟陈国斌就是A和A、O和O或者A和O型血喽？"

"是的，我们单位每年体检，我是O型血，国斌是A型血，我们早就知道自己的血型。”张悦越说声音越小，不好意思地埋首。三个人在谢家的客厅里等了半个多小时，陪谢奶奶这位平日里无人聊天的孤独老人聊了半个多小时，贺启睿终于赶来。

“抱歉，让你久等了，我刚刚送小玫回家，我们之前在警局画像来着。”贺启睿一进门就抱歉地解释。

冉斯年问：“怎么样？小玫看过了两个嫌疑人的照片了？他们都不是当年的张晓吗？”

“不是，小玫记得张晓要比他们俩年轻不少，中等身材，长相很大众。”贺启睿一边说一边坐到电脑前，“可惜的是，小玫也记不清楚张晓到底是什么模样了，这个画像到最后也没画成。毕竟小玫的顾客太多了，尤其又是那么久以前，一个来去匆匆的顾客。”

冉斯年理解地点点头：“是啊，我料到会是这样，就算我不是脸盲，要我记起这么久以前的顾客也是不可能的。”

贺启睿熟练而快速地操作电脑，过了将近半小时后，他给出了结论：“在这台电脑登录过的QQ最近一个月时间内一共有四个，我查看了一下四个ID的资料，可以确定有两个是谢刚的父母，还有一个是谢刚，最后一个是登录次数最少的，最后一次登录时间是在半个月之前的，我想，应该就是陈佳奎了吧。”

“可以查到陈佳奎都经常跟谁聊天吗？”冉斯年问。

贺启睿一边敲击键盘一边说：“陈佳奎网聊频率最多的有三个人，我尽力恢复了一些他们聊天的内容和对方的IP地址，有两个应该是陈佳奎的同学，因为他们的聊天内容提到了班主任黄老师和班长，还有班费，而且对方和陈佳奎的回复速度都很慢，语句里还有一些错别字。剩下的一个可以看得出回复速度很快，并且没有语病和错别字，你们看，这就是我恢复的一段他跟陈佳奎的对话。”

冉斯年和饶佩儿以及张悦一起凑过去看电脑屏幕，屏幕上对话的两个人，一个网名叫“离开地球表面”，另一个叫作“长腿叔叔”。

长腿叔叔说：你是个好孩子，作为奖励，我将赠送给你一台平板电脑，也方便我们经常沟通。估计平板电脑下周就会邮寄到你的学校。

离开地球表面说：真的吗？谢谢你，长腿校长。

长腿叔叔说：下个月初就是我们学校入校考核的日子，你会来吧？

离开地球表面说：那是当然的，我真的很向往你的学校，那里对我来说简直是天堂。

长腿叔叔说：希望你能够通过考核，只要通过考核就可以入校，免交任何费用。相信在我的贵族寄宿学校里，你会结交更多素质高、情商高的好朋友，绝对不会想家，不会怀念现在的生活。

离开地球表面说：我才不会怀念现在的生活，更不会想家，我真希望马上就到下个月初，马上去新学校，通过考核。

长腿叔叔说：你的父母会同意你转校吗？毕竟一旦转校到我这里，全封闭的寄宿学校后，一年才能见上父母一面。

离开地球表面说：我打算先斩后奏，等我入校后再给他们打电话，到时候他们就必须同意了。到时候他们会理解我的，毕竟是小学到高中连读，高中后就保送到国外留学。

长腿叔叔说：那么我们说定了，月初时入校考核见。

离开地球表面说：好的，我一定会准时到校的。

冉斯年重重地哀叹，说："月初，唉，今天正好就是一号，看来昨晚小奎是打算启程赶往所谓的贵族学校报到参加考核了。"

饶佩儿无奈地说："唉，现在的骗子简直太可恶了，专门拣最天真幼稚好骗的孩子诱骗。也怪孩子的家长，平时就只知道学习学习的，根本不教给孩子怎么警惕陌生人，哪怕是网上的陌生人和骗子。"

张悦已经泪流满面，哽咽着说："小奎这孩子，怎么不把这事儿跟我说说呢？他要是说了，我肯定会告诉他这是骗子。"

饶佩儿白了张悦一眼，严厉地说："孩子有话不愿意跟你们说，这是你们做家长的问题，怎么还怪孩子呢？说到底，还是你们给孩子营造的家庭环境有问题，他才会轻易上了骗子的套，想要逃离这个家，去外面的寄宿学校。小奎搜索过血型遗传规律表，应该是已经确定他的父亲并不是亲生父亲了，他根本没法面对你们，只能逃避啦。"

冉斯年赞同地点头说："没错，所以小奎才会做梦登上热气球飞离地球到外太空，他的网名就叫'离开地球表面'，看得出，他真的很想摆脱现在所处的状态。而梦里的热气球，恐怕就代表着这个长腿叔叔，能够带他脱离现实烦恼，去到一个天堂一般的贵族学校的途径。”

贺启睿听得不住摇头，感叹说：“唉，小奎这孩子还真是可怜，斯年，一定要找到小奎，如果有什么我能帮忙的，我一定尽全力。”

冉斯年向贺启睿道谢，又问：“启睿，这个长腿叔叔是在哪里上网跟小奎联系的？”

“这个嘛，”贺启睿露出一副歉然尴尬的神态，“他使用了代理服务器，没法确定他是在哪里上网的，看来对方也是有所准备并且也具备一定的反侦查能力呢。”

冉斯年点头，他又突然想起了张晓留下的那幅铅笔画，梦魇中的张晓看到了自己身上压着一团黑雾，冉斯年初步认为这是张晓背负着沉重的压力，而陈佳奎也一样，得知了自己并非陈国斌亲生，也是背负着沉重的压力，难道这就是张晓选定陈佳奎的原因？

张晓还说过，要么陈佳奎就会变成另一个张晓，要么就会变成一具尸体，变成另一个张晓又是什么意思？总而言之，张晓留下的铅笔画线索有限，要想进一步摸清他的动机和藏人的地点，还需要得到更多的提示和线索。

想到这里，冉斯年突然一惊，他冒出了一种不祥的预感，还会有孩子被张晓设定的陷阱所诱骗，陈佳奎绝对不是唯一的受害者！怎么办？他的下一个目标会是谁？陈佳奎到底被他藏到了哪里？

冉斯年懊恼地砸了一下电脑桌，唉声叹气。

饶佩儿理解冉斯年的心情，她拍了拍冉斯年的肩膀，对贺启睿说：“贺先生，麻烦你再试试看，能不能在聊天记录里找到所谓贵族学校的地址。”

贺启睿拍了一下额头：“对呀，如果能够找到地址……”

冉斯年却微微摇头：“我想应该找不到的，那个莫须有的贵族学校的地址，张晓应该是在确认陈佳奎使用平板电脑后才告诉陈佳奎的，或者干脆，他们只约定了一个见面地点，见面后由张晓亲自带陈佳奎去往学校，张晓并没有告知陈佳奎学校的具体地址。因为一旦有了具体地址，陈佳奎又能够上网，难保他不会自己上网查询那个地址，然后发现学校根本不存在，一切只是骗局。所以如果我是张晓，就不会说出具体地址。对方是个小学生，就算不说地址，也能被一个别有用心的成年人要得团团转。”

“难道张晓跟陈佳奎约定的见面地址就是那个废旧仓库？”贺启睿摩挲着下巴推测，“不会吧？约在那种地方，不会引起陈佳奎的怀疑吗？”

“应该不会，也许那个地址是陈佳奎提出的，毕竟他经常跟小伙伴到那里玩耍。”冉斯年说。

几个人离开了谢家，准备分道扬镳。

第十八章

释画

/1/

冉斯年正在跟贺启睿告别，一直躲在楼下的陈国斌突然冲了出来，直奔贺启睿，一把抓住贺启睿的衣领，叫嚣道："是你吧？你就是那个野男人，你就是小奎的亲生父亲！"

所有人都是一愣，尤其是贺启睿，脸色极为难看，一时间不知道该如何应对。

冉斯年和张悦急忙用力拉开近乎疯狂、乱咬人的陈国斌。冉斯年厉声说："你胡说什么？这是我请来的网络专家，帮忙找孩子的！"

张悦也冲着陈国斌大叫："你神经病吧？见谁都说是我的情夫，见个男人就说是野男人，我看你已经变态啦！"

陈国斌的气势弱了下来，但仍旧骂骂咧咧地嘴上不饶人。张悦抱歉地跟冉斯年他们告别，然后拉着陈国斌往家走。

饶佩儿不好意思地对贺启睿道歉："真是抱歉啊，那男人刚刚得知自己不是小奎的亲生父亲，所以心理上难以承受，刚刚跟出来就是以为张悦是要去会小奎的亲生父亲呢。"

"我理解，"贺启睿整理前面的衣襟，笑着说，"谁叫我这个生面孔跟着你们几个一起出来了呢？多出一个男人来，他免不了会怀疑的。"

冉斯年又说了几句抱歉的话，然后跟贺启睿告别。

坐上车，饶佩儿理所当然地打算把车子往回开，她认定冉斯年这会儿该回家休息了，可冉斯年却让饶佩儿直奔警局。

“去警局做什么啊？”饶佩儿一想到要去面对瞿子冲，心理上就本能地抵触。

“一来，我得把咱们这边的调查进展告诉瞿子冲；二来，我也想看看张晓是如何通过短信威胁、恐吓苗玫的，我刚刚听启睿说那个张晓发给苗玫的短信也是他画的铅笔画，我想，说不定这些画里也暗藏一些玄机，能够帮助寻找小奎，毕竟之前只有那么一幅画，线索实在是太少了。”提到之前在地下仓库的那幅画，冉斯年突然产生了一种不祥的预感。那幅画给他一种十分压抑悲哀的感觉，但是到底为什么会有这种感觉，他又说不上来，也许今晚的梦会给他一个解释吧。

饶佩儿像个侦探似的摩挲着下巴，说：“没错，一个人的画作里也蕴含着一些潜意识里的想法，可能连他自己都意识不到，有时候文章、画作，甚至是歌曲等创作都能体现一个人的潜意识。从某种意义上来说，一个人的作品，也可以被认为是他的梦，因为它们都是在反映这个人的潜意识。”

冉斯年瞪大眼睛，惊讶地凝视着饶佩儿：“不错嘛，越来越有我的助手的意思了。”

饶佩儿心满意足地仰起头：“那是自然，我们几乎天天朝夕相处，我就算不想学，也已经潜移默化受你的影响啦。”

/2/

到了警局，冉斯年直接去找瞿子冲，提出要看苗玫收到的那些铅笔画。

瞿子冲马上吩咐手下人去取已经打印出来的、张晓发给苗玫的画。在等待的空当里，冉斯年又把他们刚刚的行程和收获告诉给了瞿子冲。

“蹭网？长腿叔叔？私立贵族学校？”瞿子冲瞪大双眼，气愤地说，“这个张晓简直是禽兽不如，竟然用这些当作诱饵诱骗那么可怜又无辜的小奎，简直不可饶恕！这样，我再派人去一趟谢刚家，这次一定要把电脑给带回来，更加仔细地检查，说不定能够查到什么线索。”

冉斯年知道瞿子冲是信不过贺启睿的专业能力，总以为他们的网警会技高一筹，但冉斯年有预感，他们查到的不会比贺启睿多，尽管如此，他还是笑着点点头说：“也好，但愿你们能够查到什么。”

两分钟后，范骁送来了十几张打印纸，直接交到了冉斯年手里。

在冉斯年仔细去看画作的时候，范骁也在一旁跟着冉斯年去看，瞿子冲则是一直盯着坐在冉斯年身边也凑近冉斯年仔细去看的饶佩儿。

瞿子冲轻咳了一声，对饶佩儿说：“怎么？饶小姐，你这位女友什么时候成了斯年的跟班啦？”

饶佩儿愣了一下，马上大方地回答：“瞿队，我现在已经晋升为斯年的助理啦，请我这个女友当助理，斯年可是省了一大笔呢。”

冉斯年听他们这样对话，也苦笑无奈地说：“是啊，佩儿非要参与我的工作，说是不想再当什么明星，想要跟我学习释梦和探案。我也是拿她这个任性女友没办法，只好答应她做我的助理啦。这下可好，无论是生活还是工作，我都被她给霸占得满满的，真的是一点私人空间都没有了。”

饶佩儿白了冉斯年一眼，撒娇似的说：“怎么？你不满意吗？”

“满意，满意，我非常满意。”冉斯年做投降状，笑嘻嘻地说。

瞿子冲不动声色，但嘴角却微微翘起，他趁冉斯年低头看画的工夫，冲饶佩儿微微点了点头，对饶佩儿担任助理，让冉斯年没有任何私人空间此举，表示满意。

饶佩儿假装狡黠地冲瞿子冲眨了眨左眼，表明立场，表明她还是他的间谍，站在瞿子冲的这一边。

冉斯年低头翻阅着手中的十几张打印纸，眉头越来越紧蹙，过了两分钟，他才开口：“相信你们也看出来了，张晓的这些画类似于漫画，是在讲述一个故事。”

“是的，张晓一连十二天，每天给苗玫发一幅画，十二幅按照时间顺序连起来，就是一个故事，而故事的主角就是苗玫。”身旁的范骁低沉地说。

冉斯年抬头望向范骁，问：“那你们有没有看出画中故事的主题呢？”

范骁挠挠头：“还没，不过这些画总是给我一种很熟悉的感觉，好像曾经在哪里见过似的。”

冉斯年干脆给出了答案：“这个故事的主题就是——祭河神。”

范骁恍然大悟，惊叫道：“没错，冉先生，你不说我还没反应过来，这不就是祭河神吗？就像是我们小学学的那篇课文，叫《西门豹》的那篇课文。这些画表现的正是村民们把苗玫当作要献给河伯的新娘，把她打扮成新娘的模样之后，由村民们配合着巫婆把苗玫推向水中溺死。”

范骁这话让瞿子冲和饶佩儿全都围绕过来，一起去看那些画。

冉斯年指着画中一对年老的夫妇：“你们看，这对夫妇看样子就是苗玫的父母，因为这幅画中，苗玫正在向他们求助，希望他们能够解救她。可是这对夫妇神色为难，却无动于衷。后来在河边，这对夫妇也在场，表情麻木，仍旧没有要反抗、解救女儿的意思。他们眼睁睁看着村民们把苗玫拉上船，他们俩也跟着上了船。倒数第四幅画中，几个村民连同这对夫妇一起把苗玫丢进了河里，倒数第三幅画中，苗玫扑腾着挣扎，船上一个健壮男人却用一根棍子用力去戳苗玫的身体，让她往下沉。”

饶佩儿接着说：“倒数第二幅画中，苗玫不断下沉，被水草缠住身体，无法挣脱，无法呼吸，极为痛苦。最后一幅画，长着尖牙利齿的食人鱼从四周聚过来，纷纷附着在苗玫身上，啃噬她的躯体，苗玫的左腿只剩下了骨头……”

范骁解释说：“上午的时候苗玫说过，她站在一个心理学家的角度分析说，张晓的这些画表明他很有可能在童年时期受过心理创伤，而且这创伤极有可能就跟张晓的梦魇有关。苗玫十分后悔当初没有仔细聆听张晓讲述他的梦魇，唉，不然的话，我们现在也不会无从下手，无论是张晓的真正身份，还是陈佳奎的下落。”

“苗玫只说了这些？只是说张晓童年受过心理创伤？没说别的？”冉斯年问范骁。

范骁摇头，突然又双眼放光，着急地问：“怎么？冉先生，你看出了什么名堂吗？”

冉斯年沉吟了一下说：“是的，如果把这些画表现的故事当作张晓的梦的话，或者说，这些画里表达的是张晓潜意识里的秘密的话，我是看出了一些名堂。当然，在你们听来，我接下来的理论猜想可能有些牵强离谱，但我还是那句话，我有自信，并且我的运气一直不错。绝大部分的时候，事实就是如同我猜想的一样。我想，张晓的画就是整起案件的重要线索，就像是零散的碎片，只要我能够把这些画解读成功，拼接在一起，就像是拼图一样，拼凑成一幅最完整的画，一个有头有尾完整的故事，那么张晓的身份，还有小奎的下落也就可以水落石出了。”

“不离谱，不牵强，我相信你肯定能够完成这幅拼图的。”范骁马上表态，“冉先生，你快说吧！”

冉斯年清了清喉咙，不着急解释，反而循循善诱地提出了问题：“除了《西门豹》这篇课文里出现了用女子祭河神的桥段，你们还能想到有什么类似的桥段吗？就是往河里丢活人，作为供品之类的？”

范骁马上想到了答案，兴奋地叫：“《西游记》，《西游记》里有一集，就是村民们受到妖怪的胁迫，不得已要用童男童女祭祀河里的妖怪的故事。后来还是孙悟空和猪八戒他们假扮成童男童女想要引妖怪出来呢。”

“没错，我刚刚也想到了这个故事，随即又想到，古代人祭祀河神的习俗，哦，当然了，是属于封建迷信的习俗，除了用妙龄女子作为新娘献给河伯，还有就是用童男童女。所以我认为，张晓之所以会画祭河神这个故事作为对苗玫的威胁，之所以要把苗玫画成故事里被溺死的新娘，那是因为在他的潜意识里，早就有这个祭河神的故事，而且这个故事对他来说影响非常大。”冉斯年十分笃定。

“为什么这个故事对张晓影响大呢？”范骁问。

“因为这个故事恰好影射了张晓童年时期的经历，换句话说，我怀疑张晓小的时候，就是祭河神故事里，被当作活祭的童男。”冉斯年说着，来回观察瞿子冲、范骁和饶佩儿的反应，看他们是否还认为他的想法过于牵强，“当然，现在是现代社会，自然不会有什么用男童祭河神的事情，我也说了，这个故事只是影射。也许，张晓因为童年时期受到的创伤，所以曾经做过这个祭河神的梦，而这个梦自然就是现实的影射。张晓做过这个祭河神的梦，在梦里，他作为被丢进河里的祭品，十分恐惧，那种恐惧感一定极为真实。正是因为他切实体会过这种恐惧感，所以才会把这些画画得如此逼真传神，所以才用这个故事去恐吓苗玫，因为这对他来说，是现成的题材，他有自信能够驾驭好的题材。”

范骁丝毫不觉得冉斯年的理论牵强，反而觉得很有道理：“没错，张晓的画的确不错，如果他能够专注于画画，说不定还会是个小有名气的画家，只可惜，他把他的才华用错了地方，走上了一条不归路。”

瞿子冲也没有对冉斯年的说法提出异议，而是说：“怪不得张晓要对陈佳奎下手，他就是个心理变态，自己小的时候受过创伤，长大后没有更加爱惜孩子，反而是加害孩子！”

饶佩儿叹息着说：“唉，有些人的心理就是这样扭曲，就比如在家暴环境下成长的孩子，明明非常厌恶这样的环境，厌恶父亲殴打母亲，可是他长大了，也会在不知不觉中继承了自己的家庭传统。我就曾经在报纸杂志上看过这样的例子。”

“是的，人有的时候会成为自己最讨厌的那种人的。比如说张晓，他在小的时候受到了来自成人的伤害，他在当时便可能产生一种想法，认为自己受到伤害的原因就是对方的强大和自己的弱小，他会幻想自己也足够强大，盼望自己也足够强大。等到他长大了，自然就会变身成为当初的施暴者，寻找像他当年一样弱小的孩子下手。”冉斯年哀伤地叹息着。

范骁捕捉到了冉斯年话里的关键，马上问：“冉先生，你怎么知道张晓童年受到的伤害是来自成人呢？”

“因为这些画啊，张晓童年时期受到的伤害不只是来自成人，而且恐怕是来自不止一个成人，就像这画里面，苗玫的父母和村民们，不都是把苗玫溺死的直接凶手和间接凶手吗？”冉斯年沉重地说。

“冉先生，你的意思是说，张晓的伤害有可能来自他的父母？”范骁不可思议地问，“父母会伤害自己的孩子？难道张晓也不是父母亲生的？至少不是父亲亲生的？他之所以选择小奎下手，那是因为小奎跟当年的他同病相怜？”

冉斯年却微微摇头：“我倒认为不是这样的，张晓的这些画里，父母顶多是漠视、冷血、袖手旁观而已。你们看这倒数第三幅画里，真正导致苗玫溺水下沉的是这个健壮男人，还有他手中的棍子。苗玫在水里扑腾，是很有可能再次攀上船的，可这个健壮男人却用一根长棍子用力去向下顶苗玫。”

“这又代表什么？”瞿子冲问，“你是说，张晓童年时期是被一个健壮男人伤害的？”

“没错，”冉斯年干脆地说，“而且还是性伤害，也就是说，张晓小的时候，被一个成年男性给强暴了。”

“啊？”瞿子冲和饶佩儿异口同声，都十分惊讶，怎么就突然冒出了一个“强暴”呢？

还是范骁最先反应过来，指着画里那根棍子问：“冉先生，你这番言论，就是性伤害的言论，依据就是这根棍子吧？”

“是啊，”冉斯年理所当然似的，“我不是早就说过很多遍了吗？在梦里，蛇、笔、棍子等这类形状的东西都代表着男性的生殖……”

“打住！”饶佩儿哭笑不得地说，“说你是神弗，你还真是弗洛伊德的忠实继承者啊，怎么看什么问题都喜欢跟那个联系起来？不是我说你们，你跟弗洛伊德，你们也……也太……太那个了吧！”

冉斯年无辜地耸耸肩：“抱歉，可能我的理论让你们觉得太过色情和牵强，可是我只是实话实说。我也说了，这只是我的猜测，其实所谓释梦也算是一种没有实质证据的推理猜测，不过我也说了，我对我的理论一向很有信心。”

范骁倒是很赞同冉斯年的观点，继续发表见解：“冉先生，如果按照你的这种说法，那么当年张晓被成年男子奸污的事情，张晓的父母是知情的，但是他们选择了无动于衷，就像这画里一样，对吗？”

“没错，我就是这个意思。再往后，苗玫沉入水中，被水草缠住身体无法动弹，还有被食人鱼啃噬到体无完肤，这都是张晓在受到伤害后感受到的痛苦。无法反抗，只能沉沦，默默无声承受着这巨大的身体上的剧痛和心理上的压力。所以我猜测，也许张晓不止被这个成年男子强暴过一次，也许男子以此为要挟，强迫张晓与其保持肉体关系，有相当一段时间。”

饶佩儿苦着一张脸，嘴里喃喃念着：“太惨了，太惨了，简直是惨绝人寰！我是说，张晓的父母怎么会袖手旁观？天啊，太惨了，张晓也太惨了，我是说小时候的张晓太惨了，现在惨的是小奎，现在的张晓太可恶了！”

瞿子冲重重地叹息，然后打起精神说：“斯年，我相信你的推论，关于嫌犯张晓的调查，我会把儿童时期遭遇过强暴，且张晓父母也知情这一点传达下去。也许有了这个框定，我们对张晓身份的调查会事半功倍。”

冉斯年有些惊讶，随即露出一副感动的神态，对瞿子冲说：“瞿队，谢谢你一直以来的信任。”

冉斯年这句对瞿子冲道谢的话说得诚恳，一旁的饶佩儿不禁暗暗感叹冉斯年的演技。

/3/

晚上回到家，冉斯年始终感觉惴惴不安，白天那种不祥的预感再次袭上心头。带着这种不祥的预感，冉斯年进入梦乡。

恍惚中，冉斯年已经置身于自家的地下室。地下室依旧是以往熟悉的样子，灯光晦暗，有些潮湿阴冷，四周摆放着杂物。

冉斯年置身于地下室的中央，原地转了一圈，看到了地下室入口的门，那门虚掩着，还能看到通往地下室的台阶。等到冉斯年继续转动，面朝入口对面的时候，他愣住了，自家的地下室又多了一个入口。

冉斯年快步走到那扇凭空多出来的门前，忐忑不安，他知道这扇门后面就是他那个不祥预感的答案，但是却又害怕推开这扇门去探究答案。

害怕探究答案，这是为什么呢？冉斯年知道这恐惧就是自己的潜意识，可是为什么要恐惧呢？不管那么多了，既然梦已经要给他答案了，就算再恐惧，他也得继续前行。

推开那扇门，冉斯年看见的是向下延伸的台阶。在有限灯光的照射下，能见距离只有两三米，两三米之后的黑暗里到底潜藏着什么，他不知道。

冉斯年迈开脚步，踏出第一步。

仿佛是走了一千步，时间过去了整整一天似的漫长，终于，已经走得有些疲惫的冉斯年终于看到了出口，他的前方又出现了一道门。冉斯年毫不犹豫地推开了那扇门，黑暗中一股夹杂着高密度尘土的旋风突然向他袭来。冉斯年赶紧蹲下身捂住脸。

等到旋风过去，冉斯年想要站起身的时候才发现，自己的双腿已经被尘土埋没，双手虽然已经移开，可是眼前仍旧是一片黑暗，没有一丝亮光，仿如堕入了黑暗无边的地狱。

身下的尘土似乎有了生命，就像是找到了攀爬支撑的某种邪恶植物一样伸出无数细小的触角迅速向上蔓延，几秒钟的工夫就蔓延到了冉斯年的胸膛，任凭他的双手不停向下拍打那些尘土，根本无济于事。

瞬间，尘土已经没过了冉斯年的脖颈、下巴、嘴巴、鼻子、眼睛、头顶。窒息的感觉伴随着身体被强大力量挤压的痛楚，让冉斯年在梦里也产生出一个念头，那就是希望自己快些解脱这种痛苦，哪怕是以死亡的方式。

“啊——”一声低沉而绵长的叫声，终于，冉斯年惊醒过来。

这种被濒死痛感惊醒的梦，他很少会做，因为他可以控制梦境，一般是不会把自己逼入绝境，如此虐待自己的。而这一次，潜意识给他安排了这场地狱之旅，为的就是告诉他，那不祥的预感到底是什么。

冉斯年起身，准备喝点水，床头的杯子里却空空如也，想拿水壶倒点水，水壶也是空空荡荡。没办法，他只好下楼，去楼下的厨房。

刚刚走到楼梯口，冉斯年就闻到了一股异香，这种香味是他从未闻过的，像是肉香，正是来自厨房。

走到了一楼楼梯口，冉斯年这才发现厨房里站着一个人，那人没有开灯，站在炉具前，点燃的炉具火苗映照着这个人的身形，在火苗的跳动下也显得在微微颤动。

那人手里拿着一个勺子，正在搅拌锅里的东西，而那更加浓郁的异香就是出自那口锅。

“佩儿，是你吗？”冉斯年当然知道，这个家里除了自己，就只有饶佩儿了，这人不是饶佩儿还能是谁？也许是饶佩儿晚饭嚷着要节食保持身材，所以现在饿了，想要偷偷打牙祭，这才大半夜来厨房炖肉吧。

果然，黑暗中的人影一个侧身，冉斯年终于看清，那正是饶佩儿。

“你在做什么？怎么这么香？”冉斯年边问边坐到餐桌前。

“我在炖肉啊，很香吧？马上就好了，给你也盛一碗？”饶佩儿幽幽地说。

冉斯年觉得饶佩儿是在故作神秘，也许是想让自己为她的手艺大吃一惊吧：“好啊，给我来一碗，正好我也饿了。”

饶佩儿用汤勺盛了一碗放在冉斯年面前：“快尝尝吧，保准你没吃过这么好吃的肉，吃完了你就猜猜看，这是什么肉。”

冉斯年用汤匙在碗里搅拌了一圈，能够明显感觉到汤里有东西，他盛出汤里的固体，在暗淡的火苗的照射下想要仔细辨认，这到底是什么肉。无奈，光线实在太暗，他根本看不清，只能看清那是一个圆滚滚的东西，难道是肉丸？

冉斯年起身打开了厨房的灯，再次回到餐桌前，盛起了那个圆滚滚的球状物。

那竟然是人的眼球！那只眼球的瞳孔死死地瞪着冉斯年！

还用猜吗？饶佩儿煮的肉到底是什么肉，这还用猜吗？

“不——”冉斯年又一次因为惊恐从梦中重回现实。

自己竟然又做了一个梦中梦！冉斯年觉得不可思议，前面那个梦他已经察觉到了潜意识想要告诉他的事情，可是后面这个梦，这个饶佩儿煮人肉的梦，到底代表着什么？冉斯年根本一点头绪都没有。

“当当当”，卧室门外传来敲门声，紧接着是饶佩儿的声音：“斯年，你没事吧？做噩梦了吗？”

冉斯年起身，努力平复急促的呼吸，然后开灯，给饶佩儿开门，把她让进来。

“我正好想下楼去厨房找点吃的，路过二楼你门前就听到你好像在惊叫，所以就来问问，你不要紧吧？梦给了你什么提示吗？有关张晓或者小奎的？”饶佩儿坐到床边，关切地问。

冉斯年摇头，不答反问：“你要去厨房找吃的？”

“对呀！”饶佩儿回答。

“还是不要了，这么晚吃东西会胖的。”冉斯年想了想，又说，“对了，从明天开始，咱们要么是在外面下馆子，要么在家就是我下厨，就不劳烦你做饭了。”

“为什么啊？”饶佩儿笑嘻嘻地问，对于自己不用下厨这一点她自然是高兴的。当然，如果她知道冉斯年是为什么提出这样的提议之后，她是绝对高兴不起来的。

冉斯年难得希望自己的释梦结果是错误的，他不愿意正视梦境给他的提示，有关那个不祥的预感。也正因如此，他不愿意把这个释梦结果讲给任何人，这样难以启齿的话，他不想说，至少目前为止不想说。

第十九章
反抗陷阱

/1/

一大早，冉斯年跟饶佩儿去早餐店吃早餐的路上，他接到了瞿子冲的电话。

"斯年，唉，又一个男孩失踪啦！"瞿子冲气愤地说，"因为我们没能尽早捉住那个张晓，导致又一个孩子被他给拐骗走啦！"

冉斯年的心一沉，喉咙像是哽住了一样，一个字都说不出。

"斯年？"瞿子冲在电话那边还以为手机出了问题。

冉斯年把手机递给身边的饶佩儿，然后低头沉默不语。

"喂？瞿队吗？"饶佩儿刚刚已经听清了电话那头说话的是瞿子冲。

"斯年，怎么了？唉，算了，你们还是快点赶过来，咱们见面再说吧，"瞿子冲似乎没心情追究冉斯年为什么不说话，"风华中学，你们快点过来吧！"

于是两人连早饭也没吃，直接驱车赶往风华中学。

风华中学是松江市以严格著称的寄宿中学，初、高中都有，也是省市重点中学，升学率和口碑那自然是不用说了。冉斯年和饶佩儿赶到的时候，范骁已经站在学校大门口等着了。

停好车，范骁跟冉斯年和饶佩儿打了招呼，一脸严肃哀伤的范骁一路把两人带往了体育馆的地下室，在地下的乒乓球训练室的一台乒乓球桌上，他们看到了又一张铅笔画。

这一次的铅笔画明显跟上一次那张是出自一个人的手笔，虽然这次现场没有留下张晓的录音带，但是已经毋庸置疑，这画是张晓留的。

画的内容跟上一次比较相似，仍旧是那个男人躺在床上，当然，房间和床也都是一样的，画的角度也是一样的。

不同的是，这一次，男人身上没有什么黑雾，但他仍旧无法动弹，仍旧处于梦魇之中。最为恐怖的地方是画中的房子，房子的四周墙壁，上方的顶棚和地面全都像是融化了一般，流下了腐蚀性的半固体半液体，其中顶棚滴落下来的液体直接打在了床上男人的身躯上。那些半固体半液体在男人的身上腐蚀出了一个个细小的血窟窿，这些血窟窿有大有小，大的已经深可见骨。男人的身躯僵硬无法动弹，但是面部扭曲狰狞，意思是他可以感受到身体腐蚀的痛感，却无力逃脱，只能承受。

范骁指着画对冉斯年说："冉先生，这画的意思好像跟苗玫在水里被食人鱼啃噬差不多。"

冉斯年摇头，虽然不想说，但必须说："不一样，差得多了，完全是不一样的意思。这两块拼图不应该被拼在一起，它们距离很远。"

"哦？那么这幅画是什么意思？"范骁问。

"这幅画跟之前地下仓库那幅画是相同的意思。"冉斯年还想继续往下说，但喉咙却仿佛抗议一般，这幅画的出现，更加证实了他昨晚的梦境所要传达的信息，那种最糟糕的结果。冉斯年在刚刚来的路上还在祈祷自己这一次释梦错误，可是这幅画反而是他释梦正确的佐证，他只能无奈地摇头，对范骁说："介绍一下失踪男孩吧。"

范骁马上过来掏出小本子，低头念道："失踪男孩名叫肖涵，十六岁，高一·四班的寄宿生，平时就寄宿在学校宿舍，每个月才回家一次，有时候一学期只回家两三次。昨晚肖涵没有回宿舍，老师昨晚查寝之后就一直在寻找肖涵。今天清晨学校老师在体育馆里发现了肖涵的书包，被撕碎的书包和课本，还有那幅画，于是报警。肖涵是单亲家庭，父亲肖仲秋于三年前与其母亲张琳离异，肖涵的抚养权归母亲张琳。可张琳一直忙于工作，对肖涵关注甚少。学校已经打电话通知张琳，她在外地出差，正在赶回来的路上。"

瞿子冲重重地吐出一口气，意味深长地说："斯年，这个肖涵的母亲张琳，正是陈佳奎母亲张悦的亲姐姐。"

冉斯年一惊："难道说，这就是张晓选择陈佳奎和肖涵的原因？"

"是的，我认为这个张晓真正的身份绝对是跟张琳、张悦姐妹俩有什么关联的，选择陈佳奎和肖涵诱骗，绝对不是巧合！"瞿子冲郑重地说，"下一步，我们打算从张琳和张悦的社会关系着手调查，找出几个跟她们姐妹俩有恩怨的嫌疑人，然后根据你给出的童年时期被强暴的条件筛选，相信很快就可以找到嫌疑人，找到这个化名为张晓的浑蛋！"

冉斯年默默点头，深深叹气。

范骁等瞿子冲走远之后，凑到冉斯年身边说："冉先生，我好奇的是，这一次那个张晓又是抓住了肖涵的什么弱点，通过什么方式把他给诱骗走的呢？要知道，这次的肖涵跟陈佳奎不同，陈佳奎才小学三年级，可肖涵都高一啦，怎么说也是个小大人了，不可能一点警惕心都没有轻易就上套吧？"

"你说得对，想要弄清楚这一点，就得更加详细地了解肖涵这个孩子以及他所处的环境。"冉斯年环视了一下周围，继续说，"肖涵是住校生，平时绝大部分时间都在学校，所以我认为让他产生想要逃离的恐怕不是他的家庭，而是这所学校。而张晓也不会再用私立贵族学校这个梗去吸引肖涵，一来，肖涵年纪大了，很容易识破他的谎言，知道私立贵族学校不可能这样主动找生源，所谓的贵族学校是莫须有的骗局；二来，私立贵族学校对肖涵也没有什么吸引力，肖涵本来就生活在风华中学这么一个牢笼中，寄宿生活不自由，根本就是个学习机器，他怎么会愿意从一个牢笼里逃到另一个牢笼里呢？所以我觉得，张晓一定是投其所好，用了别的诱饵。具体咱们还是先跟肖涵的老师、同学聊聊再说吧。"

跟瞿子冲说明了意图，由范骁带领着他们俩去了肖涵班主任黄老师的办公室。

办公室里的黄老师一脸愁云惨雾，看起来肖涵的失踪真的是让他极为伤脑筋，可饶佩儿却总觉得这位老师的忧虑不是来自肖涵的失踪，而是来自自己招惹上了大麻烦，学生失踪，对班主任来说，就是一个大麻烦。

黄老师把冉斯年、饶佩儿和范骁带到了一间空着的会议室里，避开办公室里的其他老师，这才敢开口为自己辩驳。

"警察同志，肖涵的失踪，我必须承认，我有责任，可是，我只是负责教学的老师，负责学生学习和班级管理的班主任，肖涵却是在下课放学之后的时间失踪的啊，真要说起来，肖涵的辅导员、宿管啊，他们的责任要比我大啊。”

冉斯年不理会黄老师这番推卸责任的言论，问：“肖涵对学校有什么不满吗？”

黄老师一愣，脸上急转直下，支支吾吾地说：“要说学生嘛，难免都会对学校有所不满的，尤其是我们风华中学，又是出了名的严格……”

范骁打断了黄老师的废话，直接问：“你们风华中学允许学生上网吗？”范骁想的是，如果学校允许学生上网的话，也许这一次张晓也是通过网络诱骗肖涵的。

黄老师一听上网，脸色更加阴沉，紧张得嘴唇都微微颤抖：“那……那自然是不允许，我们除了电脑课上能让学生上一会儿网，浏览网页之外，是不允许学生私下上网的。”

“手机呢？”范骁继续问，“有没有可能学生私下，比如在宿舍里用手机上网？”

黄老师眼神躲闪地说：“学校不允许学生带手机的，放在宿舍里也不行，这都是校规明确规定的。”

冉斯年看黄老师这副模样，已经明白了个大概，恐怕肖涵的失踪是跟上网和手机有关，而且这个黄老师的嘴里恐怕说不出什么实话，这种时候，还是更为单纯的孩子能够说实话。

“谢谢你，黄老师，不好意思，耽误你的工作了，你可以回去了。”冉斯年客气地指了指门口的位置。

黄老师有些吃惊，随后逃也似的离开了会议室。

“小范，你去再找一间隐蔽一点儿的房间，然后找几个肖涵的同班同学，最好是座位临近的，还有同宿舍的室友过来。注意，不要让黄老师发现。”冉斯年对范骁下达命令。

范骁马上服从地去办事儿。

/2/

十五分钟后，冉斯年、饶佩儿和范骁坐在了副校长室里，由副校长亲自去找来了四个同学，分别进到副校长室接受问话。应冉斯年的要求，问话过程中，副校长回避，只有冉斯年、饶佩儿和范骁在场。

第一个进来的是个柔柔弱弱的女生，名叫郭乐乐，她毫不避讳地称她是肖涵的绯闻女友，但也真的就是绯闻而已，实际上她跟肖涵之间什么都没有，甚至一点不暧昧，就是物理和化学实验课都凑巧被分在一起做实验，两人说的话多了，就被传了绯闻。

“你们也应该知道，风华中学出了名的严格，因为我俩的绯闻，被班主任叫过去训话好几次，弄得我们现在都不敢说话了。”郭乐乐抱怨着。

冉斯年点头表示对郭乐乐的感同身受：“我也觉得现在学校的某些作为是矫枉过正了，男女生之间正常交往不应该受到阻拦和非议，你们班主任实在不该就这件事屡次找你们训话，这反而会影响你们俩的心理和学习状态。”

“就是啊！”郭乐乐看冉斯年的眼神明显有了变化，多了几分友好。

冉斯年又问：“对了，肖涵最近是不是在学校出了什么问题？而且是跟上网和手机有关的？”

郭乐乐大吃一惊：“你怎么知道的？这事儿学校一直封锁消息的啊！”

随后，郭乐乐坦诚地给三个人讲述了肖涵最近半个月面临的困境。

事情得从半个月之前开始说。半个月前，一个周六，班主任黄老师趁男生不在宿舍，出去踢球的空当，联合辅导员和一个宿管老师一起明目张胆地进入了班上男生的四个宿舍房间，翻箱倒柜寻找违禁物品。

其实所谓的违禁物品就是指学校校规明确规定不允许带入学校或者宿舍的手机、平板电脑、MP3等数码产品。黄老师以及其他班主任都会时不时进行这么一场“偷袭”“寻宝”活动，旨在通过没收这些违禁用品，改善学生的学习状态，提高学习成绩，同时，也有警示的作用。因为老师没收了学生的这些数码产品之后，不是交还给学生或者学生家长，而是要在违规学生面前把这些数码产品销毁。

半个月前，黄老师、辅导员在宿管老师的配合开门下，一共“收缴”了四部手机、一个MP3和一个数码相机，其中有一部手机就是肖涵的。

手机是肖涵的父亲送给他的，为的就是希望能够经常跟肖涵联系，因为肖涵的父亲跟母亲离异后就去了外地。肖涵用这部手机跟父亲发短信，也经常用手机听歌，或者是自拍照片后发彩信传给父亲。

这部手机并不能上网，因为肖涵的零用钱有限，手机费都是用他的零用钱交的，他没有把手机的事情告诉母亲，因为母亲张琳不允许他与当初婚姻的过错方父亲频繁联系。

这次“突袭”行动，黄老师可谓满载而归，也当着几个男生的面，表现了自己的破坏欲，这些数码产品全都彻底报废。其余几个男生除了趁黄老师背对他们的时候怒视他的后背，竖起中指之外，什么都没说。按照他们的原话是，人在屋檐下，哪能不低头？

可是肖涵没有控制住自己的愤怒，那部手机是父亲留给他的最重要的礼物。父亲的经济情况也不好，却省吃俭用给他买了一部两千多块钱的手机，肖涵打算这部手机至少用十年的，可现在却被黄老师轻易就给毁了，就像踩死一只蚂蚁那么简单和无关痛痒。

肖涵直接怒斥黄老师的行为触犯了法律，私自潜入宿舍，偷盗学生物品并且损毁，这就是违法行为，并不因为他老师的身份、学校的环境就改变性质。虽然是肖涵自己违反校规在前，但是违规和违法有本质的不同！肖涵要求黄老师赔偿他的经济损失，并且向他道歉。

送走了郭乐乐，接下来进来的两个男生都是肖涵的同班同学，一个是前桌，一个是后桌，平时跟肖涵关系还算是不错。这两个男生分别进来，继续跟冉斯年他们讲述肖涵的事。

肖涵要求黄老师道歉并且赔偿经济损失的消息迅速在班级里传开，全班同学都震惊了，他们认为肖涵简直疯了，跟黄老师唱反调。可肖涵却说，他已经忍耐黄老头好久了，这事儿他一定要维权到底！黄老师本身就是教政治的，政治课上讲法律的时候，就是黄老师教给学生说要利用法律的武器保护自己。

然而这一次，黄老师利用他老师的职位保护了他自己，他不但不肯道歉赔钱，更开始给肖涵“穿小鞋”，处处为难他。

肖涵不顾同学的劝阻，把这件事告到了校长那里，可是校长却训斥了肖涵一顿，称是他违反校规在先，老师们这样做其实是用心良苦，都是为了学生好，为了学生们能够更专心学习。校长更是强调黄老师以及其他老师的用心良苦就是风华中学的严格校风，就是风华中学一直保持高录取率的保证，就是风华中学一直以来沿袭下来的优良传统。

最后一个进来的是肖涵的室友，他的上铺男生。他继续讲述肖涵在宿舍里的表现。

肖涵在校长那里碰了钉子，更加委屈，便用公用电话把这件事打电话告诉给了母亲张琳，希望母亲能够站在自己这边，帮助自己维权。可是没想到，母亲得知了肖涵竟然从父亲那里得到一部手机，还带去了学校，比校长还要震怒，说什么黄老师做得对，手机就是该被毁掉，并且嘱咐他以后一定要遵守校规。

上铺男生说肖涵打电话的时候，他就在一旁，也在给家人打电话。他还记得，肖涵拿着听筒的手愈加颤抖，他的双眼噙着泪水，却倔强地仰着头不让泪水流下，嘴唇紧紧抿着，听着电话那头母亲的训斥，一声不吭。

挂上电话后，肖涵的一张脸彻底暗淡下来，就好像是生无可恋的模样，垂头丧气地往回走。那之后的肖涵一直就像是个行尸走肉。黄老师处处为难他，他也似乎不在意了，他对什么事都不在意了。

冉斯年一直蹙眉听完了四个高中生的讲述，他的心情万分沉重，他可以想象肖涵的心情，是多么无助、悲伤、孤立无援，不但在学校的强硬霸权下无法反抗，还被最亲的亲人母亲所背叛。

“肖涵在昨晚失踪前有没有什么特别的表现？一反常态的？”冉斯年问肖涵的上铺。

男生挠挠头：“一反常态？这个我不清楚，不过我看肖涵昨天中午回到寝室收拾东西，还以为他要请假回家呢。”

冉斯年和范骁对视一眼，两人心照不宣，果然，肖涵是受到了张晓的蛊惑，主动离开学校的。也对，风华中学是全封闭的，外人想要进来非常困难，更何况是进来掳走一个十六岁的大男孩？一定是肖涵从里面找到了缺口，逃离了学校。

那么问题来了，张晓的画是怎么进风华中学的？难道是学校里有内应？或者说，干脆张晓就是风华内部的人？还是由肖涵把画放在地下的乒乓球室的？

冉斯年突然一惊，同一时间，范骁也是一拍额头，两人同时说出了同样的话：“我知道了！”

冉斯年苦笑地望向范骁，问：“你又知道了？”

范骁胸有成竹地说：“是的，我知道张晓是用什么方法诱骗肖涵跟他走的，冉先生，这一次我跟你绝对是不谋而合！”

冉斯年微微摇头，他有预感，这一次，他们还是不会不谋而合。

/3/

“你说说看吧，张晓是用什么说辞，又是通过什么方式诱骗了肖涵，让他主动从学校逃出去的。”饶佩儿好奇地问范骁，她想知道这一次范骁跟冉斯年会不会不谋而合。

范骁自信满满：“站在肖涵的角度设身处地地想，他一定非常想逃离这个囚笼一般的学校，但是也绝对不能逃回家，因为张琳会再把他送回学校。他也不想再跟母亲张琳一起生活，那么最好的办法就是去寻找父亲，以后跟父亲一起生活！张晓一定是冒充了肖涵的父亲或者是他父亲的朋友，声称会在学校外接应他，然后带他去跟父亲团聚！”

饶佩儿又问：“那地下乒乓球室里面的书包和画又是怎么回事？如果按照你说的，张晓冒充肖涵父亲的朋友或者他父亲在校外接应，那么是谁把那张画放在了地下乒乓球室，是谁留下了那幅画？”

范骁的脸一下子阴沉下来，尴尬得直搓手，显然，对于这个问题范骁根本没有答案。他不好意思地看着对面那个肖涵的上铺男生，低声说：“同学，你可以回去了。”

“不行，你还不能走，”冉斯年突然开口，“我还有几个问题要问你，首先，黄老师以及其他班主任也会潜入女生宿舍收缴违禁物品吗？”

男生摇头，很肯定地说：“不会，一来女生们都很听话，没听说过女生藏什么数码产品；二来，老师们也几乎不去女生宿舍，尤其是男老师，从来不去女生宿舍，怕影响不好。哦，对了，我记得有一次有个女老师去了女生宿舍搜查，结果有个女生碰巧回来，看到老师翻出来了她的内衣，她当场就哇哇大哭，那以后，我们学校好像就再也没有老师去搜过女生宿舍。唉，老师们也知道，女生比较矫情。”

冉斯年点头，又问：“第二个问题，肖涵和那个郭乐乐，他们之间到底是不是在谈恋爱，或者暧昧？”

男生颇有深意地笑：“他们俩是死活不承认，但是我们明眼人都能看出来，他俩至少绝对暧昧。肖涵跟黄老师唱反调之后，郭乐乐经常会劝他，让他去跟黄老师认个错算了。而且郭乐乐对于肖涵的事情特别在意，我听我们班女生说，郭乐乐在宿舍里还因为肖涵被‘穿小鞋’无缘奖学金的事哭了呢。他俩肯定有事儿！”

冉斯年翘起嘴角，又问：“第三个问题，你觉得郭乐乐会不会私藏手机？”

男生一愣，觉得冉斯年这个问题莫名其妙，但还是尽量回答：“这个我不好说啊，郭乐乐家境是不错的，穿的、用的都是高级货。只能说，不能排除这种可能性。”

“我懂了，谢谢你，同学，你的回答对寻找肖涵非常有帮助，”冉斯年笑嘻嘻地说，“你可以回去了。”

范骁还是不懂冉斯年懂了什么，眼巴巴地望着冉斯年等待他给出答案。

“斯年，你到底懂什么了？难不成肖涵的失踪还跟郭乐乐有关？”饶佩儿也心急地问。

“虽然只是怀疑，但是我想这事儿很好证实，只要再把郭乐乐叫回来询问一番就可以了。”

饶佩儿马上指挥范骁：“快，快把郭乐乐给叫回来。”

范骁马上起身出去叫人。

没过十分钟，郭乐乐又被范骁给带了回来，她一进门就十分不满地说：“干吗又把我叫回来？人家可是很忙的。”

冉斯年伸手示意她坐下，十分亲切地问：“郭乐乐同学，你有手机，对吧？”

郭乐乐眼神闪躲，小声嘀咕：“我没有，没有。”

冉斯年也懒得跟郭乐乐绕圈子，毕竟现在时间紧迫，他开门见山地说：“我认为你有，而且你刚刚说了谎，你跟肖涵之间的关系绝对超过普通友谊。在肖涵手机被黄老师损毁之后，你便把你的手机借给了肖涵，让肖涵用你的手机跟他父亲保持联络，而且你的手机可以上网，肖涵也用了你的手机上网。”

范骁茅塞顿开，说：“肖涵正是用你的手机上网，才认识了策划肖涵失踪事件的那个罪犯。我想这个罪犯八成自称为‘长腿叔叔’吧？肖涵在网上结交了这位十分有亲和力的长腿叔叔，对长腿叔叔倾诉了他遭到的不公待遇，而这位长腿叔叔给他出了一个主意，一个不但可以报复学校，还可以报复肖涵母亲张琳，也算是把学校偷盗和损毁学生手机的事情曝光，让社会谴责学校的好办法，那就是让肖涵失踪，看似被绑架，让这件事引起社会的注意。我说得没错吧？”

郭乐乐张着嘴巴，不可思议地问：“天啊，这事儿你怎么会知道？而且你还知道那个人叫‘长腿叔叔’？”

“我站在肖涵的角度，觉得他遭受到这样的委屈一定不甘心，而这个时候，一旦有个人在网上给他出主意，可以让他一举三得，他自然会欣然配合。而这个出现在网上的罪犯，正是利用了肖涵的弱点，用这个一举三得的计划当作诱饵，诱骗走了肖涵。并且他把一张恐怖的画邮寄给肖涵，让他放在地下的乒乓球室，再把书包弄得散乱丢在那里，只有这样学校才会第一时间报警，才能够让失踪事件看起来像是绑架案件，更震撼，更能引起社会的高度注意。”范骁扼腕叹息，这一次风华中学的铁腕风格居然被张晓所利用。

冉斯年的语气也越加严厉：“我所说的这个‘长腿叔叔’在之前已经诱骗了一个三年级小男孩，现在又是肖涵。郭乐乐，我必须郑重地告诉你，肖涵现在很危险，因为他正在跟一个变态在一起！”

郭乐乐咬住嘴唇，反应了一会儿才问：“你的意思是，这个‘长腿叔叔’不是要帮助肖涵报复学校，而是……而是要诱骗肖涵跟他走？肖涵被他给拐走了？”

冉斯年三人一齐点头。

郭乐乐的眼泪唰一下涌了出来：“1883432××××，这是我的手机号码，你们快追踪这个号码吧，希望肖涵还带着我的手机！”

冉斯年冲范骁使了个眼色，范骁在小本上记下了这个号码，马上冲出门去。

第二十章

姐妹渊源

/1/

傍晚时分，冉斯年和饶佩儿一起在警局的会议室里等待，等待瞿子冲和他的手下们带回来的好消息或者是坏消息。他们追踪到了郭乐乐手机的所在，两个小时前就已经出发，目的地是郊外的一片空地，临近铁路，定位显示手机就在那片区域。

七点多，瞿子冲打来电话，他们已经找到了郭乐乐的手机，但是肖涵依旧下落不明，看来是张晓已经原形毕露，控制住了肖涵，把手机丢在这里，把肖涵带走了。

警方正在原地地毯式地搜索张晓遗留下的痕迹。而郭乐乐的手机里的确有肖涵跟“长腿叔叔”网聊的记录，的确就如冉斯年推测的那样，张晓的确是抓住了肖涵不甘心的心理，为他策划了一场虚假绑架案，而实际上，绑架是真的。

挂上电话，冉斯年的脸色十分难看，饶佩儿看得出来，冉斯年似乎是从一开始就没有抱什么希望，在此等待好像只是为了等一个结果，他非常消极悲观，似乎是认定了警方找不到那两个被拐走的男孩。

“斯年，你该不会认为陈佳奎和肖涵都已经……”饶佩儿没有把话说完，想到两个孩子有可能已经遇难，她也十分痛心，但是对于冉斯年的推测，她又十分信任。

冉斯年痛苦地闭上眼睛，无力地点点头，低声说："我昨晚做了一个梦，梦见我置身地下室，又往地下走了好久，恨不得走入地狱一般。最后，我被黑雾一般的泥土埋没，压迫得无法呼吸。这个梦就像是张晓留下的第一幅画。我才顿悟到，其实张晓的第一幅画的确是在提示我陈佳奎的所在，他在暗示我，陈佳奎已经死了，被深埋在地下，画中的黑雾其实就是暗指泥土，画中的男性躺在床上，也是在暗指陈佳奎也是以平躺的姿势被埋在地下。"

"不会吧？"饶佩儿的眼泪唰一下涌了出来，"说什么寻宝游戏，如果真是这样，从一开始就已经注定是我们输了啊！"

"我本来也不愿意相信，可是张晓的第二幅画再次印证了我的猜想。第二幅画中，房子四周渗透出腐蚀性的半固体半液体的东西，打在画中男子的身上，腐蚀出一个个血洞，甚至看到了白骨。这也是在暗示尸体在地下腐烂的过程，而且地下仓库、地下乒乓球室，都是地下，其实这个留下铅笔画的地点就已经暗示了'地下'。我们现在努力追寻的，其实不过是两个孩子的尸体罢了。"冉斯年有气无力地说。

饶佩儿抹了一把眼泪："还有张晓这个浑蛋！抓到这个浑蛋之后，我真恨不得把他给千刀万剐！明明自己小时候也是受害者，为什么要变成当初的施暴者？甚至变成杀人凶手！"

冉斯年凝视着饶佩儿："我昨晚还做了一个梦，让我完全搞不清楚。我梦见了你。"

饶佩儿问："梦见我什么了？为什么搞不清楚？也跟案子有关吗？"

"我不知道是不是跟案件有关。"冉斯年犹豫了一下，还是决定说出实情，毕竟两个人讨论比他自己一个人苦思冥想可能要有效，于是便把昨晚梦见饶佩儿煮人肉，给他端了一碗眼球汤的梦讲了一遍，然后说，"佩儿，你别误会，我对你绝对没有恶意，对你也没有任何恐惧，这个梦不能简单地从表面上去分析，不是那么简单的。"

饶佩儿并没有生气，反而是低头绞尽脑汁地去想这个梦可能有什么深意，想了两分钟，饶佩儿放弃了，就连冉斯年都搞不懂的梦，她就更加搞不懂了。

"斯年，我觉得你这个梦还没做完，今晚你一定还会再做这个梦，只要你愿意，今晚就会有后续。”饶佩儿自信地说。

冉斯年也是这么想的，他看了看手表，思考该几点回去休息。

/2/

没过多久，瞿子冲先带着范骁、邓磊他们回到了警局，他们几个本来是想跟技术科的同事们一起在郊外继续搜寻线索的，但是因为肖涵的母亲已经从外地赶了回来，瞿子冲想赶快回来盘问这位母亲。他还派梁媛去把陈佳奎的母亲也带了过来，这对姐妹的孩子先后被张晓拐走，绝对不是巧合，说不定这个张晓就是跟这对姐妹都有恩怨的人物。所以对张琳、张悦姐妹的审问就至关重要。

审讯室里，瞿子冲和冉斯年面对的是肖涵的母亲，刚刚下了火车的张琳。

张琳哭哭啼啼，一直絮絮叨叨要警察一定把肖涵给找回来，一直到听瞿子冲说了妹妹张悦家的孩子陈佳奎也被拐走，并且两个孩子都是被化名为张晓的罪犯拐走之后，张琳才停止哭啼和絮叨。

“怎么会？为什么？为什么是我们俩的孩子？”张琳拍着桌子，怒气冲冲地问。

瞿子冲不动声色，反问：“这正是我要问你们的问题，为什么？为什么是你们姐妹俩？你们俩有没有什么共同的仇人？”

张琳带着哭腔说：“没有啊，没有啊，我跟张悦，我们……我们都是老实本分过日子的人，哪有什么仇人啊？”

“你再仔细想想，这件事关系到两个孩子的性命安危！”瞿子冲严厉地说。

张琳狠狠抹了一把眼泪，努力集中精神思考，整整五分钟过去后，张琳还是原来那个答案：“真的没有，顶多就是有两个同事在工作上总是跟我作对，对领导说我的坏话，我跟她们吵过架。可这两个同事也跟我一样经常出差在外的，不可能认识我妹妹张悦啊！”

瞿子冲不愿意放过任何线索，让张琳把这两个同事的姓名资料什么的写在纸上。令瞿子冲失望的是，这两个同事都是女的，而他们的嫌疑犯张晓是男性，苗玫虽然不记得当年那个张晓的样貌，但是性别还是可以肯定的。

瞿子冲又对张悦重复了那个问题：“你和你姐姐张琳，有没有什么共同的仇敌？”

张悦茫然地摇头：“哪有什么共同的仇敌啊？我是工厂工人，我姐姐是做培训的，我们根本就属于两个不同的圈子，最近几年也很少来往，也就是过年的时候才能见面。我的朋友她都不认识，她的同事我也没见过。除了共同的亲属，我们根本没有交集。”

冉斯年的心念一动，难道这张晓是她们姐妹俩共同的亲属？

于是在冉斯年的要求下，张悦和在外面等待的张琳各自画了一张家族成员的家谱，并且让她们俩圈出跟她们关系不太好的男性家庭成员。

姐妹俩都毫不犹豫地圈中了一个人，这个人名叫张建军，是张琳、张悦姐妹俩的二叔，现年已经六十五岁。根据年龄，这个张建军也不可能是张晓。瞿子冲难免有些失望。

冉斯年却对姐妹俩都圈定这个张建军的原因十分好奇，他问张悦：“你们姐妹俩跟这个二叔到底有什么过节？”

张悦支支吾吾，似乎不愿意提起往事，尽管瞿子冲再次告诫她要老老实实回答问题，这关系到两个孩子的性命安危，可是张悦还是三缄其口。

无奈，冉斯年和瞿子冲只好从张琳身上下手。

张琳只是为难了不到半分钟，便坦白了她们姐妹俩跟二叔张建军之间的陈年往事，当年他们几个闹得不愉快。

“其实，我妹妹张悦在十五年前被强暴过。”张琳无奈地说。

冉斯年和瞿子冲对视一眼，两人都明白为什么张悦刚刚什么都不肯说了，因为这毕竟是一个女人一生的创伤，而且看似真的跟孩子被拐没什么关联。

“十五年前我妹妹才刚刚满二十岁，刚刚去工厂上班，有一次晚上下夜班，说好要接她下班的男友却临时有事没去，张悦就自己走夜路回家。结果就在路上，被一个男人给……给……”张琳不无感慨地说，“那天晚上张悦晚到家一个多小时，回来的时候也是哭哭啼啼，衣服、裤子都被撕破了，进屋就要去洗澡，不等水烧热，就要用冷水洗。当年我们一大家子都是一起住一个平房小院的，我们的父亲是老大，但是没什么主见，家里都是听二叔的，因为二叔是当过兵的，算是家里最有出息的。二叔一眼就看出来张悦被强暴了，当时他就要去报警。”

瞿子冲还记得他看过张悦的档案资料，并没有记载她曾经报案过，便问：

"可是到最后，张悦并没有报案对吧？"

张琳一副理所当然似的表情："那是什么年代啊？我妹妹还那么年轻，要是报案了，弄得尽人皆知，她可怎么嫁人啊！当时主张报案的只有二叔，其余所有家人都没了主意，连张悦自己也没主意，就是哭。是我劝张悦绝对不可以报案的！当年我已经交了男友，就是肖涵他爸，我知道男人的想法，张悦要是报案，她男友一定会甩了她，再也不会有男人肯要她，她这辈子就完啦！"

冉斯年实在听不下去张琳的这番狭隘愚昧理论，打断她说："也就是说，不报案这个主意，忍气吞声当作什么都没发生过这个决定，是你帮张悦做的？"

"是的，"张琳颇为自豪地说，"当时二叔气得不行，居然大半夜自己跑到派出所报了案！幸亏我有所察觉，所以当二叔带着警察回来的时候，我已经让张悦洗好澡换好了衣服，教她装作什么都没发生，教她怎么跟警察说，还把那身破烂衣服给烧了。结果警察来的时候，张悦表现得非常好，警察一点儿都没有怀疑。"

冉斯年冷笑："原来如此，所以二叔才会记恨你们姐妹俩，因为你们俩害他'报假案'，轻则被警察严厉训斥，重则追究责任。"

"是的，警察认为一个年轻女孩不可能被强奸后还如此镇定自若，自然就以为是二叔说谎，他们觉得二叔是恶意报假案，把他带去了警局，按照治安管理处罚条例，二叔被罚款，还被拘留了三天。回来之后，二叔就把我们姐妹俩当成了仇人，说我们不知好歹，无知无识，糊涂透顶。没过多久，二叔就带着二婶和孩子搬出去单过了。"张琳一副不能理解二叔的口吻，好像二叔的做法是离经叛道，她们姐妹俩的做法才是正常、正确的。

"你二叔的孩子是男的还是女的，今年多大了？"瞿子冲觉得他终于找到了一个有动机的嫌疑人，迫切希望二叔的孩子是男性。

"男的，叫张铮，今年应该是三十出头吧，"张琳回答，"这事儿跟两个孩子被拐有关系吗？"

瞿子冲也不回答张琳，马上让范骁调取张建军儿子张铮的户籍资料，然后带着冉斯年回到自己的办公室。

/3/

张铮，32岁，身高175厘米，大学本科学历，登记的住址竟然就在风华中学附近，而职业那一栏，写的正是教师！

办公室里，范骁拿着张铮的资料，颇为兴奋地对冉斯年说："没错了，应该就是这个张铮，我记得苗玫说过，张晓比陈佳奎的父亲年轻不少，中等身材，大众长相，这些都正好符合。如果接下来查证张铮正是风华中学的老师的话，那么铁定就是他了，他有动机，也非常了解陈佳奎和肖涵，因为他就是他们两个男孩的表兄啊。"

冉斯年却觉得事情没那么简单，他问："范骁，你认为张铮是通过把两个孩子藏起来，同时向张琳张悦姐妹俩报复？又提出什么寻宝游戏，就是为了向我和苗玫报复？"

"是的，张晓故意不给出更多的线索，就是给你出难题，让你找不到两个孩子，想看你的笑话。"范骁言之凿凿，"相信两个孩子目前还是安全的，这个心理变态的表兄只是想通过拐走孩子对张琳、张悦报复，替自己的父亲当年被拘留、罚款出一口气。毕竟只是这么一点恩怨，就算再怎么变态，也不会杀人吧？"

冉斯年微微摇头："恐怕这并不是张晓真正的动机。"

一直沉默听冉斯年和范骁对话的瞿子冲有些不高兴了："斯年，你最近好像很悲观嘛。张晓、张铮，都姓张，当年张铮去找你治疗梦魇的毛病的时候就随便取了个化名，没有改变姓氏，就改了一个名字，这种可能性不是很大吗？"

冉斯年苦笑："我倒觉得十五年前的强奸案才是关键，关键人物不是张建军，也不是张铮，而是当年的强奸犯。"

"你为什么会这样想？"瞿子冲有些不满，"斯年，你现在让我去查十五年前的案子，找出那个强奸犯，这未免太……"

"不，"冉斯年打断瞿子冲，"我没有这个意思，其实这也只是我的预感，没什么根据。瞿队，先查查张铮也没什么不好。不过今天我实在是疲乏得很，就先回去了，审讯张铮后，你再联系我。"

瞿子冲点点头，似乎没工夫再去搭理冉斯年，只是忙着指挥邓磊和梁媛前往张铮的住所带人过来。

冉斯年和饶佩儿两人上了车，冉斯年不放心地问："你刚刚跟范骁待在监控室里的时候，你都跟他说了什么？有没有谈及他的父亲，或者是警校之类的问题？"

饶佩儿马上明白了冉斯年的顾虑："放心，我才不会说那些呢，你不是早就嘱咐过我不可以问那些吗？我们只是谈论了有关案子的事情。"

"那就好，你要记住，瞿子冲是个老狐狸，范骁也未必就不是个小狐狸，咱们一定不能表现出对他们的怀疑和试探。"冉斯年想了一下，说，"等这件案子结束之后，你就去联系瞿子冲，告诉他我的脸盲症已经有所好转，但是始终无法在梦里看清楚炸弹客的脸。"

"啊？为什么要告诉瞿子冲你的脸盲症好转啊？"饶佩儿对此很不满意。

"你在我身边当间谍也这么久了，如果再不给他汇报一些他想要知道的消息，恐怕他也会对你产生怀疑，为了你的安全，也是为了我的安全，我们有必要适当地放出一些真实的消息给他。更何况，我的脸盲症好转这件事对他是瞒不了多久的，在跟他的合作中我对人脸的辨识能力提高，他不可能注意不到。既然他早晚都要知道，还不如你先跟他说。"

饶佩儿叹着气说："你说得也对，好吧，我就按照你说的办。对了斯年，你真的认为张铮不是那个张晓？"

"我也说了，这只是我的预感，我预感事情没有这么简单，张铮应该不是我们要找的那个张晓，瞿子冲推测的动机也有问题。总之还是看看我今晚的梦有什么提示吧，看看瞿子冲对张铮的审讯有什么结果。"冉斯年说着，打了一个呵欠，对于今晚，他充满期待。

饶佩儿一边开车一边也打了个呵欠："我也有预感，今晚你的梦一定会是大丰收，而且，你还会梦到我，梦到我在厨房煮肉，但愿这一次，你能参透这个梦的含义。"

第二十一章

穿越之梦

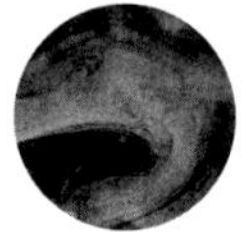

/1/

“佩儿，是你吗？”冉斯年站在楼梯口，再次问出了这个问题。然而这一次，他突然意识到了一个问题，那就是在自己问出这个问题之前，厨房里那个微微颤动的身影还是模糊不清的，分不清男女高矮胖瘦的，一旦他问出了这个问题，那个身影就立刻变成了饶佩儿的。这恐怕是在说明，这个梦的真正含义跟煮肉的人的身份没有关系，关键就在煮人肉。

没错，冉斯年知道自己在做梦，在重复昨晚的那个梦，这也是他今晚睡觉前给自己下达的任务，他要把这个梦继续做下去，参透其中的深意。

“你在做什么？怎么这么香？”冉斯年边问边坐到餐桌前。

“我在炖肉啊，很香吧？马上就好了，给你也盛一碗？”饶佩儿幽幽地说。

冉斯年在梦中回忆起了上一个梦，想起了碗里将会有一颗人的眼球，虽然有些反胃，但仍旧很有兴致地说：“好啊，给我来一碗，正好我也饿了。”

饶佩儿用汤勺盛了一碗放在冉斯年面前：“快尝尝吧，保准你没吃过这么好吃的肉，吃完了你就猜猜看，这是什么肉。”

冉斯年用汤匙在碗里搅拌了一圈，像上一次一样，能够明显感觉到汤里有东西，他起身打开了厨房的灯，再次回到餐桌前，盛起了那个圆滚滚的球状物。

是人的眼球，跟上次一样。

“佩儿，你煮的，莫非是人肉？”冉斯年试探性地问。

饶佩儿回眸一笑，仍旧在搅拌锅里的东西，边忙活边说：“其实也不是人肉啦，只是人脸而已。我刚刚特意给你盛了一颗眼球，怎么样，好吃吗？”

冉斯年正在琢磨饶佩儿这番话到底有什么含义，所谓的煮人脸是什么意思，之间饶佩儿也给自己盛了一碗肉汤，坐到了冉斯年对面，用勺子舀出另一颗眼球，毫不犹豫，甚至是带着兴奋期待的神情把眼球送入口中。

冉斯年眼睁睁看着饶佩儿一副大快朵颐的满足表情，胃部一阵翻涌。

饶佩儿细嚼慢咽，终于把嘴里的东西咽了下去，然后笑嘻嘻坐到了冉斯年身边，看到了冉斯年并没有吃下碗里的眼球，有些不悦地说：“怎么？嫌我的手艺不好？要我亲自喂你才肯吃吗？”

冉斯年还没来得及反应，饶佩儿已经迅速地把冉斯年那碗里的眼球舀了出来，塞进了她自己的口中。饶佩儿就那样含着那颗眼球，把脸凑到了离冉斯年的脸近在咫尺的位置。

饶佩儿是要用嘴巴来喂他吃！冉斯年瞪着近在眼前的饶佩儿的脸，饶佩儿的嘴，饶佩儿嘴里的那颗眼球，一股热浪从胃里直直涌了上来。

冉斯年一个翻身，竟然真的把晚饭吃的东西给吐了出来。

冉斯年醒了，他可以确定自己是真的醒了，他也是真的吐了，床边那一堆秽物可以做证。他还是第一次在做梦的时候呕吐，导致现实中也真的呕吐的。呕吐导致他的这个梦再次被打断，虽然他没有参透这个恐怖又恶心的梦到底意味着什么，但是他已经可以确定，自己的潜意识在做反抗，不愿意去知晓这个真相，所以才会造出一个这样的梦，让冉斯年两次都半途而废，无法达到终点揭示真相。

可是，潜意识为什么要反抗呢？冉斯年扪心自问，难道是自己不愿意接受两个孩子已死的事实？还是有别的原因？

难闻的气味提醒冉斯年还是应该先把地上的呕吐物收拾掉，他起身找了个口罩戴上，迅速收拾战场。

虽然床边的呕吐物被收拾掉了，可味道依然残存不肯马上散去。冉斯年索性开窗散味儿，自己则是去了楼下的客厅，打算在沙发上睡到天亮。

沙发虽然没有双人床舒适，可是冉斯年还是很快入睡了。

刺骨的冷意突然袭来，冉斯年浑身一个激灵，恍然间才发觉自己竟然站在雪天的树林里。周围尽是漫天飞雪和枯树，没有人家，也没有人烟。冉斯年在想，一定是刚刚从楼上卧室下来只拿了一条毛毯，自己的身体蜷缩在沙发上有些凉意，所以才会梦见自己在雪天里冻得哆哆嗦嗦吧。

冉斯年打着哆嗦在雪地里艰难前行，也不知道走了多久，耳边呼呼的风声里竟然夹杂着几个人争吵的声音。他加快脚步，朝着人声前行。

很快，几个人影渐渐清晰，令冉斯年诧异的是，这四个男男女女竟然是古代人的打扮。自己的梦竟然也玩了一回穿越。

靠在树上坐在地上的是个古代打扮的老汉，看起来有五六十岁的年纪，他的棉袄里似乎塞着什么东西。其余两个女人和一个男人的争吵，好像就是源于老汉棉袄里的东西。

一个中年妇女开口说："就算是一条蛇，也是一条生命，众生平等，为什么是兔子就可以救，是蛇就不能救呢？"

另一个中年妇女说："没错，那条蛇都快要冻死了，老人家有善心，想要给蛇取暖，救活它，有什么不对？"

另一个身材挺拔的壮年男人气愤地说："简直是妇人之仁，老人家，您可不要听信她们的话，快把那蛇丢掉吧，不然等它醒了，是会咬你的！"

老汉摇摇头，执意不肯把怀里的蛇拿出来丢掉。

冉斯年马上明白，自己梦的正是《农夫与蛇》的故事。他就站在一旁，不愿参与其中，因为他想要当个纯粹的旁观者，看看事态会如何发展，是不是还有后续。

几个人很快散去，冉斯年本来没考虑留在农夫身边，等着看蛇苏醒后把他咬死，而是跟在三个看热闹的人身后，往村子里走。

不知不觉中，冉斯年也回到了自己的家，看到了一身农妇打扮的女人，自己的妻子。他原本以为梦中的妻子会是饶佩儿，结果竟然是苗玫。这意味着什么？难道是自己对苗玫仍旧念念不忘？

晚上，冉斯年躺在苗玫身边，辗转难眠。

梦中的情景像是被按下了快进键。很快便到了第二天晚上，冉斯年和苗玫正在吃晚饭的时候，听到邻居家传来骚动。

两个人出门问邻居出了什么事，可是邻居家的男人却懒得回答，而是拿着斧子喊打喊杀的，说要去给儿子报仇。

邻居家的媳妇哭着告诉冉斯年和苗玫，自家的四岁儿子小虎子被一条青色的毒蛇咬死啦。而那条蛇正是昨天农夫在树林里救下的，如果农夫没有救那条蛇，小虎子也不会死。只是农夫已经被蛇咬死，他家男人没法找农夫报仇，就迁怒到了当时劝农夫救蛇的那两个女人，要去找她们报仇呢！

冉斯年不以为然，对邻居家的媳妇说："怪了，你家男人为什么不想着杀了蛇报仇，而是想着要找那两个女人报仇呢？害死你家孩子的明明是蛇啊！"

邻居媳妇哭着说："我家男人说了，蛇咬人是天性，可以理解，毕竟不能跟蛇讲道理，可是人糊涂愚蠢就是人的不对啦！"

冉斯年的脑子里一道灵光闪过，他瞬间便明白了这个梦的深意。

/2/

清晨吵醒冉斯年的是瞿子冲的电话。

瞿子冲这位队长昨晚又熬了一个通宵，一直在警局等待手下人把目前最大的嫌疑人张铮找来，而后又花费了四个小时跟张铮打拉锯战。只可惜，一直耗到了天亮，张铮始终一口咬定，他跟两个表弟的失踪一点儿关系都没有。他和他的父亲早就不跟张琳、张悦姐妹俩来往了，对于两个表弟更是没什么来往，甚至他都不知道表弟肖涵就在他任职的风华中学就读。

张铮果然就是风华中学的老师，这让瞿子冲更加怀疑张铮就是张晓。瞿子冲又连夜派人把张铮的妻子也带到警局，可张铮的妻子却称张铮从来没有过梦魇的经历，并且两个孩子失踪的这段期间，张铮每晚都按时下班回家，他的妻子就是他的证人，可以证明张铮的清白。

"斯年，张铮的妻子自然是站在张铮那边，我还是觉得这个张铮嫌疑很大。"瞿子冲振振有词地说。

冉斯年懒得在电话里跟瞿子冲多说，只是简单地问："让苗玫辨认过了吗？到底张铮是不是张晓。"

"我刚刚已经通知了苗玫，这会儿他们夫妇正往这儿赶，如果你有时间的话，也过来一趟吧。我有预感，苗玫这次一定能指认张铮就是张晓的。"瞿子冲对冉斯年发出邀请。

冉斯年却直觉苗玫这次不会指认成功，要么是她清楚记得张铮不是她见过的张晓，要么就是苗玫自己也记不清张铮是不是张晓。

“好，我马上赶过去，正好我也有一些想法。”冉斯年急于把自己的猜想告诉给瞿子冲，他觉得他的这个猜想会是一个突破口，只要瞿子冲从这个突破口着手，就可以查到张晓的真实身份。

冉斯年挂上电话，回房洗漱，叫上了饶佩儿，两人早餐也没吃就直接往分局赶去。

车上，饶佩儿从背包里掏出两个面包，递给冉斯年一个。

冉斯年摇摇头，看了饶佩儿一眼，干脆说：“我在开车，不吃。”

“我知道，我先吃，等我吃完了，换我开车，然后你再吃，这样就不会耽误时间啦。”饶佩儿说着，咬了一大口。

“我没胃口，不想吃。”冉斯年又想起了昨晚那个梦，他是真的没胃口。

“斯年，你昨晚吃得就不多，又不吃早餐，不要把身体饿坏了啊。”饶佩儿关切地说。

冉斯年也知道饶佩儿本身是没错的，究其实质，她不过是自己梦里的一个道具而已，因为他现在每天跟饶佩儿朝夕相处，所以梦里才会经常出现饶佩儿。

以往的几次，饶佩儿也在梦里帮过忙，让他想到了很多破案的关键线索。这一次，饶佩儿在梦里也是帮忙的，只不过方式有所不同，让冉斯年不适而已。他实在不该把情绪发泄在无辜的饶佩儿身上，只不过，他现在似乎是有了阴影，一看到饶佩儿就会想起那个恐怖又恶心的梦。

冉斯年也十分懊恼，他本来还以为自己会跟饶佩儿有所发展的，可是现在看来，他想要突破那道心理障碍，带着男人应该有的情绪去跟饶佩儿接吻，这都是非常困难的事情了。

“斯年，我做错什么了吗？”饶佩儿小心翼翼地问，“今早到现在，你都没正眼看过我。在生我的气吗？我都没敢问你，昨晚的梦里，有什么突破吗？”

“你当然没做错什么。”这是冉斯年心里的大实话，可问题是即使饶佩儿什么都没做错，可他就是有了心理障碍，再加上昨晚穿越古代的梦里，自己的妻子是苗玫，躺在身边的女人是苗玫，冉斯年心底里的某些东西似乎有死灰复燃的苗头，“佩儿，请先让我静静，待会儿到了警局，我跟瞿子冲解释的时候，你自然会知道。”

饶佩儿顿时也没了胃口，她看得出来，冉斯年经过昨晚有了很大的变化，昨晚的梦一定不简单。说不定是梦里自己煮人肉的模样导致冉斯年对自己有了些抵触心理。不过饶佩儿也不是很担心，因为她信任冉斯年的能耐，是不会让梦影响到现实生活的。

到了警局，冉斯年径自前往瞿子冲的办公室，办公室门紧闭，梁媛告诉冉斯年，瞿队和苗玫贺启睿夫妻正在审讯室那里指认张晓，让他直接过去。

冉斯年和饶佩儿进了审讯室旁的监控室，跟站成一排的瞿子冲、苗玫和贺启睿点头示意，然后也跟他们三个一起，透过监控镜面去看审讯室里的五个男人。

冉斯年知道，这五个男人里一定有一个就是张铮，也就是瞿子冲所认定的最大嫌犯，其余四个都是跟张铮差不多年纪，身材也差不多的无关人员，有的还可能是警方内部人员。

饶佩儿小声在冉斯年耳边嘀咕说：“指认嫌犯这种事对你来说一定就像找别扭游戏吧？”

冉斯年苦笑说：“没错，在我看来，里面的简直就是五胞胎。”

苗玫一直蹙眉来回打量着镜面后面的五个男人，拿不定主意的模样。身边的贺启睿一直拉着苗玫的手，时不时拍拍她的肩膀，低声嘱咐她不要着急，慢慢辨认，三思而后行，谨慎选择的同时不要给自己太大压力。

约莫又过了五分钟，对面五个男人原地转了几圈展现了多方位角度之后，苗玫终于稍稍有了些自信地说：“我觉得是3号，但是我也没有百分之百的把握，我只能说，3号最像当初的张晓。”

瞿子冲的眼角闪过一丝笑意，因为3号正是张铮。

冉斯年却颇为讶异，难道真的是张铮？可是自己昨晚的梦明明另有深意啊。

冉斯年和饶佩儿一起把苗玫和贺启睿送出了警局，然后两人又折返回来，直接去找瞿子冲。

瞿子冲的办公室仍旧是锁着门，这一次范骁过来替瞿子冲传话：“冉先生，不好意思，瞿队现在正忙着亲自审讯张铮。这两起男孩失踪的案子，上面给瞿队很大压力，现在我们可以说是争分夺秒，必须尽早找到两个男孩才行，瞿队说突破口就在嫌犯张铮身上，只要能从他嘴里撬出两个男孩的所在，咱们就算是成功了。瞿队现在没空，但是他要我请您去监控室，看看您能不能从张铮的话和行为中捕捉到什么线索。”

冉斯年跟着范骁再次进了另一间监控室，透过镜面观看瞿子冲审讯张铮的场面。

冉斯年看不到背对着自己的瞿子冲，只能看到疲惫不堪、一脸愤怒的张铮，看样子他的确是熬了一夜，精神状态很不好。

“真的会是张铮吗？”饶佩儿发表见解，“我看他的样子真的不像那么变态，而且按照以往的经验，这么轻易就被警方逮到的家伙一定不是真凶。”

“以往的经验？”冉斯年笑着说，“我看是你以往看电影、小说的经验吧？”

“反正凭我女人的直觉，我就是觉得张铮不是张晓。”饶佩儿想起了刚刚苗玫的指认又说，“刚刚苗玫姐也没有把话说死不是吗？她只是说最像，但也不敢肯定。”

冉斯年也觉得是苗玫看错了，从他的经验和直觉来看，他也觉得张铮不是张晓，不是他们要找的人。他们要找的那个变态，掩藏得更深、更隐蔽。

/3/

中午的时候，瞿子冲的车轮战审讯中场休息。他们这帮警察还可以轮番上阵，就可怜了张铮必须一直保持清醒应对警察。好不容易熬到中场休息，张铮马上就趴在桌子上睡着了。

瞿子冲带着范骁、冉斯年和饶佩儿去楼下的食堂吃午餐，顺便听冉斯年的意见。

“瞿队，刚刚我也在监控里观察了两个小时，我还是觉得张铮没什么可疑，他并不是张晓。”冉斯年郑重地说，“我还是坚持我之前的说法，我认为关键人物是十五年前强奸张悦的那个强奸犯，而不是劝张悦报警，并且真的报警的张建军和张铮父子。”

“你是说，当年的强奸犯就是张晓？他不但强奸了张悦，还要抢走张悦的儿子陈佳奎？”范骁歪头想了一下，惊讶地说，“难道陈佳奎的亲生父亲就是那个强奸犯？”

饶佩儿摇摇头：“不对啊，强奸犯是十五年前强奸了张悦，那时候张悦还很年轻，而陈佳奎现在才十岁，除非强奸犯十年前又回来再次强奸了张悦，否则陈佳奎不可能是强奸犯的儿子。”

冉斯年说：“小范，我并不是这个意思，我只是说强奸犯是个关键人物，并不是说他就是张晓。按照苗玫的说法，张晓是个年纪在三十岁左右的年轻男人，十五年前，张晓还是个少年，强奸的可能性不高。”

“那你所说的关键人物到底是什么意思？”瞿子冲问。

冉斯年便把昨晚那个穿越到古代，《农夫与蛇》的梦给瞿子冲、范骁和饶佩儿详细讲了一遍，当然，他隐去了梦里自己的妻子是苗玫这一点。

“这个梦有什么深意呢？”范骁琢磨着，《农夫与蛇》的故事能跟这次的案子有什么关联。

“我先来建立一一对应的关系，首先是蛇，我也说过无数遍了，蛇的形状代表的是什么，所以这个危险的、咬人的、致命的蛇就代表着十五年前强奸张悦的强奸犯；想要救蛇把蛇揣进怀里的农夫代表的就是张悦，因为当年张悦选择不报警的行为就等于说放过了那个可恶的罪犯；而农夫身边的两个妇人，那两个赞同农夫救蛇的妇人，代表的就是张悦的姐姐张琳，为什么是两个妇人而不是一个？那是因为这两个妇人代表的不单单是张琳，还有整个张家人，包括最后默认了张琳的做法，跟姐妹俩统一口径，没有对警方说出真相的张家人，当然，除了张建军；说到张建军，梦里农夫身边那个健壮的中年男人，劝说农夫不要救蛇的男人，代表的就是张建军。”冉斯年耐心解释，期盼三个听众能够明白他的意思。

范骁沉思了一分钟，发现这样的一一对应关系的确有些道理，便问：“接下来，蛇咬死了小虎子，这又是什么意思？”

“农夫救了蛇，所以才会有后来蛇咬死小虎子的悲剧，小虎子的父亲才会嚷嚷着要找两个妇人报仇，把这个梦翻译过来，也就是说，张悦当年没有报警，所以强奸犯又再次作奸犯科，这一次，他又祸害了一个女人，这个女人的亲属把怨恨转移到了张悦和张琳身上，认为自己家人的悲剧是由张家姐妹俩间接造成的，如果当年张悦选择报警，警方说不定就会抓到这个强奸犯，会拯救更多的女人。而这个人对张琳、张悦的复仇方式就是，夺走她们最爱的孩子。”

“不会吧？”饶佩儿惊讶地问，“这个人为什么不干脆找那个强奸犯报仇，要找张悦和张琳姐妹俩啊？”

“对啊，”范骁也说，“梦里你的邻居说蛇是畜生，伤人是天性，所以邻居不去杀蛇反而是去找糊涂的人复仇，可是现实中，强奸犯是人类，而且是罪魁祸首不是吗？”

“没错，现实中这个复仇者也一定会去找强奸犯的，我想，也许他现在已经找到了，他的复仇计划仍旧在实施过程中！”冉斯年极为肯定地说。

瞿子冲犹豫了片刻，然后开口：“斯年，不是我不愿意相信你，但是这只是你个人的推测，现在两个孩子生死未卜，时间紧迫，如果按照你这个思路调查实在太过费时、费力。上面给我很大压力，毕竟是两个男孩下落不明，一旦媒体盯住这件事，我们很不好做啊。”

冉斯年理解地点头：“我明白，所以瞿队你现在还是要把工作重心放在审讯张铮的身上，对吧？”

“是的，你也看到了，苗玫也指认了张铮，只要我能把他的嘴巴给撬开，一切就好办了。”瞿子冲对于自己的工作思路还是很有信心的。

饶佩儿却不乐意了：“瞿队，这不是斯年的个人猜测，他能做这个梦肯定是已经发现了一些线索的，只不过这些线索还藏在他的潜意识里。这绝对不是凭空猜测的，瞿队，你跟斯年合作这么久，哪一次是他猜错了的？到最后，还不是斯年……”

“佩儿！”冉斯年打断饶佩儿，“警察的工作方式你不懂，不要妄加评论。”

饶佩儿白了冉斯年一眼，缄默不语。

瞿子冲犹豫了一下，说：“这样吧，我们双管齐下，我这边把范骁派给你，你可以指派他去替你调查当年的强奸犯，我这边还是抓紧审讯张铮。斯年，你看这样行吗？”

“那自然是再好不过。”冉斯年带着感激的口吻。

第二十二章

祸及贺家

/1/

下午两点，分局会议室里，范骁坐在电脑前还有些生疏地操作着。冉斯年和饶佩儿在一旁等待结果。

“有了，”范骁兴奋地说，“我按照冉先生你说的，锁定了张悦强奸案前后五年的时间段，松江市的强奸和强奸未遂的案件，除去那些已经抓到罪犯的，的确还有七八宗不了了之，到现在都没抓到罪犯的案子。这些案子中又有四起案件有个共同点，那就是罪犯进行了伪装，戴了面罩，被害者根本无法辨认！”

“果然，这是个惯犯，这个强奸惯犯的手下绝对不止张悦一个被害人。”冉斯年有些兴奋，“小范，你把这四起案子的报案人和被害人的资料整理一下给我。”

范骁马上明白过来，问：“冉先生，你是怀疑这个张晓就是这四起案子中的关系人？可能是被害者的男性亲属？有没有可能张晓的女性亲属在遭到强奸后没有报案呢？”

“不会，既然张晓迁怒于没有报案的张琳张悦姐妹俩，那么他的那位受害者女性亲属一定是报案的了。”冉斯年胸有成竹地说，“也正因如此，张晓才会用拐骗孩子的方式向警方发起挑战，因为他也憎恨警察，憎恨警察当年没有抓住那个强奸犯。”

饶佩儿撇撇嘴，感慨地说：“看来这个张晓满脑子都是恨，恨当初没有见到的梦学专业咨询师，也就是斯年你，恨当时草草打发他的苗玫，恨十五年前的强奸犯，恨没有报警的张琳张悦姐妹，恨警方没能抓住强奸犯。他真是个满心只有仇恨的变态啊。”

冉斯年十分自责地说：“如果当年我见到了他，耐心帮助他，也不会有今天的悲剧，两个孩子也不会……”

范骁一直低头整理冉斯年要的资料，听冉斯年如此悲观，认定两个孩子已经过世，他有些不乐意：“冉先生，虽然现在距离第一个男孩陈佳奎失踪已经过去两天多了，但是不到最后我是绝对不会放弃希望的。我们警方的工作前提就是，假设两个孩子都还活着！”

冉斯年赞许地冲范骁笑笑，至少目前看来，这个范骁在他眼里仍旧是个充满职业热情的热血刑警，当然，不排除这是他演技超群。

会议室里陷入短暂安静，冉斯年和饶佩儿都在等待范骁整理好资料，圈定出一个嫌疑人的范围。

就在这时，梁媛开门进来，脸色难看地问：“神弗先生，你们这边怎么样？”

“怎么？看你的样子，对张铮的审讯还是毫无进展？”冉斯年问。

“唉，没的审啦，张铮刚刚被律师给接走啦。”梁媛气鼓鼓地坐下，“张铮的父亲张建军是退伍老兵，认识几个系统里的大人物，再说我们现在也没有证据，上面的上面既然发话了，我们也只能放人。不过瞿队已经派邓磊带人跟踪监视张铮啦，希望能够跟踪张铮找到两个孩子的所在。但是瞿队也说了，希望不大，毕竟张铮也是个狡猾狐狸，是不会乖乖带我们去到两个孩子的藏身之地的。”

冉斯年点头，又问：“瞿队现在在做什么？”

“瞿队在跟上面汇报工作呢，上面的上面给了上面压力，上面就只好把压力和责备下达到瞿队这里了，”梁媛感叹着，“估计一会儿瞿队又会把这压力和责备下达给我们。有时候我可真羡慕你啊，神弗先生，自由自在，破了案有功劳，破不了案，也没人责备。”

饶佩儿笑着说：“可斯年也没工资啊。”

半个小时后，范骁整理好了四起陈年强奸案的被害者以及亲属关系人的资料，打印好之后给了冉斯年。

冉斯年手执这厚厚一沓资料，犹豫着是草草看过一遍等着晚上的梦给自己提示呢，还是现在就仔细查看，不依靠梦，而是靠自己去找到线索。最后，冉斯年选择了后者，因为他心里仍旧抱有一丝丝希望，希望自己之前的推测是错误的，两个孩子还活着。只要有一线希望，他就得抓紧时间全力以赴。

把资料分成三份，冉斯年自己负责四起案子中的两起，饶佩儿以及范骁每个人负责一起，三个人抓紧时间研究资料，希望能在这些资料里找到一个符合条件的人。

而所谓的条件就是苗玫所描述的张晓，现在是中等身材，三十岁左右的男性，有梦魇的毛病，还有就是冉斯年根据张晓发给苗玫的恐吓画所推测的张晓很可能在幼年时期也遭受过性侵犯。

天色渐暗，范骁从食堂买回了三个盒饭，三人吃完之后，交换手里的资料，再次埋首研究。

一个名字毫无预兆地跳入冉斯年的视线，贺蓉。

冉斯年觉得这个名字有些耳熟，很快，他就想起了贺蓉是谁。贺启睿曾经跟自己在无意中提及过，他的姐姐就叫贺蓉。

而这个贺蓉在十三年前曾经报案，称其被一个蒙面的男子奸污，警方至今没有抓到这个连环强奸犯。

冉斯年马上把注意力转移到了贺启睿身上，难道贺启睿会是张晓？不，不会的，一来贺启睿跟自己是多年的好友，他了解贺启睿的为人，贺启睿阳光健康，还是个善良的热心肠，绝对不会是满怀仇恨的心理变态；二来，贺启睿又怎么会给苗玫发恐吓短信？他们俩现在正是蜜里调油的状态；三来，贺启睿根本没有作案时间，两个男孩失踪都是在夜里，如果贺启睿连着两天夜里不回家，苗玫肯定会产生怀疑的。

想到这些，冉斯年犹豫着拿起手机，把电话给苗玫拨了过去。听着拨号音的时候，冉斯年冒出一个念头，难道自己怀疑贺启睿的原因是苗玫？因为自己对苗玫还没有完全死心，所以潜意识里希望贺启睿是张晓，这样贺启睿就能给自己让位了？

“喂？斯年，”电话里传来苗玫温柔的声音，“案子查得怎么样了？”

“目前为止没什么大的进展。”冉斯年尽量婉转地问，“对了，你之前连续收到张晓的恐吓彩信，这件事你是怎么瞒住贺启睿的？我是说，你们每晚不都是在一起吗？他没发现你的异常？”

苗玫苦笑着说：“可能是我掩饰得好吧，我不希望给启睿增添烦恼和负担，他白天工作很忙，这不正好赶上他们大学考职称吗？这阵子他每晚回来都睡得死死的，鼾声吵得我总是失眠呢。”

冉斯年悬着的心放下来一些，果然贺启睿没有作案的时间。

“对了，这两天晚上启睿回家后就把自己关在书房里忙活，我问他是不是忙考职称的事情，他说是在帮你查一些资料，一查就到后半夜呢。斯年，你到底让启睿帮你查什么啊？你们俩这么神秘，有什么事不能跟我明说吗？”苗玫语气里带着对冉斯年的不满，意思是冉斯年麻烦了她的宝贝丈夫，导致人家睡眠不足。

冉斯年尴尬地笑笑，敷衍说：“没什么，一点私事而已。”

苗玫又说了几句话，还是在问冉斯年到底在让贺启睿查什么，冉斯年逃也似的匆匆挂断了电话。

一旁的饶佩儿一直认真审视着冉斯年，待冉斯年挂了电话，她严肃地问：“斯年，你该不会是对苗玫还没死心吧？”

冉斯年一愣，不敢与饶佩儿对视，只是低着头回答：“别乱说，苗玫现在是贺启睿的合法妻子。”

“所以你才会怀疑贺启睿不是吗？你刚刚那个电话，不就是为了确认贺启睿有没有作案时间吗？”饶佩儿指着资料上贺蓉的名字问，“这个贺蓉就是贺启睿的亲属吧？”

冉斯年这次终于抬眼去看饶佩儿，惊讶于饶佩儿居然看穿了他的内心。

饶佩儿绷着一张脸，也不顾范骁还在场，带着委屈的哭腔埋怨冉斯年：“果然，你对苗玫还没有完全忘情，那我算什么？就只是你的助理？”

冉斯年面露难色，躲闪饶佩儿灼人的目光。

一旁的范骁尴尬地起身：“那个，我出去方便一下。”

听着范骁的脚步声越来越远，冉斯年对饶佩儿说：“不错嘛，你刚刚的表演很到位，全然一个吃醋女友。”

饶佩儿一听冉斯年这话，眼泪再也控制不住夺眶而出，她别过头，不愿让冉斯年看到自己的泪水，执拗地说：“谁说我是在表演？”

冉斯年一愣，脸色瞬间凝重，一时间不知道该说些什么。明明几天前自己还对饶佩儿好感越来越浓，可是最近这阵子又是那个煮人肉的梦，又是对苗玫的复杂感觉，又是男孩失踪案子，他的心已经是一团乱麻，对饶佩儿的感情像是急速下降到了冰点。

看冉斯年不说话，饶佩儿更加委屈，猛地起身："我不舒服，先回去了。"

冉斯年反应过来刚想去阻拦饶佩儿，说几句缓和气氛的话，手机铃声再次响起。一个愣神的时间，饶佩儿已经绝尘而去。

一看来电显示，竟然还是苗玫。

"喂？小玫……"

"斯年，出事啦。"苗玫打断了冉斯年，焦急地说，"刚刚启睿的姐姐来电话，说是启睿的外甥到现在还没回家，启睿怀疑他外甥也……我们现在正在去启睿姐姐家的路上！我们想，现在报警的话，因为失踪不到48小时，警方可能不会受理，你跟警方关系好，所以我们就想到了找你……"

"你先别急，先把启睿姐姐家的地址发给我，我也马上赶过去，如果确认孩子真的失踪了，我再马上联系瞿队。"冉斯年说着便开始收拾桌面上的资料，又看到了范骁放在桌子上的小笔记本，"放心，我会带个警察过去。"

范骁刚刚走回会议室的门口，就被冉斯年拉着出了门："小范，跟我走，可能又有一个孩子被拐骗了。"

/2/

赶到贺启睿姐姐贺蓉家已经是半个小时之后。还没进门，冉斯年就已经听到了一个女人的啼哭声，等苗玫给冉斯年和范骁开了门，冉斯年这才感受到贺家全家人的哀伤，整个家都沉浸在低气压里，此起彼伏的不是哭声就是叹气声。

贺启睿头发乱糟糟的，脸色很不好看，一看到冉斯年和范骁，马上就开始自责："斯年，都怪我，都怪我，我没有提醒小亮。如果我告诉小亮陈佳奎和肖涵被拐骗的始末的话，小亮也不会轻易上当被那个张晓骗走的！"

范骁赶忙说："别这么说，是我们警方嘱咐你不要把案情泄露出去的，这不是你的责任。"

苗玫也跟着自责："不，不能怪启睿，要怪就怪我，张晓是因为恨我，所以才迁怒到了启睿，又迁怒到了启睿的外甥佟亮。"

冉斯年忙上前几步，郑重对苗玫说："不要这么想，你们都没错，错的是张晓。"

"哼，说得好听，可事实就是你们俩连累了我家小亮！"客厅里一个面色阴沉的中年男人阴阳怪气地说。

冉斯年看了看屋子里的局势，马上明白过来，那个一直哭泣的中年女人应该就是贺启睿的姐姐贺蓉，小亮的母亲，而那个阴阳怪气的中年男人就是贺启睿的姐夫，贺蓉的丈夫。

贺启睿埋首不断念着："对不起，对不起，都是我不好。"

冉斯年坐到贺启睿身边："大家先别急着自责，眼下还是找人要紧，我也把刑警带来了，咱们现在就努力回想一下，小亮最近几天有没有什么异常，这对寻找小亮非常重要。"

范骁搭腔："是的，首先我们得确定小亮的失踪是单纯的失踪还是跟张晓有关。也许小亮只是去同学家玩了，或者是被人贩子给拐走的。"

冉斯年抬头白了范骁一眼，人贩子，这孩子安慰人的方式还真是特别。

贺蓉停止了哭泣，说："小亮最近这阵子没有任何异常啊，就跟平时一样，每天上学放学。"

冉斯年叹了口气，心想这又是个无法走进孩子内心的母亲，在这样的母亲眼里，孩子总是一切如常。

贺启睿整理了一下心情，尽量平静地给冉斯年介绍。小亮全名叫佟亮，今年十三岁，刚刚升入初中，是个性格开朗的男孩。小学毕业后的那个暑假开始沉迷于网络游戏，不过现在在贺启睿的帮助下已经戒除了网瘾，目前还处于巩固期，家人根本不让他上网。佟亮现在学习成绩也很好，父母对他非常放心。

"现在的问题是，小亮最后出现的地点会是哪里，张晓会把他的画留在什么地方？"冉斯年自言自语似的。

范骁唉声叹气："没用的，前两次的地点附近都没有监控，就算这次找到了小亮失踪的地方，周围肯定也不会有监控的。"

冉斯年在意的不是监控，而是张晓留下的画，他急于想看看这第三幅画，是不是会第三次证实他那最糟糕的猜测。

“小亮平时喜欢去哪里玩耍？”冉斯年犹豫了一下，“而且这个地方还是位于地下的？”

全家人都沉默不语，冉斯年扫视了一圈，马上注意到佟亮的父亲佟剑锋的脸上闪过心虚。

“佟剑锋，你知道这么一个地方对吧？”冉斯年咄咄逼人地问，“现在都什么时候了，你竟然还有所隐瞒？”

贺蓉一听冉斯年这么说，一把揪住佟剑锋的衣领大叫：“你到底知道什么？快说啊！咱们儿子丢了，儿子不见啦！”

佟剑锋任凭贺蓉抓住他的衣领用力摇晃他，嘴里念叨着：“说了也没用，我刚刚打电话过去问了，小亮根本就没去那儿！”

“那儿是哪儿啊？”贺蓉哭喊着，“到底是哪里？”

“就是，就是开在地下室的黑网吧！”佟剑锋干脆坦白。

“网吧？小亮不是成功戒除网瘾了吗？”贺蓉呆愣愣地问。

佟剑锋索性彻底坦白，解释：“没有，网瘾哪是那么容易戒除的？是我跟小亮做了一笔交易，我给他出钱，让他一周去黑网吧上网三次，他在学习上给我保持在全班前三名。事实证明，咱们小亮还是很厉害的，期中考试考了第二呢！上网也没影响他学习不是吗？只要有所节制……”

贺蓉尖叫一声，抓起佟剑锋：“快，带我们去黑网吧！”

佟剑锋自知理亏，明明知道小亮不在网吧，还是带着一家人前往了家附近的地下黑网吧。

/3/

地下黑网吧不大，只有二十多平方米，开在了地下洗衣店的后面，网吧老板就是洗衣店老板方老板，他把自家的一间卧室和厨房打通，开办了这个违法的副业，专门招待未成年人上网。而方老板本身是认识佟剑锋的，因为当初正是佟剑锋亲自把佟亮领来了这里上网。父亲领着儿子来黑网吧上网的，那绝对是稀奇事，他想不记得都难。

“小亮？他昨天才来过，今天没来啊。”方老板赔笑着说，“出了什么事啦，怎么这么大阵仗啊？”

冉斯年直接问：“小亮上网的电脑固定吗？”

“固定的，小亮多给了我一百块，要我把最里面紧靠墙角的那台电脑给他专门使用，还让我在桌子上加一块挡板，说是不喜欢隔壁的人看他玩游戏。”方老板指着最里面的那台电脑。

贺启睿忙走到那台电脑前坐下，开始操作电脑，寻找有关小亮的蛛丝马迹。后面的人马上跟上去，围在贺启睿身后观看。

“果然，小亮不单单在这儿玩网游，他还登录了QQ，在跟人网聊。”贺启睿一面忙活一面说，“我想，小亮之所以要固定只用一台电脑，又要求加什么挡板，就是不想让别的人看到他网聊的内容吧？可见那个‘长腿叔叔’又是在跟小亮聊什么不能被外人知晓的秘密，诱骗小亮上钩！”

“现在能看到网聊内容吗？”冉斯年问。

贺启睿摇摇头：“这个目前还不行，我需要把电脑主机带回去进一步恢复数据。”

范骁摇摇头：“不行，主机我得带回去。贺先生，你的心情我能理解，但是这是我们警方的职责所在，普通市民，尤其你又是失踪男孩的亲属，是绝对不能带走主机的。”

贺启睿点头表示理解，垂头丧气地准备起身，眼睛扫到了电脑主机箱的侧面，便弯腰朝里面看：“机箱后面好像有东西。”

说着，贺启睿蹲下身钻入了桌子下面，伸出手臂，从机箱的后面抽出了一张纸，一张画着铅笔画的白纸。

又是张晓留下的“寻宝地图”。

仍旧是那个角度，仍旧是那个躺在床上无法动弹的男人，这一次不同，房子的四面八方都涌出了无数的虫子，这些虫子成群结队，目的地却十分统一，就是那个床上男人的身体，它们源源不断地涌向男人的身体，从之前腐蚀的血洞钻入身体，连男人脸上的鼻子嘴巴眼睛也不放过，见孔就钻。

看到铅笔画的人都惊诧不已，贺蓉吓得失声尖叫。只有冉斯年最为冷静，因为这画跟他想象的差不多，他已经预料到了接下来如果还有铅笔画的话，内容就是这样。

这也就第三次证明了他的猜测没错。三个男孩都已经身在地下，身体被埋没，接下来就是被腐蚀，生出蛆虫。这场寻宝游戏，他冉斯年不可能胜利，因为一开始张晓就已经玩赖，张晓打从一开始就已经决定要了三个男孩的性命，所谓的寻宝游戏，不过是从一开始就注定失败的寻尸游戏罢了。

范骁哀叹着说："现在已经可以肯定，小亮也是被张晓拐骗走的。"

贺启睿懊恼地砸了一下桌子，然后抬头去看墙角，一边看一边问方老板："你这里有监控吗？"

方老板赔笑着说："您看您说的，我这是什么地方啊？不需要那东西。"

"那你这里有成年男人，大概三十岁的男人进来过吗？"贺启睿不死心地问。

"有啊，没有身份证的成年人也会来我这里上网。"方老板有些警惕地盯着范骁，看得出他心里在嘀咕，这个范骁到底是不是警察。要说是吧，他看起来那么稚嫩；要说不是吧，刚刚他又说什么主机得他带走，那是他们警方的职责。总之方老板已经打定了主意，等送走这些人，他就赶紧收拾战场，假装这里根本就不曾有过什么黑网吧。

好在范骁似乎也没有工夫在意什么违法黑网吧的问题，他掏出一张张铮的照片递给方老板，问："这个人来过你们这里吗？"

方老板讨好似的仔细打量照片上的张铮，末了又讨好似的回答："没有，这个人没来过，我敢肯定，我没见过这个人！"

范骁点点头，但却仍旧怀疑张铮，他怀疑这次也跟上次肖涵的事件一样，是张铮把这幅画给了小亮，让小亮把画放在这里的。

"总之，张铮的嫌疑还是不能解除，他刚刚恢复自由，小亮就失踪了，他有作案时间！我这就给跟踪监视张铮的邓磊打电话，问问他张铮这大半天都做了什么！"范骁一只手抱着机箱，一只手艰难地掏出手机。

然而邓磊的回复是张铮自从离开警局的那一刻开始就一直在他的监控之下，天黑前他还用望远镜透过窗子看到了正在家里睡觉的张铮，天黑后他们一直守在张铮家门口，他根本没出门。

冉斯年打发范骁快把机箱送回警局进一步调查网聊内容，自己则跟着贺家的四口人回到贺家，他打算问问贺蓉和佟剑锋的梦，也许他们的梦里能有什么意外收获。

第二十三章

生死抉择

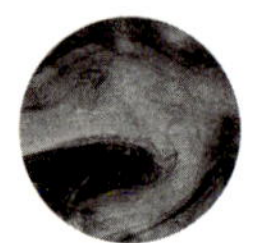

/1/

晚上十点，贺家的客厅里。

“我的梦？”贺蓉莫名其妙，“现在都什么时候了，找小亮要紧，你居然问我做了什么梦？”

冉斯年只好耐着性子把问梦的理由解释了一遍，解释完后又把求助的目光投向贺启睿和苗玫这两个了解自己专业的人。

贺启睿对贺蓉说：“姐，斯年是我的好朋友，我相信他，况且他现在作为警方的顾问，用他的释梦本领帮助警方破了不少案子。你给他讲讲你的梦，说不定会对寻找小亮有帮助呢。”

贺蓉这才半信半疑地开口：“要说梦，其实，好多年了，我总是会隔三岔五地做同一个梦。可是，小亮失踪是今天的事，我的梦会跟小亮的失踪有关吗？”

冉斯年仍旧抱着一丝希望：“没关系，你说说看。”

贺蓉挠挠头，边回忆边叙述：“我总是梦见我一个人住在牧区，是个牧羊女，每天白天出去放羊，晚上就把羊关进圈里。可是我的羊却开始每天减少，我开始每天早晚清点数目，发现羊是在晚上被偷的。”

冉斯年心想，这个贺蓉该不会也做了穿越的梦，穿越到《亡羊补牢》的梦境中去了吧？

“我发现羊圈有个缺口，羊圈里还有狼的脚印，知道是野狼晚上潜入羊圈偷了我的羊。我努力把羊圈的缺口堵好，晚上拿着猎枪警惕野狼的入侵。可是就在我打瞌睡的空当，野狼还是偷走了我的羊。后来，好心的邻居送了我一只牧羊犬，这只牧羊犬不但能在白天帮我牧羊，晚上还能起到看家护院的作用，自从有牧羊犬镇守羊圈，羊就再也没有丢过。我为了感谢牧羊犬，每天都给它吃肉，还特意给它建了一个温暖的狗窝。”贺蓉自己也讲述得莫名其妙，她完全搞不懂自己这个梦有什么寓意，觉得这就是没有任何意义的梦。

贺启睿紧张地问：“斯年，这个梦有什么寓意吗？”

“目前为止，我没什么想法。”冉斯年又问贺蓉，“还有后文吗？”

“有啊，有一次，因为家里没肉了，我就给牧羊犬喂了我吃剩的米饭和菜汤，结果第二天，牧羊犬就离家出走了。”贺蓉颇为不屑地说，“这个没良心的东西，哪里像忠心耿耿的牧羊犬？简直就是白眼狼。我心里也生气，心想走了就走了吧，我也懒得去找它。可是就在牧羊犬离去的第二天，我家的羊又减少了，羊圈又被野狼入侵，我一下子丢了三只羊。于是第二天，我只能外出去寻找牧羊犬，没有它在我的羊迟早要被野狼给吃光的。”

冉斯年微微点头：“那么，你找到牧羊犬了吗？”

贺蓉没好气地说：“找到了，结果这个畜生回来后更加无法无天了，它竟然不满足于我给它的剩饭剩菜，开始偷吃我储存的猪肉。唉，我虽然生气，可是那点猪肉跟我的羊比起来，也不算什么，我只好留着这个贪得无厌的牧羊犬，继续给我镇守羊圈，对于它偷吃我猪肉的事情，我也就睁一只眼闭一只眼了。”

贺蓉身边的佟剑锋一脸莫名其妙，对贺蓉说：“老婆，你这都梦的什么跟什么啊，你以前还当过牧羊女吗？”

贺蓉摇头：“我从小就生活在城镇，连活羊都没见过几只。”

冉斯年解释：“当然不能从表面的意思去解读这个梦，梦里所谓的羊、野狼和牧羊犬，哪怕是猪肉，我想都是另有所指才对。不过依我看来，这个梦的确跟小亮被拐骗没什么关系。请问，你们夫妇俩在最近这段时间里有没有做什么梦？”

佟剑锋吞了口口水，一副明明有话却不敢说的样子。冉斯年虽然脸盲，但是看人的神态还是没问题的，他一眼就看出了佟剑锋心里有鬼，但他也不点破。

“老公，你最近有没有做什么梦啊？”贺蓉急切地拉着佟剑锋的衣袖，“你不是挺爱做梦的吗？”

“我……我都不记得啦。”佟剑锋苦着一张脸。

“姐姐、姐夫，你们注意到小亮最近有什么异常吗？”贺启睿问。

贺蓉和佟剑锋都茫然地摇头，这个时候他们才意识到作为父母，他们是多么失败。

客厅里陷入沉静，贺蓉和佟剑锋自然是丝毫没有睡意，贺启睿和苗玫这个时候自然不能提出回家睡觉，也只能尽量安慰贺蓉和佟剑锋。作为贺启睿和苗玫的好友，冉斯年也留了下来，甚至没有想到该给赌气回家的饶佩儿打个电话。

午夜十二点，范骁给冉斯年打来电话：“冉先生，我们已经恢复了一部分佟亮网聊的数据，佟亮跟‘长腿叔叔’说他有一个肮脏的秘密，已经快要把他给逼疯了，虽然这个秘密给他带来了一些好处，但是他已经快要崩溃了，他必须把这个秘密说出来，一直憋在心里，佟亮已经快忍不住啦！与其控制不住把秘密公开，还不如找个不认识的陌生人发泄一下。”

“哼，于是张晓就化身成了知心的‘长腿叔叔’，表示愿意倾听小亮的秘密？”冉斯年推测。

“‘长腿叔叔’说他也有个秘密，也是谁都不能说，他愿意跟小亮见面，交换彼此的秘密。他说这样一来，彼此就都不会泄露彼此的秘密了。‘长腿叔叔’说愿意成为佟亮的心灵密友。”范骁气愤地说。

“我知道了。”冉斯年重重地吐出一口气，然后挂上了电话。

“怎么样？”贺启睿等冉斯年挂上电话焦急地问。

冉斯年把范骁的话复述了一遍，然后看看手表，抱歉地说：“启睿，时候不早了，我先回去了。”

“也对，饶小姐还在家等你吧，”苗玫不经意地说，“别让她等急了，快回去吧。”

冉斯年与贺启睿和苗玫告别，驾车回家。

冉斯年开车回到家，看到饶佩儿房间的灯是关着的，想到饶佩儿把车子留给自己，打车回家，冉斯年心里有些不好受，想上去跟饶佩儿说几句话，可是又不知道说什么好。

说自己对苗玫绝对没有别的意思，那是骗人，说对饶佩儿有意思，也算是骗人，因为那个饶佩儿煮人肉的梦，冉斯年对饶佩儿似乎有了阴影，也是因为对苗玫始终无法彻底忘情，冉斯年对饶佩儿的好感止步甚至倒退。

进家门已经是凌晨一点多了，冉斯年收拾一番后躺在床上，他有预感，今晚的梦一定会有重大收获，至少那个饶佩儿煮人肉的梦，他能够彻底做完，就像是游戏打了通关，他将会收到最后的奖励，也就是答案。

其实贺蓉所讲述的那个牧羊女的梦，冉斯年心里已经有了初步的释梦结果，但是释梦毕竟不是缜密的推理，更加没有证据，他不能轻易当着那些人的面讲出来，万一错了，可是会给丢了儿子的贺家雪上加霜的。那么倒不如到最后再公布释梦结果，在有了更多的佐证之后。

/2/

深夜，冉斯年被楼下的声音吵醒，那是锅碗瓢盆撞击的声音。

冉斯年坐起身，开始思考房间的隔音问题，随即明白，自己是在做梦，因为身在二楼卧室的他是不可能听到楼下厨房做饭的声音的。看来，今晚的梦是要从那个恐怖的煮人肉的桥段开始。

冉斯年下到一楼，站在厨房门口，第三次说一样的话，第三次坐到餐桌前，第三次等着饶佩儿给他端上一碗眼球汤。

冉斯年没有等剧情发展到饶佩儿含着眼球要用嘴巴喂他吃的地步，就及时打断并且改变剧情走向，他问饶佩儿：“佩儿，你煮的是人肉吧？”

没想到饶佩儿竟然十分诚恳地摇头：“也对也不对，准确来说，我煮的是人的脸皮。”

“为什么，为什么要煮人的脸皮？”冉斯年故作镇定地问。

“因为我要把生面孔煮成熟面孔啊。”饶佩儿理所当然地说。

冉斯年一个激灵，饶佩儿的话让他瞬间恍然醒悟，却也忍不住全身战栗。

“佩儿，谢谢你。”冉斯年决定在梦里说几句现实中他不敢跟饶佩儿说的话，其实这话也算是他对自己说的，也算是一种彩排演练吧，“请你再多给我一点时间，最近这阵子我的确有些混乱，对你、对苗玫，我被自己的潜意识给搞糊涂了。我需要时间整理思绪，弄清楚我想要的是谁，弄清楚我最真实的感情。佩儿，你愿意等等我吗？”

饶佩儿丢下手里的汤匙，一脸严肃地说：“我不会刻意等你，一切顺其自然吧。如果等到你弄清楚自己，打算跟我在一起的时候，我还是孤身一人，那么好，我们在一起。如果那时我已经心有所属，那就只能说我们有缘无分啦。”

冉斯年当然清楚，梦里饶佩儿的回答正是自己潜意识里的回答，他不过是在自问自答。冉斯年十分矛盾，一方面自私地想让饶佩儿等他，另一方面，又希望饶佩儿遇到更好的男人，因为怕自己无法给她一个好的结果。

面对着一脸桀骜不驯的饶佩儿，冉斯年决定在梦里过一把干瘾，于是便不容分说直接走上前，一把抱住了饶佩儿，感受饶佩儿娇柔的身躯。

饶佩儿没有推开冉斯年，但是身体却越来越软，越来越软。冉斯年抱得越用力饶佩儿就越软，终于，冉斯年清醒过来，怀里正是他紧紧抱着的棉被。

起床喝了一杯水，冉斯年觉得自己该上楼跟饶佩儿说几句话，哪怕现在才刚刚凌晨三点。

“当当当”，冉斯年敲了门，站在饶佩儿卧房门口等待。里面没有回应。

冉斯年以为是饶佩儿睡得沉或者是还在跟自己赌气，又大声叫了几声。可里面一点儿声音都没有。

幸好冉斯年留了一手，他有饶佩儿房间的钥匙。于是便回房取了钥匙，再次上来开门。

房间里哪里有什么饶佩儿？床铺还叠得整整齐齐，好像饶佩儿从来没有回来过。

根本顾不得现在凌晨三点的时间，冉斯年马上把电话给陶翠芬拨了过去，问饶佩儿是否回了她母亲陶翠芬的家。

拨号音响了三声之后，陶翠芬接了电话。冉斯年听得出，陶翠芬是真的着急，不会是饶佩儿故意让她这样演戏来戏弄自己的。看来，饶佩儿是真的不见了！她就像是那三个失踪男孩一样，不知所终！

不，不一样，三个男孩百分之九十九已经死了，可饶佩儿不会死的，她不能死！

冉斯年赶忙穿衣准备出门，对于去哪里寻找饶佩儿，他已经有了想法。

手机显示的时间是三点零三分，这频繁出现的“三”让冉斯年有所察觉。没错，他刚刚敲饶佩儿的房门敲了三下，给陶翠芬打电话，拨号音响了三声，现在手机上显示的电子时间又是三点零三分。

这个“三”在提醒他一些很重要的东西！

来不及多想，冉斯年发动车子，朝着城郊的旅游景点赶去。车子驶出小区之后，他又给瞿子冲打了电话，把目的地告诉瞿子冲。

“瞿队，三个孩子就在猪头山后面一个废弃防空洞里，那里比较隐蔽，你多派一些人手，”冉斯年语速极快地说，“佩儿也在那里！”

瞿子冲听得出冉斯年十分急迫，于是也就不再多问，直接挂了电话开始召集人手。

说到猪头山后面的那个隐蔽的防空洞，那还是冉斯年发现的。当时冉斯年就断定那个防空洞一定是战乱时期普通百姓挖掘的私人性质防空洞，因为整个防空洞不大，而且不够结实，被发现的时候已经坍塌了一小半。没想到现在，那里竟然成了张晓藏人埋尸的地方。

/3/

凌晨四点，冉斯年超速行驶赶到了猪头山下，正好与瞿子冲的人马会合。

“瞿队，现在没时间解释，大家分头去找人吧。”冉斯年指着猪头山的方向，“我也实在记不清具体位置是哪里了，现在天色又暗，想要在大范围内找人，大家必须分头行动。那是一个半人来高的防空洞，洞口十分隐蔽，需要仔细查看才能看到。”

瞿子冲赞同冉斯年的说法，马上指挥手下分成几个小组，分别负责一片区域，展开寻人行动。

冉斯年被瞿子冲安排跟范骁一组，两个人一路小跑，前往他们负责的区域。

“冉斯年，我知道现在问这个问题不合适，但是我真的很好奇，三个男孩，还有饶小姐为什么会在这个地方？你是怎么知道的？”范骁边跑边问。

冉斯年根本无视范骁和他的问题，只是百感交集地寻找洞口，他知道时间紧迫，如果晚了，搞不好饶佩儿也会跟三个男孩一样……

不知道这样搜寻了多久，天色已经蒙蒙亮，冉斯年精疲力竭地躺在地上，喘着粗气。就在这时，范骁腰间的对讲机传来邓磊的声音。

“找到啦！她们都在！”邓磊大声叫。

“他们？”冉斯年猛地坐起身，抢过对讲机问，“他们……他们都还……还活着吗？”

“活着，只不过，唉，你们快过来吧！”邓磊语气复杂，好像一言难尽的样子。

活着？那三个孩子还活着？难道自己之前的猜测真的是错了？冉斯年畅快地笑出声，这次推测错误是他这一生最美好的错误！

然而等到冉斯年和范骁赶到那个防空洞洞口的时候，冉斯年却像是由天堂坠落地狱一般，他把一切都想错了。

邓磊所说的“她们”不是指饶佩儿和三个孩子，事实上三个孩子仍旧不知所终，防空洞里有饶佩儿，还有苗玫！

苗玫也在！怎么会这样？冉斯年瞪大双眼，眼睁睁望着并排坐在狭小防空洞里的两个女人。

饶佩儿和苗玫都被麻绳捆住了身体，各自坐在一个黑色的箱子上面，她们的嘴巴也被胶带封着，两双眼睛里全是恐惧不安，身体尽管因为保持这个姿势太久而麻木疲惫不堪，但仍旧不敢有一丝懈怠，硬生生地挺着。

冉斯年正在奇怪为什么瞿子冲他们不赶紧进去给她们松绑，眼神撞到了瞿子冲的眼神，瞿子冲在用眼神示意他往洞里侧面的洞壁上看，好像那里有什么重要的东西。

冉斯年把手电筒往那个方向一照，原来洞壁上竟然贴着两张纸，上面一张纸上仍旧是铅笔画，下面的纸上则是打印出来的文字。

铅笔画仍旧是之前三幅画的后续，不同的是，黑雾、腐蚀的房子和无数的虫子都已经消失，床上躺着的只剩一副白骨骷髅。

然而铅笔画不是重点，重点是下面那张纸的文字。冉斯年定睛仔细去看。

“Game Over！对我来说，既然你们已经找到了这里，看到了我的这些留言，那么对我来说，已经是游戏结束了。可是对你，冉斯年，对你来说，真正难以抉择的游戏才刚刚开始。我先来为你讲解一下游戏规则。看到你面前的两位美女了吧？她们两个坐着的是两枚塑胶炸弹，两枚炸弹之间还有一条线，这条线可能比较隐蔽，你可以仔细看一下。这条线的功能非常重要，简直是支撑这场游戏精彩程度的法宝！只要两位美女其中一个先起身离开了炸弹，那么另一枚炸弹就会在十秒之后爆炸。换句话说，两位美女只能活一个。如果冉先生你贪心，想两个都救的话，那么就会'嘣'！你懂了吧，一旦两个人同时离开炸弹，或者其中一个起身后，另一个也马上起身，那么两枚炸弹就会一起爆炸。两个人都跑不远，也还都是死。对了，奉劝一句，也不要想着找拆弹专家过来啦，时间肯定不够，因为你们能够看到我的画和留言就说明你们已经踩到了我在洞口设置的开关，细心的你们只要仔细寻找一下就会发现，洞口也有一根线是与炸弹相连的。炸弹因为你们的侵入已经开启了倒计时，时间是十五分钟。我也不知道你们现在浪费了多久，总之，你们要快一些喔！至于说到底救谁舍弃谁，冉先生，这个主意我想你该不会让警察来帮你拿吧，别忘了，这是我送给你的游戏，你可不能找人替你喔。好啦，废话不多说，准备好了吗，冉先生？Ready Go！"

瞿子冲身后的梁媛看了看手表，带着哭腔大叫："我记得我们发现这里是在十分钟前，现在顶多就剩五分钟啦！瞿队，怎么办？"

冉斯年不等瞿子冲说话，直接就往防空洞里冲。身后的瞿子冲一把抓住他，严厉地说："斯年，先不要轻举妄动，你这么激动，万一触动炸弹怎么办？我来！"

瞿子冲小心翼翼地步入防空洞，动作轻缓地撕去了苗玫和饶佩儿嘴巴上的胶带。然后又轻手轻脚地走回洞口，站定后问苗玫和饶佩儿："你们有没有看到张晓？"

苗玫和饶佩儿都茫然地摇头。苗玫说："没有，我只记得我在姐姐家小区的地下停车场被什么人从身后重击了一下头，醒来后就在这里啦！"

饶佩儿懊恼地说："我收到了斯年的短信，约我去江边见面，我在江边等了好久也不见斯年，后来不知怎的就睡着了，醒来就发现自己在这里。现在看来，给我发短信的人，并不是斯年吧。"

冉斯年用力摇头，大声澄清："当然不是我！"

瞿子冲把冉斯年往后拉了两步，嘱咐道："斯年，你冷静些。"

冉斯年咬牙切齿地说："冷静？我怎么冷静？别忘了我们只剩五分钟啦！"

瞿子冲拉着冉斯年又退后，耳语道："现在这种情况我也没有别的办法，斯年，虽然我很不想这样说，但是你必须做出一个选择。现在她们俩都被绑着，无法自己做出选择离开炸弹，必须由你来做出谁生谁死的选择！”

冉斯年瞪着喷火的双目，近乎恶狠狠地反问：“瞿子冲，你没搞错吧？我凭什么来决定她们的生死？”

瞿子冲冷冷地说：“没错，你没权利决定谁生谁死，我们也没有。但是现在情况危急，要么活一个，要么两个一起死。你要搞清楚状况！”

冉斯年沉默不语，极力镇定下来。他来回望着洞里的两个女人，脑子里的天平在胡乱摆动。

真的只能选一个吗？真的没有别的选择吗？可以冒险吗？也许张晓的这个游戏有什么漏洞？可以冒险赌一把吗？比如先让一个人起身离去，剩下的那个瞬间与冉斯年自己换位置，也就是让自己代替剩下的那个去死？

冉斯年的脑子化作一团乱麻，时间一秒秒地过去，每一秒都把冉斯年和洞里的两个女人推入绝境。

梁媛一直盯着手表，这会儿已经是满头大汗，她战战兢兢地说：“还剩一分钟啦！怎么办？瞿队，怎么办？”

瞿子冲一狠心，吩咐手下人后退，毕竟他不想造成多余的伤亡，他必须对自己的手下负责。

冉斯年当然没有后退，他反而前进了几步，站在洞口，在逼仄的空间里与两个女人对视着。

苗玫的泪水已经决堤，她对着冉斯年轻微摇头，一脸的绝望：“斯年，我……我不想让你为难，但是……但是，请你救救我，求你啦，我不想死！”

饶佩儿倔强地仰着头，不让眼眶里的湿润蔓延，她的样子似乎是吃准了冉斯年在最后关头会选择救苗玫，所以紧咬牙关，不想说那些毫无意义的话，想要保留最后的自尊。

身后又传来瞿子冲他们后退的脚步声，还有瞿子冲大声催促冉斯年的声音，梁媛大叫着炸弹随时可能爆炸。

冉斯年知道自己再也没有时间，他必须做出选择，本来就是难以抉择的难题，那么索性就救苗玫吧，因为她已经可怜巴巴地恳求自己了，不是吗？于是他把心一横，两个大跨步走到了苗玫身前，把被麻绳捆绑的苗玫拦腰横抱起来，同时在心里默数数字。

一、二、三、四……

数到第五秒的时候，冉斯年把苗玫交到了迎面向他跑过来的瞿子冲怀里，然后不容分说，毫不犹豫地一个转身。

在数到第九秒的时候，他冲到了饶佩儿身前，第十秒的一瞬间，他一把抱住饶佩儿，把她紧紧揽入怀中。

第二十四章

致命心腹

“嘣！”冉斯年一个激灵，整个人一下子从床上弹了起来。

床头柜上的手机刚刚被他翻身时挥出去的手打在了地上，发出了声响。冉斯年倒是十分庆幸手机落地发出了声响，才能让这个噩梦戛然而止。

看了看时间，已经是早上七点，冉斯年穿衣下楼。

“起来了，正好，早餐已经准备好了。”饶佩儿在餐桌上摆开早餐，招呼冉斯年过去，“放心，早餐不是我煮的，是我从外面买回来哒。”

冉斯年尴尬地笑笑，坐到餐桌前，小心翼翼地问：“佩儿，你……你没事吧？”

饶佩儿大咧咧地说：“我能有什么事？这不是好好的？”

“你，不生我的气了吧？”冉斯年又想起了在警局，饶佩儿绝尘而去的背影，在得知他怀疑贺启睿之后，察觉到他是因为潜意识里还对苗玫无法忘情所以才怀疑贺启睿之后。

饶佩儿喝了一口粥：“放心吧，我没那么小气。再说啦，我不过是个假冒女友，又有什么资格生气呢？”

冉斯年听得出饶佩儿酸溜溜的口吻，但是看她放松的样子，似乎是真的不气了。

两人吃过早餐，贺启睿的电话打了过来。

“斯年，你让我查的人我已经查到了一些眉目。”贺启睿叹了口气说，“唉，其实我早就查到了，只是发生了小亮的事情，我就把这件事给……”

“没关系，启睿，谢谢你，我这就去你那里。”冉斯年急于挂电话出门，挂上电话前，他又想起了什么，问，“对了，苗玫，她也在家吗？”

听到冉斯年问苗玫，贺启睿顿了一下，随后轻松地回答：“在家啊。”

“好的，我和佩儿这就过去。”冉斯年挂上电话，坐在沙发里呆愣了两分钟，这才招呼饶佩儿出门。

一路无语，饶佩儿一面驾驶一面偷看冉斯年的神色，他一张漠然的脸，嘴角下垂，眼皮半垂，似乎是没睡醒的倦怠模样，可是饶佩儿看得出，冉斯年不是没睡好，而是有心事，而且这心事绝对跟苗玫有关。

上午九点多，两人赶到了贺启睿的别墅，又是四个人一起坐在客厅，一如几天前一样，只不过这一次，气氛有了微妙的变化，贺启睿和饶佩儿如同上次一样放松惬意，倒是冉斯年和苗玫多了几分尴尬别扭。

“斯年，跟我来书房吧，我有些东西要给你看。”寒暄了几分钟后，贺启睿起身打算上楼。

冉斯年知道，贺启睿要给他看的东西就是之前他拜托贺启睿调查的有关范骁的背景。

两人来到楼上书房，贺启睿打开电脑，插上了一个优盘，一边点击打开文件一边介绍：“我查了一下范家父子的经济情况，这里面果然有问题。范骁的父亲范铁芯因为没有固定工作，一直生活拮据。范骁勉强读完初中之后，因为学费的问题没有读高中，而是在外打工一年。就在这个时候，范铁芯突然多了一笔钱，不但于第二年让范骁就读于松江市最好的私立高中，还做起了贩售水果的小买卖。”

“你查到那笔钱的来历了吗？”冉斯年紧张地问，但实际上他心里已经有了猜测，那钱是来自瞿子冲的。

贺启睿摇头：“查不到，范铁芯和范骁的银行账户没有转账的记录，应该是现金的往来。后来，范铁芯的水果生意失败，他赔了一大笔钱，又患上了肺癌。可奇怪的是，他仍旧有钱治病和供范骁读大学。”

“看来范铁芯的这笔钱数目不小，或者说，有人愿意源源不断地接济他。”冉斯年更加确定，那个躲在幕后做好事不留名的人就是瞿子冲。

而瞿子冲之所以会甘当范铁芯的自动提款机，恐怕就是因为当年的入室抢劫杀人案，两人都握有彼此的把柄。可如今，瞿子冲是堂堂刑警队长，可范铁芯却是生意失败的穷人，还得了绝症。如果要鱼死网破，那么损失惨重的一定是瞿子冲，也是因为这样，范铁芯有了要挟瞿子冲的把柄。

冉斯年坐在电脑前浏览资料，盯着范家父子俩的照片看了好久，越看越能够肯定，他所认识的范骁相貌酷似他的父亲范铁芯，而范铁芯就是一年前的那个炸弹客。没错，他的脸盲症状已经好转了很多，对于关键的这两个人，他已经可以认得出来。

贺启睿又操作电脑播放了一段音频文件，那是他打电话到市立孤儿院的电话录音。

贺启睿的通话对象是孤儿院退休的一位老师。老师告诉贺启睿，大概三十年前，有一段时间孤儿院附近经常有一群混混儿寻衅滋事，这些混混儿还跟孤儿院里的一些较年长的男孩子有过亲密接触。

幸好在孤儿院老师们的努力下，这才没有让那些孩子被混混儿们带坏甚至带跑。提起当年的事，这位老师还颇为自豪地告诉贺启睿，她当年奋力挽回不至于学坏的一个男孩子后来还考上了警校当了警察呢。

录音结束，冉斯年已经胸有成竹，当年混迹在孤儿院附近的那些混混中，就有从孤儿院逃出来的范铁芯。而那个差点学坏，如今却是令老师自豪的警察，一定就是瞿子冲。

冉斯年可以想象当年的情形，二十出头的范铁芯搭上了十岁出头的瞿子冲，两个人一起闯入了黎文慈亲生父母的家，杀人劫财。那起案子始终没有找到真凶，成了悬案。

那之后，瞿子冲似乎是走上了正途，考学当警察，范铁芯那边生活似乎也步入了正轨，至少他有了女人，有了儿子范骁。

贺启睿打断了冉斯年的思绪说："我查到了范铁芯的死亡证明，他是在医院里咽气的，就在咨询中心发生爆炸后的第四天。"

冉斯年回想起了当时在咨询中心电梯门口看到的那张脸，那张焦黄的、毫无生气的脸，酷似范骁的脸。那个人必定就是范铁芯没错，是病入膏肓马上就要咽气的范铁芯没错。范铁芯是拼了生命的最后一口气来给自己送炸弹的。为什么呢？范铁芯虽然是当年黎文慈父母命案的真凶之一，可是他已经时日无多，又何苦杀死自己这个可能的知情人自保？没错，他根本没有那个必要来炸死自己，他是受了某人的指使，就是当时通过办公室的落地窗观察这边情况，手执遥控器的那个人的指使，而那个人，很可能就是黎文慈父母命案的另一个凶手，也就是——瞿子冲。

范铁芯之所以答应拼尽最后一口气来送炸弹，很可能是跟瞿子冲提出了交换条件，在他死后，瞿子冲必须负责照顾他的独生子，在世上无依无靠的范骁。更有甚者，瞿子冲必须帮助范骁实现理想，让他一个刚刚从警校毕业的毫无经验的菜鸟一下子就进入到分局的刑警队任职，而且相当于是瞿子冲的徒弟，被给予最多的学习进步机会。

反过来站在瞿子冲的角度，这样一个富有心机的男人又怎么可能乖乖地去完成一个跟他讲条件，甚至把他当成提款机的同伙的遗愿？安之若素地让范骁这个提醒他肮脏罪恶过去的人一直跟在自己身边？他为什么不把范骁打发走，从此不相往来，而是认认真真地履行当初的承诺，还把范骁当作心腹？

答案很简单，那是因为如今仍旧有什么东西在制约和威胁着瞿子冲，范铁芯临死前一定留有什么秘密武器，一个可以在他死后，可以由范骁触发的某种“机关”，可以把瞿子冲送上法庭、送入监狱甚至是刑场的致命法宝。没错，扳倒瞿子冲这个杀人凶手的关键，那个致命的武器就在瞿子冲的身边，它就是范骁。

冉斯年开始回忆这段时间以来范骁的表现，琢磨他到底是演技超群还是真的天真直率，对待工作满腔热情，真的就是个热血刑警。他对他的父亲范铁芯和瞿子冲之间的关系，两人当年的罪行到底是不是知情。

“斯年，”贺启睿拍了拍冉斯年的肩膀，示意冉斯年先起身，“我把所有查到的资料都存进了这个优盘，你拿回去再仔细琢磨吧。”

冉斯年让开电脑前的位置，站到贺启睿身后：“启睿，谢谢你，你帮我大忙了。”

贺启睿邀功似的笑：“怎么样，斯年，我这个朋友还够格吧？”

冉斯年挤出一丝苦笑：“启睿，我一直认定学生时代的友谊是最纯粹的，哪怕多年后我们一个是教授一个是工人，我们仍旧是好朋友，没有够不够格的问题。”

贺启睿怔了一下，故作洒脱地笑笑：“斯年，你这种想法未免太过单纯啦。”

“好吧，不过启睿你别忘了，你现在是大学教授，而我是个丢了工作的无业游民，而我依然把你当作好朋友，哪怕……哪怕你和小玫，你们……”冉斯年说不下去了，他咬咬嘴唇，“不说啦，咱们下去吧。”

第二十五章

丑陋秘密

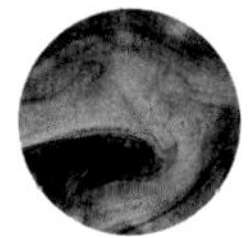

/1/

两人回到楼下客厅，坐回沙发上，仍旧是原来的位置，冉斯年和饶佩儿一边，对面是并排坐着的贺启睿和苗玫。

四个人尴尬地沉默了片刻之后，冉斯年鼓起勇气，打破了沉静：“启睿，我今天过来，还有一个目的，那就是——劝你去自首。”

冉斯年此话一出口，客厅里的气氛如同冰冻一般。饶佩儿不敢置信地扭头盯着冉斯年，想要确定是不是自己听错了；苗玫脸色惨白，垂头望着自己的膝盖；贺启睿僵了两秒钟后干涩地笑着。

“斯年，你在说什么啊？”贺启睿一副哭笑不得的尴尬样。

饶佩儿一把抓住冉斯年的手，小声而严厉地说：“斯年，你该不会是因为苗玫姐，所以搞错了吧？我知道你的推理一向很准，运气也很好，可是凡事都有例外，你不可能永远不出错，这一次，一定是你想错了！”

冉斯年神色暗淡，微微摇头，轻轻地说：“佩儿，只可惜，这一次我也没有想错。”

饶佩儿来回盯着冉斯年和贺启睿，还是无法相信一脸和善的贺启睿，冉斯年的多年好友会是个变态凶徒。

"斯年，这其中是不是有什么误会啊？"苗玫迟疑了一下，诚恳地说，"你所说的自首，到底是什么意思？你说的难道是最近三个男孩失踪的案子吗？你别忘了，三个男孩失踪的时候，启睿都有不在场证明啊，我就是他的不在场证人，那三个晚上，他都好端端地躺在我的身边。"

"是啊，你也可以去调查小区的监控录像，那三个晚上我并没有偷偷离开过。"贺启睿不紧不慢地解释，没有丝毫的慌乱恐惧。

冉斯年苦笑着点头："这一点我并不怀疑，三个男孩失踪的那三个晚上，你并没有出面，而是好端端地躺在自己的床上。但是我想，你并不是如同苗玫说的呼呼大睡，恐怕是辗转难眠吧？因为你在担忧，担忧事情是否按照你既定的方向发展，那三个孩子是否会完美地完成你的计划。"

贺启睿重重呼出一口气："斯年，我真的不知道你在说什么。"

"先从第一个男孩陈佳奎开始说起吧。"冉斯年耐心解释，"陈佳奎之所以会上了你的套主动离家出走，那是因为他得知了自己并非父亲亲生，无法面对父母，想要逃离他的父母，去到你所谓的贵族寄宿学校开启新的生活。其实自始至终你都没有出面现身而是以'长腿叔叔'的身份躲在网络的另一端，是你在网上指示陈佳奎的行动，你告诉他，那晚放学后可以最后跟同学、朋友们去经常去的地下仓库一起玩耍，也算是告别。然后再把书包丢在仓库，向以往的生活告别，从仓库离开后朝哪个方向哪条街道走，到哪个中转站等待什么人去接他，前往所谓的贵族学校。我想，第二天的清晨你一定是很早就出发前往那个所谓的中转站接他的。也就是说，陈佳奎失踪的当晚，你根本就没有到过那个地下仓库，仓库里的录音带和那幅画，是你在之前就放在那里的。"

贺启睿面无表情，倒是苗玫沉不住气，怒视着冉斯年，根本不在乎他说了什么。

冉斯年无视苗玫的愤怒，继续说："值得一提的是，那幅画挂得比较高，小学生们在仓库玩耍的时候即使看到了那幅画也很难把它揭下来，更何况地下仓库光线很暗，那幅画又十分压抑恐怖，孩子们就算看到了也会被吓得避之唯恐不及。至于说那个古董录音机和里面的录音带也是你的诡计之一，你之所以要用古老的录音带录音，那是因为你知道现在的孩子们对这种古董录音机根本是不屑一顾的，尤其是放在地下仓库里如同废品一样的录音机，如果你换了一支录音笔或者别的什么数码产品的话，恐怕早就被孩子们发现了，在陈佳奎正式失踪之前就被孩子们给拿走了。这样一来，你也就无法在不出面的前提下，伪造陈佳奎在仓库被诱拐的假象了。”

贺启睿认真地听完冉斯年的解释，饶有兴致地说：“不错，有点意思。只不过，斯年，你也许猜对了张晓的不出面的诡计，可是却猜错了张晓的身份，我根本不是什么张晓。”

冉斯年不理会贺启睿的辩驳，继续讲：“针对第二个失踪男孩肖涵，你仍旧是以‘长腿叔叔’为网名跟他在网上交流，你给他出了一个主意，假装被绑架，引起社会轰动，曝光风华中学的内幕，同时也是为肖涵自己出一口气，对漠不关心肖涵内心世界的不称职母亲出一口气。单纯的肖涵又怎么会知道你这个‘长腿叔叔’一开始就是冲着他去的？所谓的假装被绑架，不过是他主动走入了你设定的陷阱。那一晚，你仍旧没有现身，是肖涵按照你给他出的主意，把书包丢在了体育馆的地下室，还留下了你邮寄给他的一张恐怖的画，以增加恐怖效果，引起警方和社会的注意。那之后，肖涵便自己偷偷离开了学校。我想，你一定也给肖涵提供了一条路线吧，很可能是先让他去哪个小旅馆过夜。第二天清晨，你再出发，跟肖涵会合，把他领入你为他准备的深渊。”

贺启睿刚要开口辩白，苗玫抢先说：“斯年，这次你真的错得离谱，你跟启睿这么多年的好友，你还不了解他吗？他怎么可能做得出这样的事？再说了，那三个孩子跟启睿无冤无仇，更何况还有一个是他的外甥啊！你这样指控他是无凭无据的，别忘了，只有我亲眼见过那个张晓，张晓当然不是启睿，而且在警局，我不也指认出了张晓吗？”

冉斯年蹙眉，神态复杂又心疼地望着苗玫，低沉地说：“小玫，我曾经自欺欺人地告诉自己，启睿的罪行你是不知道的，你自始至终都是被蒙在鼓里的。可是我不得不承认，你其实早就看穿了启睿，你知道他所做的一切，但是作为启睿的妻子，你不忍心拆穿他，更加不忍心把他送入监狱。所以你只能装作什么都不知道，甚至在启睿面前，你也要装作什么都不知道，配合他的计谋。”

“配合？”饶佩儿仍旧不可置信地问冉斯年，“何谈配合？”

“好吧，那么我就先把启睿的犯罪动机放到最后再说，先说说小玫的配合。”冉斯年转向饶佩儿，“佩儿，你还记得小玫指认张晓时的情形吧？现在你仔细回忆一下当时启睿和小玫的反应，蹊跷之处就在当时他们两人的举动之中。”

饶佩儿歪着头努力回忆，想了半分钟，仍旧是迷茫地摇头：“我记得当时苗玫姐最初是拿不定主意的样子，到后来才认出3号就是张晓的。”

“那么你还记得当时启睿的表现吗？”冉斯年循循善诱地问。

饶佩儿挠头：“贺启睿当时没什么特别的啊，就是很体贴地站在苗玫姐身边，还拉着苗玫姐的手啊。”

冉斯年直视苗玫，不容置疑地说：“当时启睿一直拉着你的手，时不时拍拍你的肩膀，还小声跟你说三思而后行。”

“那又怎样？这样有什么不对吗？”苗玫不悦地反问冉斯年。

“我注意到了，”冉斯年冷冷地说，“启睿每次拍你的肩膀都是拍三下，又跟你说了两次‘三思而后行’，至于说他握着你的手，是不是会用力握三下那我就不得而知了。总之，启睿是在给你暗示，用肢体语言和语言给你暗示‘3’这个数字，他暗示你要选3号嫌疑人，也就是张铮。”

苗玫瞪大双眼，气愤地反驳：“斯年，你在胡言乱语什么？”

“我没有胡言乱语，小玫，你是学心理学的，你应该理解启睿的这种暗示。我还记得你曾经给我讲过你接手过的类似案例，案例中的男子会不自觉地用每天无意中接触过的数字去购买彩票。我们一起看过的一部威尔·史密斯的电影里也有类似的桥段，刻意制造巧合让对方频繁注意到某个数字，对方在赌局中就会下意识持续选择这个数字从而上当受骗。”冉斯年说到那部电影，口吻有些别扭，他想起了当时两人还是情侣，是依偎在一起亲昵地看的那部电影。

苗玫不置可否：“斯年，我承认你这个说法有点道理，但是很可惜，你没有证据证明我接受了启睿的暗示。”

冉斯年无奈地耸肩：“没错，我没有证据，就如同在黑网吧的时候，我认为那幅铅笔画根本就是启睿自己弯腰钻进桌子下方从自己的衣袖里面拽出来，却假装是从机箱后面取出来的，这一点我也没有证据证明。”

贺启睿笑嘻嘻地问：“我说斯年，你怎么就吃准了我就是张晓呢？你别忘了，三个失踪男孩里可是有我的外甥啊。我又是为什么吃饱了撑的，要对跟我毫不相干的两个男孩和我的外甥下手呢？如果你说不出个所以然，那么斯年，不好意思，我可是要怀疑你对我怀有主观上的敌意，而这个敌意是来自你的吃醋，来自你对小玫仍然无法忘情啦。”

冉斯年似乎早就料到贺启睿会这样讲，诚恳地说：“启睿，我对小玫是否完全放下，这一点连我自己还都弄不清楚。一开始，我也曾怀疑我自己真的是把私人感情牵扯进工作中，可是现在，我已经有了十足的把握，你就是张晓。哦，不，这么说不准确，应该说是你无意中听小玫提过有张晓这么一个被梦魇困扰的顾客，被小玫草草打发的顾客，小玫也记不清相貌的顾客。于是你决定就利用这个张晓的身份去完成你的复仇计划。后来，当你得知警方开始怀疑张铮的时候，你认为这是绝佳的机会，可以彻底给自己洗清嫌疑，用张铮来当自己的替罪羊，所以你才会赌一把，暗示苗玫3这个数字。”

“笑话，我根本不认识那个什么3号，又怎么会知道警方在怀疑他？怎么会暗示小玫3这个数字呢？”贺启睿说着，与苗玫对视了一眼。

苗玫和贺启睿交换眼神，夫妻俩都有些别扭。

/2/

“错，你认识张铮，你不但认识张铮，你还认识张琳和张悦两家人，因为你一早就开始了对这对儿姐妹的调查。你是个黑客，想要调查她们姐妹俩的背景和家庭资料简直是小菜一碟。你对她们姐妹俩的家庭成员乃至近况，甚至是两个孩子的烦恼都了如指掌，这是你复仇计划的前提。”冉斯年的语气虽然很淡，但是说话间却有种不容置疑的霸气。

贺启睿摊开双手，用玩世不恭的语气问：“斯年，那你倒是说说看，我为什么要向张琳张悦姐妹复仇啊？我跟她们俩、跟她们的家人，都是无冤无仇的啊！”

冉斯年挤出一丝苦笑：“还是错，你跟张琳张悦姐妹俩有仇，不但是跟她们姐妹俩，还有小玫，还有我，还有警方，还有你的父母，你的姐姐姐夫，还有你的外甥佟亮。以上所有都是你的仇家，都是你这个复仇计划的复仇对象。”

苗玫首先惊呼出声，然后几次欲言又止，最后还是没把心中的疑问讲出来。

“斯年，我简直要怀疑你神志不清啦，你把我说成一个跟全世界都有仇的变态啦！”贺启睿爽朗地哈哈大笑。

饶佩儿拉了拉冉斯年的衣袖，凑过去小声说：“斯年，你到底在说什么啊？

你到底想说什么？别故弄玄虚啦，我是越来越糊涂啦。”

冉斯年沉吟了一下，缓缓开口道：“罢了，我还是从头开始说起吧，从导致今天所有悲剧的源头开始说起，也就是从十五年前的强奸案开始说起。”

“你是说张悦十五年前被强奸的案子？”饶佩儿回想着，“我记得当时警方并没有抓到那个强奸犯，主要是因为犯人趁黑夜作案，而且进行了伪装，就连受害者张悦和后来的几个受害者都没能说出犯人的什么特征。”

“是的，这个强奸犯手下的被害者不止张悦一个，而强奸犯强奸了张悦，张悦却在姐姐张琳的劝说下保持沉默，拒绝报警。这就是诱拐三个男孩的张晓，也就是你，贺启睿的复仇动机。因为你认为正是由于当年张悦在张琳的劝说下没有报警，才导致这个强奸犯可以继续为非作歹，让你也成了受害者。所以你憎恨张琳和张悦，追本溯源，你认为她们俩就是你悲剧的源头，所以你才要诱拐她们的宝贝儿子，作为对她们俩的报复。”冉斯年直视贺启睿的双眼，目光灼人。

贺启睿懵懂地挠挠头：“我明白了，斯年，按照你的说法，我还是个心理有问题的变态嘛，居然会把仇恨转嫁到张琳、张悦身上，而不是直接憎恨那个强奸犯。等一下，斯年，你刚刚说我也是强奸犯手下的一个受害者，你……你这话是什么意思啊？你可不要恶心我啊，我可是个男的！”

“你当然是男的，这点毋庸置疑，强奸犯也是男的，这点也是毋庸置疑，但是这并不妨碍你这个男人成为那个强奸犯男人手下的受害者，”冉斯年波澜不惊地说，“而你仇恨警方的原因也是源于此，你怨恨警方没能在你受到伤害之前就逮到那个强奸犯，所以你才会用留下铅笔画的方式向警方挑衅，你要以此来报复警方，让警方白白忙活一场，到最后只能找到三个孩子的尸体，你要社会舆论替你向警方复仇。我不得不说，启睿，你的复仇计划真的不只是一箭双雕，简直是一箭多雕！”

贺启睿刚想反驳，饶佩儿抢先问道：“斯年，那么跟铅笔画一起留下的录音，也是贺启睿对你复仇的方式啦？他也要让你白白忙活一场，到最后只能找到三个孩子的尸体？他也要让你挫败自责，让你接受社会舆论的指责和攻击？”

“是的，”冉斯年转向饶佩儿，颇为欣慰地问，“佩儿，你现在愿意相信我的说法了？”

饶佩儿仍旧微微摇头：“我还是不敢也不愿相信，你和贺启睿不是好朋友吗？就算你们之间有个苗玫姐，可苗玫姐现在是贺启睿的妻子啊，要说你们之间在进行一场无形的博弈，那赢家也是贺启睿啊，赢家还要向输家复仇吗？除非，除非……”

贺启睿的脸色突然一变，冷冷质问饶佩儿：“你想说什么？除非什么？”

饶佩儿怯怯地望着贺启睿，蚊子一样细小的声音嘀咕着：“除非你发现其实苗玫姐仍然无法对斯年忘情，哪怕她已经是你的枕边人。”

饶佩儿声音虽小，可是客厅的安静却把她的声音放大了无数倍，四个人全都听得清清楚楚。冉斯年和苗玫听了这话都有些尴尬，贺启睿则是脸色剧变。

客厅里沉寂了两分钟，冉斯年才打破尴尬继续说道：“我想，应该是启睿误会了什么吧，或者是他的自卑在作祟，他认为苗玫对我藕断丝连，而我对苗玫也是余情未了。他对我的报复就像刚刚佩儿说的一样，而他对小玫的报复手段可谓最轻微的了吧，他只是冒充张晓给她发恐吓短信，留下的那段录音里提及了张晓作为咨询中心的顾客曾经被苗玫忽视的事，只是想让苗玫恐惧自责内疚而已。”

饶佩儿一直不可置信地盯着贺启睿，贺启睿回应饶佩儿的眼神则是极其无辜，像是在无声地说：“斯年一定是疯了。”

“难道，”饶佩儿犹豫着说，“难道你是在试探？你也是想看看苗玫姐在遭受短信威胁的时候是会向你坦白求助还是会去找斯年帮忙？你想以此来证明，苗玫姐心里到底是爱你多一些还是爱斯年多一些？”

贺启睿苦笑着说：“饶小姐，你怎么也跟斯年一样胡言乱语啊？小玫是我的妻子，我怎么会想着去试探她？”

“你的试探失败了，因为小玫没有把遭到恐吓的事情说给任何人，她就是这样的人，不愿意在任何人面前示弱，尤其是工作上的事情。她没有把遭受恐吓的事情告诉你，这让你心底里更加怨怪她。”冉斯年说着，又把目光转向苗玫，“小玫，你到底是什么时候发现了启睿的秘密？”

苗玫冷哼一声：“斯年，你真的是疯了，我想心理咨询已经救不了你，你该去看精神科的医生！”

冉斯年无视苗玫对自己的讽刺攻击，又对贺启睿说：“启睿，换个角度，你的试探也可以说是成功了，现在你应该看得出了吧，小玫到底是站在哪一边的。事到如今，她仍然竭尽全力去维护你这个丈夫，在她明知道你都做了那些可怕又罪恶的事情之后，仍旧维护你！”

贺启睿脸上的笑容渐渐淡去，他转向苗玫，眼神极尽温柔湿润。他握住了苗玫的手，嘴唇颤抖，一个字也说不出来。

倒是苗玫，丝毫没有露出破绽，亲昵地拉过贺启睿的手说：“老公，放心，不管斯年怎么诋毁你，我都不会相信的，别忘了，我是你的结发妻子！”

“谢谢，谢谢你，小玫。”贺启睿说话间已经有些哽咽，可以看得出，他在强忍着泪水。

/3/

冉斯年轻咳了一声，回归刚刚的话题：“启睿，你的姐姐贺蓉也曾在十几年前遭受过强奸，而强奸贺蓉的人就是那个强奸张悦的连环犯。当张琳讲述当年的强奸案的时候我就猜想到了，这不是随机选择儿童诱拐的案件，所谓的张晓之所以要对张琳和张悦的儿子下手，说明他对这两个孩子都怀有动机，或者是对两个孩子的家庭怀有动机。我觉得后者更有可能，因为两个孩子跟张晓产生过节的可能性比较小，更何况其中的陈佳奎年龄还那么小。所以我倾向于张晓报复的对象其实是张琳和张悦姐妹俩，而能够把这姐妹俩联系在一起的事件，就是十五年前的强奸案，十五年前，是张琳和张悦姐妹俩联手放过了那个强奸犯。于是我便猜想，对张琳和张悦怀有犯罪动机的人很可能就是后来的受害者。我让范骁调查卷宗，找出了连环强奸犯往后的受害者，在名单里发现了贺蓉的名字。在那一刻，我便想到了你。”

“你认为我是在为我姐姐报仇？”贺启睿不屑地反问。看得出，他已经厌倦了戴着伪装的面具，渐渐暴露真实的嘴脸。

“当然不是，我之前就说过，你姐姐贺蓉也是你报复的对象。你憎恨你姐姐，憎恨你的父母。这一点，还是我从你发给小玫的恐吓彩信里得知的。”冉斯年说着，掏出手机，打开了里面存储的漫画彩信，举到贺启睿面前。

饶佩儿这才回想起来，当初在警局，冉斯年还就这些彩信漫画发表了一番类似于释梦的释画言论。当初他就认定这个张晓儿童时期曾经受到过身体和心理的创伤，他曾经被一个成年男性强暴了，而他的父母却对此十分漠视，袖手旁观。

冉斯年紧锁眉头，又把之前的释画结论复述了一遍，然后叹息着说："启睿，你一定没想到，正是你的这些画，暴露了你的秘密。"

贺启睿面无表情地端坐着，半分钟后才缓缓开口，语气冷若冰霜："是吗？释梦大师果然是释梦大师，居然能从这些画里看出这么多名堂，而且是这么离谱的名堂。"

饶佩儿不理会贺启睿的讽刺，问冉斯年："我还是不明白，为什么贺启睿儿童时期遭受了欺负，而他的父母也都知道，却袖手旁观，不去保护自己的孩子呢？难道贺启睿真的不是他父母的亲生孩子？就像陈佳奎一样？"

"不，启睿当然是他父母亲生的，他的父母之所以不去保护他，无视他所遭受的欺侮，那是因为他们要保护他们的另一个孩子。"冉斯年不住地哀叹，为贺家一家四口的命运和选择。

"另一个孩子？"饶佩儿脱口而出，"那不就是贺蓉吗？贺启睿的姐姐？她有什么需要保护的？"

"如果强暴、欺负启睿的正是贺蓉的丈夫，启睿的姐夫佟剑锋呢？"冉斯年哀伤地反问。

饶佩儿恍然大悟，整个人蔫了下去，缩回沙发，呢喃着："如果是这样，那么贺家还真是让人哀叹的一家。"

"是的，当年贺蓉遭到强奸之后是选择报案了的，可惜的是强奸犯没有抓到，贺蓉被奸污的事情却被或大或小范围地传开。我记得启睿跟我说过，他姐姐是在他十六岁那年结婚的，而贺蓉正好比启睿大了十四岁，也就是说，贺蓉三十岁才结婚。当时我和启睿读同一所高中，我记得他跟我无意中提起过，说家里人为姐姐的婚事操碎了心，一心想把姐姐嫁出去。现在想想，当初贺蓉之所以难嫁就是因为她被奸污的事情被传播开了吧，可以想象，贺蓉应该也是谈了几个不错的对象的，可是一旦男方或者男方家人打听到了贺蓉的过往，也是避之唯恐不及。"

贺启睿听冉斯年谈及这些过往，脸色很难看，他紧紧抿着嘴唇，眼神冰冷，甚至露出了阴狠的成分。

"所以在这个时候，佟剑锋的出现就等于是解决了贺家的老大难问题。佟剑锋不但不在乎贺蓉曾经遭受过的玷污，而且还对贺蓉和贺家人不错，这样一来，贺家父母就把佟剑锋当作了大度的好人、贺家的恩人。"冉斯年一边说一边观察贺启睿的脸色，果然，贺启睿的脸色更加说明了冉斯年的推测再一次正中红心。

饶佩儿唏嘘不已："斯年，我还是无法理解，就算贺家父母以为佟剑锋是贺家的恩人、大度的好女婿，可是如果得知了佟剑锋竟然欺负了自家的儿子，又怎么会坐视不理，不但不为儿子打抱不平，把佟剑锋这个禽兽赶出家门，甚至还允许佟剑锋一直留在这个家里，依旧对他和颜悦色？"

"不单单你无法理解，我也无法理解，当年的启睿也无法理解吧？"冉斯年无奈地摇头，"可是启睿的父母就是愚昧到了这种程度，他们想保住这个家，表面上风光完美的家，想保住贺家的面子，保住大女儿来之不易的婚姻，也算是保住小儿子的名声。所以这么多年，他们只能假装什么都没发生过，戴着面具面对禽兽不如的佟剑锋。"

饶佩儿算了算时间，说道："我想，当时贺家父母之所以保持沉默还有一个原因，那就是佟亮，当时应该正好赶上贺蓉怀孕。如果报案把佟剑锋送入监狱，贺蓉不但要面临着堕胎的命运，本来就难嫁的三十多岁的离婚女人，之前有过被奸污的经历，现在又摊上这样的丑闻，她的确难以承受，整个贺家都难以承受这样的丑闻，所以贺家父母的确也是为了保护贺蓉才选择委屈了小儿子。一家人除了不知情的贺蓉以外，都是打碎了牙齿往肚子里咽啊！

"没错，启睿，当年你父母一定这样对你说过，他们说报案有什么用？你姐姐不就是报案了吗？结果警察没抓到坏人，反而让你姐姐的名声受损。现在我们报案，不但你姐姐的孩子必须打掉，她还要离婚，恐怕一辈子都难再嫁，你的名誉也会败坏，你怎么面对你的同学？你以后怎么找对象？"冉斯年哑着嗓子，看着贺启睿的眼神十分复杂。他回想起了两人一同成长的点点滴滴，那个开朗健谈、乐观活跃的贺启睿，那个才华横溢、聪明豁达的贺启睿，原来一直是个躯壳而已，实际上，他的心是破碎的，甚至在渐渐腐蚀腐烂。

贺启睿干笑两声，不再辩驳，他紧紧咬住嘴唇，难掩悲愤和难堪。他眼神僵直，死死地盯着面前的茶几，不再去看客厅里的任何人。

冉斯年看得出，贺启睿的内心现在是波涛汹涌，他苦苦藏了十几年的丑陋秘密被自己这样血淋淋地揭开，又是在苗玫面前，对于自尊心超强的贺启睿而言，不止是像被剥光了衣服游行一样难堪，而是像被活剥皮肉一样的残忍剧痛。

第二十六章

败者为胜

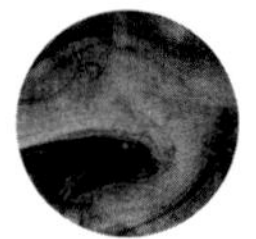

/1/

“启睿，我之所以选择在你家，在只有咱们四个人在场的环境下跟你说这些，”冉斯年恳切地说，“就是为了劝你去自首，只要你肯自首，配合警方的话，这件事是可以积极争取主动的。

“算了吧，”贺启睿打断冉斯年，言辞激烈地说，“斯年，我看你是无可救药了，无论我说什么，你都不会相信我，那么我多说无益。如果你或者警方有证据，尽管可以来逮捕我，如果没有证据，请你立刻停止对我莫须有的侮辱！”

冉斯年不再说话，冷冷瞪着贺启睿。贺启睿的双眸似要喷火一般，也炽热地回应冉斯年冷冷的眸子。冉斯年对贺启睿失望透顶，贺启睿对冉斯年强压怒火。

这样对峙了一分钟后，冉斯年首先退下阵来，继续刚刚的推理：“启睿，这十几年以来，你一直在佟剑锋的恐吓下与他保持着肉体关系，没错吧？他威胁你，如果你反抗他，他就会把你们之间的肮脏秘密公之于众，害你名声扫地生不如死，害你们一家人都颜面无存。当年你还小，除了臣服于佟剑锋的淫威之下别无选择，你也没有向父母求援，因为你对他们彻底失望了。你只能一边隐忍，一边等待长大，变得强大，伺机复仇。可是你们之间的关系还是被你的外甥，佟剑锋的亲生儿子佟亮给发现了，你们的关系就是佟亮所谓的肮脏的秘密，这个秘密已经快要把他给逼疯了。而佟亮所谓的这个肮脏的秘密给他带来的好处，其实就是指佟剑锋不再阻止他上网，并且为了让佟亮保守秘密，给他出资，给他联系可以上网的黑网吧。”

贺启睿冷冰冰地说：“讲完了吗？讲完了请你出去，我家不欢迎一个胡言乱语、恩将仇报的疯子。我帮了你那么大的忙，换来的竟然是你的一盆盆脏水！”

冉斯年像是没听到似的，自顾自地说：“戏剧化的是，当长大成人的你开始策划自己的复仇计划的时候，你竟然调查得知，原来佟剑锋就是十几年前的强奸犯，他就是那个连环强奸犯。你的姐姐贺蓉竟然嫁给了强奸她的罪犯！于是你的复仇计划便有了方向性的改变，你不单单要对佟剑锋复仇，而是追本溯源，要从悲剧的源头开始，去惩治当年没有报警的张琳张悦姐妹，惩治警方，甚至惩治引狼入室的姐姐，惩治袖手旁观的父母，你惩治他们的方式就是夺走他们最爱的孩子。对了，顺带着，还要带上我和小玫，你的复仇计划里还有我和小玫这两个报复的对象。你的复仇不但在广度上牵扯如此多的人，更是穿越了时间的深度，从悲剧的最初起源开始。”

苗玫突然拍案而起，尖厉地叫道：“冉斯年，你不要太过分！我早就受够了你的这种风格，当初在咨询中心的时候就是，你太自以为是了，你的那套理论更是乱七八糟！”

冉斯年哀伤地凝视苗玫，心痛的心情溢于言表。他想起了两人在一起的日子里，不谈工作还好，每当自己想跟苗玫分享他的释梦理论获得的成功的时候，苗玫总是很抵触，要么就是转移话题。冉斯年心爱的事业反而成了他们俩感情之间最大的一道屏障。

“乱七八糟的明明是你们的婚姻和你的婆家！”饶佩儿突然出言反击，她听了刚刚冉斯年的推论，已经彻底站在了冉斯年这边，“苗玫姐，我劝你还是面对事实，事到如今，你再袒护贺启睿、再袒护你们的婚姻也是无济于事的！你改变不了事实！”

冉斯年愣了一下，冲饶佩儿挤出一丝苦笑，低声说：“佩儿，谢谢你信任我。”

饶佩儿恍然大悟地说：“斯年，原来真的是我误会你了，你并不是因为苗玫姐所以才怀疑贺启睿的，而是有这么多的推理作为基础。只可惜，我们还没有证据。”

“放心吧，证据会有的，只是时间早晚问题，”冉斯年又转向贺启睿，“所以我才会趁瞿子冲他们找到证据之前来劝你自首，你现在自首，跟瞿子冲带着逮捕令来逮捕你，那完全是两个性质！”

“哼，”贺启睿冷笑，“对我来说没什么不同，因为我是无辜的，根本不需要担心什么。我真的不明白，斯年，你为什么要咬住我不放，你这是在垂死挣扎你懂不懂？小玫已经是我的妻子，你和她已经是过去时了！”

/2/

冉斯年看了饶佩儿一眼，淡淡地说：“启睿，其实你早就暴露了，只不过不是暴露在我这里，而是暴露在陈佳奎的父亲，张悦的丈夫，陈国斌的视线范围里。”

贺启睿狐疑地问：“陈国斌？那个以为我是张悦情人的疯男人？”

“陈国斌的确有些疯狂。”冉斯年徐徐讲述，“还记得那天我和佩儿，还有陈佳奎的母亲张悦一起去到陈佳奎的同学家的时候，当时陈国斌就怀疑张悦会趁机约会陈佳奎的亲生父亲，也就是张悦的情人，所以一直跟在我们身后。后来我找你来帮忙调取陈佳奎和‘长腿叔叔’的网聊记录，咱们几个一起出来的时候。当时陈国斌马上冲过来，十分自信地认定你就是张悦的情人，他为什么会这样认定呢？”

“哼，陈国斌被妻子背叛，心理变态。”贺启睿自信地解释，“我当时不是说了吗？陈国斌眼看着你们几个一起进了单元门，后来我这个生面孔又突然出现，跟你们一起出了门，他自然会怀疑我就是张悦的情人啦。”

“不对，你正好说反了，你这张脸在陈国斌眼里并不是生面孔，而是熟面孔。”冉斯年说着，转向饶佩儿，“佩儿，我终于做完了那个噩梦，明白了噩梦想要给我的提示，原来那次启睿说他是生面孔的时候，我的潜意识就已经捕捉到了这个细节，已经开始怀疑启睿了。只是我那时拒绝和抵触潜意识里的怀疑，所以哪怕在梦里，在潜意识的领域里，潜意识仍旧分化成两股力量在抗衡，一股力量仍旧以恐惧为名在做抵抗，以至于我做了三次梦，才把那个潜意识给我提示的噩梦做完。”

饶佩儿问：“那个梦到底想表达什么？”

冉斯年哀伤地凝视贺启睿，说：“其实陈国斌是见过启睿的，就在他家的附近，恐怕还不止见过一次，因为陈国斌的潜意识里已经怀疑陈佳奎并不是他亲生儿子，怀疑张悦有地下情人，所以他的潜意识里就会不自觉地注意家附近出入的陌生成年男子。他见过你，很可能就是在你徘徊在张悦家附近调查张悦的时候，在你观察陈佳奎的时候，在你去往他们家附近的地下仓库放置录音和铅笔画的时候。陈国斌的潜意识里早就把你这张脸标记为嫌疑人了，在陈佳奎失踪后，你又跟张悦一同出现，他自然会认定你就是张悦的情人，陈佳奎的亲生父亲。”

贺启睿的脸色难看，不屑地笑笑，并不争辩。倒是苗玫再一次反驳冉斯年：“斯年，这还是你的推测，我还是那句话，证据呢？”

冉斯年心痛地对苗玫说：“小玫，即使在启睿对你做了那样的事情之后，你还要包庇他吗？”

苗玫顿了一下，强硬地说：“启睿对我做了什么？你不要血口喷人！”

饶佩儿倒吸了一口冷气，后知后觉地问：“斯年，难道说……难道说把我和苗玫姐拐到猪头山的防空洞里，安装假炸弹的人，也是……也是……”

“没错，启睿一直是这场寻宝游戏的主导者，最后这一场收场的炸弹游戏，也是他的杰作。”冉斯年又想起了两天前的那个晚上，那噩梦般的抉择，虚惊一场的收场。没错，那是真实发生的，并不是虚幻的噩梦！

经过那一番折腾后，冉斯年这两天每晚都要做一次重回猪头山防空洞的噩梦，梦里，他都要经历一回当初的生死抉择，以命相搏的赌注。残酷的现实这才变成了纠缠他的噩梦。

“幸好，防空洞的炸弹是假的，一切都只是虚惊一场。只不过，启睿，我真的不知道你这样做的目的到底是什么？只是为了要我吗？就只是为了让我为难，就要牵扯无辜的佩儿和小玫？”冉斯年声音微微发颤地反问。

贺启睿的神色渐渐缓和，他刚想开口，又被苗玫抢过去，苗玫拍案而起，质问冉斯年：“我再说一遍，你有什么证据证明把我和饶佩儿绑架到防空洞里的人就是启睿？”

“因为那个防空洞是高中一次野游的时候，我和掉队的启睿一起发现的地方，当时我们俩就在那个防空洞里过了一夜。那一晚启睿还曾经跟我说，那里就是我们的秘密据点，如果有一天我找不到他了，或者是他藏了什么东西，一定是藏在那个防空洞里。一开始，尽管我已经开始怀疑启睿了，但我并没有想到那个防空洞，直到佩儿失踪，我才突然间想起了十几年前和启睿的过往，让瞿队派人去猪头山的防空洞。”冉斯年越说越激动，越说声调越高，他的一腔愤慨悲痛已经到了沸点。

饶佩儿同情地望着苗玫，低声说：“结果我和苗玫姐真的就被贺启睿带到了那个防空洞里，贺启睿还安排了一场炸弹游戏，让所有人都虚惊一场。”

苗玫仍然固执地仰着头，咬住嘴唇不再说话，她跟贺启睿从刚刚开始就一直没有眼神的交流。

“斯年，我不知道那个张晓是怎么知道防空洞那个地方的，总不能因为那个防空洞是咱们俩在十几年前发现的，现在或者未来几十年里，只要在那里发现了什么犯罪行为或者痕迹，就都赖到我的头上吧？我又没有在那里安装防盗门，那里又不是我专有的秘密场所。”贺启睿又露出了一副轻松神态，笑呵呵地说。

“没用的，”冉斯年靠在沙发背上，无力地说，“启睿，虚惊一场之后，在警方送走了小玫和佩儿之后，他们就开始在防空洞附近搜索尸体。我知道，你一定是把三个孩子给埋在了地下，你留下的三幅铅笔画想要表达的就是尸体的腐烂过程，而且三幅画都是留在地下的场所，你一早就在暗示我，这场寻宝游戏我是必输无疑，因为在游戏开始的时候，第一个孩子，陈佳奎的尸体就已经埋入了地下。现在，警方已经在防空洞附近挖掘出了三个孩子的尸体，现在三具尸体都在进行尸检，一旦在三具尸体上发现你留下的细微证据，就是让你无法逃脱的铁证！”

苗玫瞪着满是血丝的眼，张口结舌，终于“哇”的一声哭了出来。

冉斯年看得出来，以往的苗玫当然是已经知晓了所谓的张晓就是自己的丈夫贺启睿，但是她却拒绝直面这个事实，甚至没有跟贺启睿挑明一切，只想自欺欺人地把这件事给忽略过去。她更不愿意相信贺启睿杀死了三个男孩，其中还包括了他的外甥。

苗玫一定是以为贺启睿把三个孩子带到了别处，就像是炸弹游戏一样，只是虚惊一场，完成了对三个家庭的复仇之后，他还会把孩子们给带回来。苗玫怎么也想不到，三个无辜的男孩都已经死了，她怎么也想不到，自己的丈夫竟然是个残忍的刽子手，能够对孩子下手的恶魔！

但苗玫只是哭，她并没有再说什么，她无法再为一个刽子手恶魔辩驳，但也不想在证据还没有敲定的时候就跟贺启睿反目。

/3/

贺启睿安静地听着苗玫的哭泣声，一直到那声音渐渐平缓，这才开口，幽幽地说："我想赌一把，赌我当时并没有留下什么证据。"

此话一出口，就像是晴空一道炸雷，客厅里顿时安静，就连苗玫都停止了哭泣。

"启睿，你终于承认了。"冉斯年重重吐出一口气，哀伤而又释怀。

贺启睿微微点头，又摇头："斯年，我只是对着你们几个承认，并没有对警方承认，我说了，我要赌一把。如果没有证据，我是不会承认的。我认为，你也应该祈祷警方找不到证据，这样我们俩也能相安无事，一旦我遭殃，我也会尽我所能地拉上你，没错，我会把你拜托我帮忙调查瞿子冲和范骁的事情对瞿子冲和盘托出的。"

饶佩儿恨得牙痒痒，怒斥道："你这算什么好朋友？简直是落井下石的浑蛋！"

贺启睿"嘿嘿"一笑："没错，我是落井下石的浑蛋，但我也是斯年最好的朋友。我们从高中相识开始就是一见如故，在外人眼里，我们是最好的朋友，并且实力相当。哦，不，应该说我们一直实力相当，所以才能成为最好的朋友。只是这么多年来，我一直在辛苦地追赶，生怕落后斯年太多，我小心翼翼地维持着这份别人眼中实力相当的友谊，可实际上，我已经被这场比赛折磨得心力交瘁。"

"启睿，你这又是何苦？"冉斯年这才恍然大悟，想起了刚刚在楼上，贺启睿对他说的：够格做你的好友吧。原来贺启睿的心里一直在跟他较劲，这么多年来，他竟然一点也没有发现！只能说贺启睿的表演功夫一流。也对，如果不是表演功夫一流，又怎么可能在跟姐夫佟剑锋保持着肉体关系的同时，在学校里维持他阳光优秀男孩的形象呢？

冉斯年知道，贺启睿的心里苦，这么多年，这份苦涩吞不下，吐不出，已经把他折磨得变态了。他为自己的好友哀伤，同时又憎恨他这个魔鬼刽子手。

"何苦？"贺启睿仰头干笑了两声，"斯年，你是不会理解的。我跟你比了、争了十几年，终于，我以为我胜利了，我抢走了你最爱的小玫，在你最落魄的时候。现在，你又要仰仗我的帮忙才能查你想要调查的人的内幕。我终于是胜了你。可是我不甘心，因为我只抢来了小玫的人，并没有得到她全部的心！她还是会看着你们的合照发呆，晚上睡觉的时候，还会偶尔叫你的名字，甚至我们刚刚在一起的时候，她还会叫错名字，叫我斯年！我真的赢了吗？没有，我还是活在你冉斯年的阴影里！我恨你和小玫，所以我要把你们俩也加入到我的复仇计划当中，你们，还有警察、我的父母、我的姐姐姐夫，当然还有张琳和张悦，全都是把我推入深渊的凶手，我要看着你们痛苦，眼睁睁地看着你们痛苦，我要做偷笑的那个人，掌控你们命运的那个人！”

饶佩儿不住地摇头，感叹着：“你真的是疯了，就连自己的父母和姐姐都要报复，他们是你的亲人啊，他们是无辜的啊！就算当初是你的父母阻止你去报警，可你的姐姐没有啊，她根本完全不知情！”

“错！我姐姐根本就知道！她只是拒绝承认罢了！是她的自欺欺人害了我！是她引狼入室害了我！”贺启睿猛地转向冉斯年，“斯年，你不是会释梦吗？你告诉我，我姐姐做的那个牧羊女的梦代表着什么？你是不是在听她讲述了那个梦之后马上就领会到了其中的深意？”

冉斯年无奈地点头：“是的，那个梦的确说明了贺蓉的潜意识里已经清楚她对这个家、对她的弟弟做了些什么。贺蓉的梦的确在描述一个成语，只不过，不是什么‘亡羊补牢’，而是‘引狼入室’。她的牧羊犬其实就是当初偷羊的狼，披上了伪装，成了牧羊犬之后，因为每天都有牧羊女给它喂食足够的肉，因此羊没有再被偷。可是后来，家里没了肉，牧羊女用剩下的饭菜打发牧羊犬，牧羊犬竟然离家出走。牧羊犬出走后卸去伪装，又变回了狼，夜晚偷羊。牧羊女再把它找回来后，牧羊犬又开始偷吃牧羊女家的猪肉。这个梦里的牧羊女所指就是贺蓉，这点毋庸置疑，牧羊犬也就是狼，指的就是贺蓉的丈夫佟剑锋，家里丢失的羊，其实就是在暗指除了贺蓉之外被佟剑锋这个连环强奸犯奸污的妇女，而牧羊女家里被偷吃的猪肉，指的，就是启睿。”

“天啊，你的意思是说，贺蓉的潜意识已经发觉了佟剑锋跟贺启睿之间的关系？她知道自己引狼入室，知道自己的丈夫在欺负自己的弟弟？”饶佩儿扭曲着一张小脸，龇牙咧嘴地说，“可即便如此，因为贺蓉的自欺欺人，她不愿意去正视这个问题？哪怕是她的梦一直在给她提示？”

冉斯年点头，又摇头，对贺启睿说：“不是所有人都拥有释梦的本领，你不能因为你姐姐没有看透一切就迁怒于她啊。”

“那我能迁怒于谁呢？”贺启睿一副不解的样子，好像自己的想法才是理所当然的，“引狼入室的的确就是我的姐姐啊！”

“废话，当然是佟剑锋啦！”饶佩儿大叫，“你最应该恨的人是佟剑锋，要说报仇，冤有头债有主，你也该找佟剑锋报仇。可你都做了什么？你杀了三个无辜的孩子，让三个家庭痛不欲生，可独独留下了佟剑锋这个人渣！”

贺启睿突然放声大笑，用看幼稚孩子的眼神看着饶佩儿：“错！我早已经对佟剑锋复仇啦！佟剑锋会是最痛苦的那个，他会跟我一样，堕入深渊，生不如死，就像是那三幅画中一样！斯年，那三幅画，其实还有另外一层意思，你到现在还不明白吗？哈哈，这场最后的比赛，果然还是我略胜一筹啊！斯年，我终于还是赢了你！”

冉斯年全身一抖，脑子里瞬间闪过那三幅画，恐怖压抑的铅笔画，还有贺启睿所说的“最后”“已经复仇”“堕入深渊”“生不如死”。

“启睿，难道……难道你……”冉斯年嘴唇颤抖，说不出一句完整的话，他终于想明白了到底那三幅画在表现怎样的主题，不是三个已经被埋入地下的孩子，而是这个复仇者本身，复仇者未来的命运，或者说，他现在正在承受的平静表面下内部的腐烂！

“难道，你……你，被传染上了……艾滋？”冉斯年用了好大力气，这才问出这句疑问。

贺启睿冷哼一声，没有否认。

饶佩儿倒吸一口冷气，马上去看苗玫，这个艾滋病患者的结发妻子。

苗玫整个人已经愣住，隔了好几秒才反应过来，眼泪像是开闸的洪水，全身剧烈颤抖，一个字也说不出。冉斯年痛苦地扶住额头，哑着嗓子说：“听你的意思，你已经把艾滋病传染给了佟剑锋？可……你又是怎么被传染上的呢？”

“拜佟剑锋所赐，我的性取向在这十几年间已经彻底混乱，我喜欢女人，可我又对男人有兴趣，除了佟剑锋，我还有三个固定的同性伴侣和两个固定的异性伴侣，至于说不固定的嘛，已经不计其数。我想，这致命的病毒就是从不固定的那些人中传染而来的吧。”贺启睿大大咧咧地说，就好像在谈论无关紧要的事情。

苗玫终于忍不住，大声质问：“贺启睿，你……你……你对我到底……到底……”

“抱歉，小玫，我对你其实根本没有你想象的那么好，甚至是罪恶的。其实刚刚斯年还猜错了一点，我对他的恨意并不源于你对他仍旧余情未了，事实正好相反，我是因为觉得你对他余情未了而觉得自己失败，所以想要再赢他一次，让他再败给我一回。”贺启睿诚恳地对苗玫说，“小玫，我对不起你，我之所以会在你跟斯年交往的时候对你示好，追求你，到后来的跟你结婚，其实都是为了打败斯年这个终身的对手。我对你，只有愧疚，要说男女之情，抱歉，几乎没有。刚刚所说的固定的异性伴侣，并没有把你算上。”

“骗人！”苗玫冲到贺启睿面前，一把揪住他的衣领用力摇晃，“我们曾经……曾经的幸福不是假的，你的开心、你的笑，不是假的！”

贺启睿挤出一丝苦笑：“我的开心和我的笑是真的，但那是源自我的胜利的喜悦，每一次感受到你对我的爱、你对我的好，想象到斯年此时正孤身一人，再也享受不到你的好，我就会产生出胜利的快感。但小玫，我说过我对你怀有愧疚，所以我才会想在最后为你留一条后路，甚至为了给你留这条后路，我不惜冒着巨大的风险暴露自己。”

“你……你还给我，给我留了后路？”苗玫歇斯底里地大叫，崩溃似的一边哭一边笑，最后全身无力地瘫坐在沙发里，“真是不枉费我这样包庇你，真是万分感谢你，感谢你给我留了后路，哈哈哈！”

饶佩儿心疼地看着苗玫，这个可怜的女人，沦为两个男人间竞争道具的女人，一直被蒙在鼓里，以为自己拥有幸福婚姻、完美爱情的女人。饶佩儿气愤地问贺启睿：“你留了什么后路？”

贺启睿耸耸肩：“饶小姐，你也参与了不是吗？我把你和小玫带去那个防空洞，又导演了一场炸弹生死抉择的戏码，这就是我给小玫留的后路。之所以会冒着暴露自己的危险把你们送去那个防空洞，而不是别的位置，就是为了确保斯年能够及时找到你们啊。斯年，你刚刚还说错了一点，我导演这场假炸弹的戏码才不是为了要报复你，看你笑话，我是要替小玫赌一把，我赌斯年的心里也还有小玫，我希望他们俩能在关键的时刻正视彼此的内心，发觉他们心里仍旧最在意彼此，在我伏法或者是病逝之后，还能再续前缘。只可惜，可惜啦，饶小姐，因为你的介入，那场炸弹游戏并没有如我的愿，虽然斯年最先选择救小玫，可是他自己最后却宁愿跟你同生共死。”

饶佩儿陷入了回忆，她想起了在防空洞里，当冉斯年把苗玫交到瞿子冲怀里之后，折返回来，冲向自己的样子。那一刻，饶佩儿真的觉得死也甘心，因为有冉斯年的奋不顾身，有他愿意生死相依。本来一切是壮烈的、美好的，可是接下来，并没有预想中的爆炸，当所有人都意识到这不过是虚惊一场的时候，当她想要欣喜地投入冉斯年的怀抱中的时候，冉斯年却说了她这辈子听到的最煞风景、最泼冷水的一句话。

冉斯年当时说："果然，果然是虚惊一场，我就知道会是这样，这不过是他的又一场试探游戏而已。"

原来冉斯年并没有奋不顾身，并没有想跟她生死相依，他只是吃准了这是一场恶作剧，根本没有什么炸弹。

"也不见得，"饶佩儿酸溜溜地说，"斯年早就猜到了所谓炸弹什么的不过是你的又一场游戏，他本来就自信，有很大的把握根本没有炸弹。所以你的这场试探，你所谓的替苗玫的赌注，这最后的结果根本也不能算数。"

"哦？"贺启睿无奈地拍了一下沙发，"无所谓啦，斯年，现在的关键问题在于你是否愿意帮我，你是想让我彻底坏了名声锒铛入狱，遭受世人唾骂，顺便彻底毁了我的家庭，还有暴露你自己，让瞿子冲发觉你已经着手调查他和范骁呢？还是想办法帮我一把，让我安安稳稳地度过短暂的余生，也可以对瞿子冲继续隐藏你已经知情，维持你的安全地位呢？"

冉斯年蹙眉眯眼凝视贺启睿，近乎哽咽地说："启睿，我竟然直到今天才真正认识你，我多么希望你还是从前的你。"

贺启睿不屑地挥挥手："斯年，你不要妄想打感情牌，我是不会改变主意的，如果你不帮我，不要怪我出卖你。你要怪就怪自己吧，怪你这么多年没有看穿我，在我抢了你的女人之后，还愿意不计前嫌来找我帮这么重要的忙。"

冉斯年低眉垂目，神色安详，没有一丁点被贺启睿制约的样子，坦然地说："启睿，我不用选，因为在我看来，根本不存在两个选项。我不会做违背良心的事情，哪怕你想要跟我玉石俱焚。"

贺启睿也没有吃惊，他叹了口气："果然，以我对你的了解，我就料到你会这样选，对于我给你的难题，无论是在防空洞，还是现在的抉择，你都能四两拨千斤。好吧，既然你这样选，我也只好再赌一回啦，我赌警方找不到证据。"

/4/

冉斯年缓缓从怀中掏出手机，屏幕显示有一通未接来电，正是十分钟前瞿子冲打来的。刚刚冉斯年就已经感受到了手机的振动，他也知道一定是瞿子冲要通知他警方对三个男孩的验尸结果，是否找到了关键性证据。但冉斯年当时没有回复，因为他想先抓紧时间劝贺启睿去自首。现在看来，这似乎是无望了，那么也是时候给瞿子冲把电话拨回去了。

“喂，斯年，我们正在去往贺启睿家的路上，你在哪里？”瞿子冲马上接听了电话，直接就问。

“我就在贺启睿的家里，”冉斯年深吸一口气，问，“看来你们在三具尸体上找到了证据，对吧？”

“没错，我们在陈佳奎的指甲里搜集到了皮屑，在肖涵的嘴巴里找到了一根带有毛囊的毛发，只可惜佟亮的尸体最为不堪，已经无法提取什么有用的证据了。唉，三个男孩都是被活埋窒息而死的。”瞿子冲咬着后槽牙说，“从凶手对佟亮最为残忍这点看来，真的很有可能就是贺启睿。我们这边也已经查证了佟剑锋当年的连环强奸案，初步确定了贺启睿的杀人动机。经过我们的一番努力，已经申请了传唤证，这就要把贺启睿带回来提取DNA比对，一旦比对结果出来，那就是铁证，这个变态死定了！”

“好的。”冉斯年淡淡地说。

瞿子冲顿了一下，说：“斯年，你要小心，当心这个变态狗急跳墙。我们马上就赶到。”

“放心，我没事。”冉斯年说完便挂断了电话。

贺启睿听不到冉斯年电话里瞿子冲的声音，但是看冉斯年的神色，他也猜到了大概。他深呼吸重重吐出一口气，说：“罢了，既然这就是我们俩的命运，我们也只能接受了。不过斯年，你一定要记得，我们之间的这场较量，最后的胜者是我，因为你所找到的不过是三具尸体。你和警方都会如我所料，受到舆论的指责和抨击，而那三个家庭，我对他们的复仇也已经实现，至于说佟剑锋，哼，他将会在往后的日子里一点点感受着自己的身体被淹没腐蚀殆尽，这是我对他最为极致的复仇，哈哈！”

冉斯年默默无语，眼神扫过贺启睿，盯着墙上的挂钟，跟随着秒针转了一圈又一圈。等待瞿子冲到来的这段时间，恐怕是他这一生中最为难熬的一段时间，在这段时间里，他珍视了十几年的友情正在奄奄一息，正在缓缓死去。

“斯年，”贺启睿突然打破沉静，低沉地说，“你应该已经猜到了，我不会出卖你。我需要你仰仗我的帮忙，我需要你的命运掌握在我手上，我需要你略逊一筹，我需要你我之间最后的胜利，但我并不想彻底毁掉你。所以我不会出卖你，这就是我跟你之间，我的胜利。”

冉斯年微微点头，几次嘴唇颤抖，却说不出一个字来。的确，他早就猜到了，在刚刚贺启睿以此为威胁的时候，冉斯年就有自信，贺启睿不会出卖自己，不是因为对十几年的友情有自信，那友情现在已经证实不过是贺启睿的表演和自己的错觉，而是对贺启睿的心理状态有自信。贺启睿太想要赢过自己了，他们之间的比赛不是你死我活，所以贺启睿想要成为两人之间的赢家，要做的就是放过冉斯年，让他因为他的仁慈、他的高姿态而躲过一劫。

终于，门铃声打破了客厅的安静，应该是瞿子冲和他的人到了。饶佩儿起身去开门，然后跟在瞿子冲他们后面再进来。

瞿子冲给贺启睿看了传唤证，十分强硬地要把贺启睿带回去留置审问。

贺启睿倒也配合，全程都保持着绅士风度，只是他一直盯着冉斯年，神色淡漠，好像在用眼神传递着信息：放心，我说到做到，绝对不会出卖你，因为我是最后的胜者。

冉斯年默默无语，目送着瞿子冲他们带着贺启睿离去，一直到车子驶离视线范围，他还冲着那个方向愣神了一分钟。冉斯年相信贺启睿，非常相信，不管是什么原因相信他，但是这种相信他的感觉冲淡了一些心中的憋闷痛苦。

“斯年，斯年，苗玫姐晕过去啦！”客厅里突然传来饶佩儿的叫声。

冉斯年忙回身跑进客厅，一看之下也是吓了一跳，苗玫脸色惨白已经倒在了饶佩儿的怀里，陷入昏迷。

第二十七章

情归何处

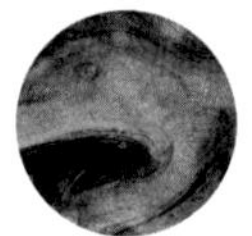

/1/

傍晚时分，躺在医院病床上的苗玫渐渐苏醒。守在苗玫身边一直未曾离开的冉斯年脸上露出了笑意，他松了一口气，面色温和，关怀地问：“小玫，感觉怎么样？”

苗玫舔了舔干裂的唇，刚一开口，眼泪又唰地涌了出来：“我感觉，像是做了一场噩梦。斯年，我选错了，我选错了人，也给自己选了一条万劫不复的路！”

“谁说是万劫不复？你还年轻，还可以重新开始。”冉斯年稍稍严厉地说，“不许你这么悲观，你……你还，你还有我，放心，我会帮助你的，我会让你变回原来那个自信优雅的苗玫。”

在苗玫轻声的啜泣声中，门口的饶佩儿轻轻转身开门离去。她站在医院的走廊里，全身无力地靠在墙壁上，身体缓缓下滑，最后坐在了地上。饶佩儿清楚地感觉到，冉斯年在与自己渐行渐远，她本来以为两人正在面对面行走，马上就要实现一个共同的目标，可是经过贺启睿的案子，他们之间多了一个苗玫，苗玫站在自己身前，会抢先于自己走到冉斯年的身边，自己站在她身后，除了优雅转身，就是眼睁睁看着他们俩双宿双栖。

饶佩儿理解冉斯年，理解冉斯年面对的情势。苗玫之所以走到今天，沦为被贺启睿利用的工具，说到底都是归咎于贺启睿和冉斯年这两个男人。贺启睿固然可恨，但是他这个变态马上就要受到法律的制裁，能够留下来对苗玫负责，弥补她伤痛的人，只有一个冉斯年。冉斯年是绝对做不到在这个时候放任苗玫不管，跟自己出双入对确立关系的。

正想着，瞿子冲的脸贸然出现在饶佩儿眼前。

“怎么样？斯年在里面？”瞿子冲孤身一人前来。

饶佩儿点点头：“是的。他在里面，跟苗玫姐在一起，他们……”

“他们怎么了？”瞿子冲冷静地问。

饶佩儿指了指楼梯间，示意瞿子冲到那里说话。

来到楼梯间，饶佩儿的眼泪终于忍不住夺眶而出，她委屈哽咽地说：“瞿队，我帮不了你了，这个间谍我不想做了。”

“你对冉斯年动了真情？”瞿子冲警惕地问。

饶佩儿索性点头：“是，但是你也看到了，出了这种事，斯年和苗玫姐，他们，他们……总之我是多余的，我打算搬出去，搬回自己家，跟冉斯年划清界限。”

瞿子冲沉默不语，蹙眉审视着饶佩儿，思考饶佩儿的话里到底有几分是真几分是假。但他也能够想到，以冉斯年的魅力，饶佩儿早晚都会动真情，但他也不怕，因为就算饶佩儿动了真情，他也有饶佩儿的小辫子作为制约，饶佩儿如果想要在冉斯年那里维持自己的美好形象，就必须受他瞿子冲的牵制。

饶佩儿当然也不傻，她知道瞿子冲的心理，便说：“我当初想要购买毒品的事情，随便你告诉什么人吧，反正我现在什么也不在乎了，反正这个间谍我是做不下去了。不过，我也告诉你，经过我这段时间的观察，发现斯年的脸盲症是越来越好转了，身边的这几个人，他几乎都可以第一时间就认出来。”

“哦？那他有没有说过范骁什么？”瞿子冲脱口而出，话音还没落就表现出后悔。

饶佩儿像是没在意到瞿子冲的后悔，说：“没有，他就是说范骁是个成长很快的好苗子。你为什么那么在意斯年对范骁的看法啊？”

瞿子冲笑笑不语，在他眼里，饶佩儿仍旧是一个胸大无脑的女人。

“算了，你们的事情我再也不想掺和啦，我走了。”饶佩儿抹了把眼泪，像个典型失恋小女人一样，落魄又倔强，哽咽着跟瞿子冲道别。

一直到离开了医院，上了出租车，饶佩儿才告诉自己，可以卸去伪装了，不必再饰演一个胸大无脑的失恋小女人，她可以做她自己，并非失恋的女人，没错，她从未得到过冉斯年的爱情，又何谈失去呢？她不过是单相思而已，现在，因为另一个女人的回归，导致她连单相思的权利都被剥夺。可即便是这样想了，为什么眼泪还是止不住呢？

病房里，冉斯年全身心地关注苗玫，他理解苗玫现在的状况，她是一个刚刚经历了世界坍塌的女人，她引以为豪的爱情和婚姻原来都是骗局，她沦为了她心爱男人利用的工具。任何一个女人在面临这种情况的时候，都难以冷静，更何况，苗玫是贺启睿的妻子，她有极大的风险会被贺启睿这个HIV感染者给感染。苗玫现在面临的是身心双重的打击和恐惧。

护士给苗玫抽了血，要拿去做检测，但苗玫和冉斯年心里都清楚，就算现在检测出为阴性，也不能代表苗玫没有被感染，艾滋病有窗口期，究竟有没有感染，必须等待难熬的三个月之久。而这三个月对苗玫来说，无疑是人生中最漫长煎熬的一段日子。

"斯年，我的事千万不能让我父母知道，他们现在正在国外的亲戚家暂住，年底才会回来，正好到那个时候，我到底有没有被感染也有了确切结果，那个时候再告诉他们不迟。我不想让他们跟我一起承担这担惊受怕胡思乱想的三个月。"苗玫不放心地嘱咐冉斯年。

"放心，等你出院后就直接到我家休养，你父母不在，没人照顾的话，我始终不放心。"冉斯年说完这句，才想起来，他的家里还有一个饶佩儿。饶佩儿也算是他的一个家庭成员了，这件事是不是该跟她商量一下？可是如果饶佩儿不同意的话，自己就真的能够不管苗玫了吗？最后，冉斯年决定通知一下饶佩儿，而并不是征询饶佩儿的意见。

/2/

在医院陪床一夜后，大清早，冉斯年听从了苗玫的吩咐，回家休息。

刚一踏进自家的大门，冉斯年便发现了不同，玄关的鞋架上没了饶佩儿的所有鞋子，包括拖鞋。冉斯年第一时间便想到了，饶佩儿已经搬离了这个家。可是，可是她的车子还停在院子里啊。

冉斯年一路上了三楼，果然，饶佩儿的房间如同她搬来之前一样，所有饶佩儿的个人物品全都被她打包带走。

顿时，一股冷风袭过心头，冉斯年感觉到自己的生活中缺失了很重要的一部分，他忙掏出手机把电话给饶佩儿拨过去。

“喂，斯年。”饶佩儿在电话那头气喘吁吁。

“佩儿，为什么搬走？”冉斯年有些明知故问，他早就猜到了，饶佩儿离开是因为苗玫，绝对不是因为担心会受到冉斯年的牵连，身处险境，“相信我，启睿不会出卖我的，瞿子冲那边不会有什么针对我们的动作。”

饶佩儿嘻嘻哈哈地说：“你想多啦，我当然不是担心那个。没办法，我妈脱离了我的束缚打麻将无度，搞得腰酸背痛，我得回来看管好她才行啊。这不，我们正在大扫除呢，彻底打扫我的房间。”

饶佩儿的回答让冉斯年没法再解释什么，他只好转移话题：“为什么把车子留下？”

“最近几个月我都没有交租，正好你没有车出行也不方便，接送苗玫姐也不方便，干脆我就用车子抵租吧，什么时候你不需要了，再给我送回来就行。”饶佩儿自嘲地说，“反正我现在是无业游民，还是每天宅在家里更加划算。”

冉斯年叹了口气，不容反驳地说：“中午我去找你，请你吃饭，到时候再面谈吧。”

饶佩儿犹豫了两秒钟，淡淡地说：“好吧，到时候见。”

冉斯年趁上午的空当补眠，刚刚入眠，他又做了那个重复的梦。

“佩儿，请你再多给我一点时间，最近这阵子我的确有些混乱，对你、对苗玫，我被自己的潜意识给搞糊涂了。我需要时间整理思绪，弄清楚我想要的是谁，弄清楚我最真实的感情。佩儿，你愿意等等我吗？”冉斯年在梦里第二次这样对饶佩儿说。

饶佩儿一脸严肃地第二次这样回答：“我不会刻意等你，一切顺其自然吧。如果等到你弄清楚自己，打算跟我在一起的时候，我还是孤身一人，那么好，我们在一起。如果那时我已经心有所属，那就只能说我们有缘无分啦。”

冉斯年依然清楚，梦里饶佩儿的回答正是自己潜意识里的回答，他不过是在第二次自问自答。冉斯年知道这个梦就是中午的彩排，他约饶佩儿中午见，为的就是说这些。冉斯年十分矛盾，一方面他希望中午他和饶佩儿的“正式演出”就如同彩排一样，因为他也无法确保自己能够给饶佩儿一个满意的结果，他害怕饶佩儿白白浪费青春和感情等待自己，一方面，他还是自私地想让饶佩儿等他。冉斯年知道自己会有这个自私的想法，那是源于他对饶佩儿的喜欢，他喜欢饶佩儿，这点不容他否认。只是这喜欢到爱，还有很长一段距离，这点更是他无法忽略的。

最后，冉斯年决定再在梦里过一把干瘾，于是便直接走上前，一把抱住了饶佩儿，感受饶佩儿娇柔的身躯。

饶佩儿没有推开冉斯年，但是身体却越来越软，越来越软。冉斯年抱得越用力饶佩儿就越软，终于，冉斯年清醒过来，这一次，他怀里的仍旧是他的棉被。

电话铃声响起，是瞿子冲的来电。

冉斯年躺在床上接听电话。

“斯年，DNA比对已经出炉，铁证如山，贺启睿插翅难逃。”瞿子冲转换了一下语气，又温和地说，“我理解你的心情，毕竟贺启睿是你多年的好友，但是斯年，你得接受事实，事实就是贺启睿就是个不折不扣的变态。”

冉斯年仰面躺着，苦涩地微笑，轻声说：“放心，我和苗玫都会接受现实，无论现实怎样残忍，我们都得接受。好在一切都会过去的，时间会拯救我们的。”

冉斯年不想问瞿子冲贺启睿是否对瞿子冲告密，就算贺启睿告密了，瞿子冲也会装作不知道。而且，冉斯年有自信，贺启睿会说到做到，他不会出卖自己。

挂断瞿子冲的电话，冉斯年起床，冲澡穿衣，稍稍整理了自己一番，这才开车出门，去饶佩儿的家里接她出来。

半个多小时后，在饶佩儿家附近一家环境优美的西餐厅里，靠窗僻静的位置上，冉斯年和饶佩儿面对面坐着，虽然只是不到一天没见，彼此之间却多了些许生疏感。他们俩当然都知道，这生疏感是因为情势的急速转变，因为他们之间多了一个苗玫，多了冉斯年对苗玫的愧疚和怜惜，还有蠢蠢欲动的旧情。

两人安静地吃完了情侣套餐，冉斯年这才整理好思绪和情绪，主动开口，他选择直切主题，就像梦里那样。

“佩儿，我有个不情之请，自私的不情之请，很难说出口。”

饶佩儿放松地微笑：“没关系，尽管说，我不是必须答应你不是吗？你不必有那么大压力的。”

“佩儿，请你再多给我一点时间，最近这阵子我的确有些混乱，对你、对苗玫，我被自己的潜意识给搞糊涂了。我需要时间整理思绪，弄清楚我想要的是谁，弄清楚我最真实的感情。佩儿，你愿意等等我吗？”冉斯年可以说是第三次讲出了这让他自己都厌恶自己的一段话。

饶佩儿先是一愣，而后苦涩地笑笑，犹豫了半分钟才开口：“还是顺其自然吧，现在要我说等你或不等你我觉得都不合适，我只能说顺其自然，这样才对我们彼此都最公平。我愿意听从命运的安排，如果未来它安排我们走到一起，我会欣然接受，如果注定我们俩有缘无分，我也会坦然接受。”

冉斯年脸上荡开释怀的笑容，果然，他是了解饶佩儿的，饶佩儿的回答和他梦里，和他的潜意识里的回答如出一辙。冉斯年为他对饶佩儿的了解感到开心，为饶佩儿这样的回答感到轻松。没错，就让一切顺其自然吧，顺其自然得来的结果才是最真实的，才是他们彼此都会欣然接受的。

“对了，斯年，我已经按照你之前说的，向瞿子冲透露你的脸盲症好转的事，并且表现出失恋女人的可怜相，跟他说不再做他的间谍，要搬离你家。放心，依我看瞿子冲没有任何怀疑。”饶佩儿对自己的演技十分有自信，非常强调瞿子冲没有怀疑这点，希望冉斯年能够安心。

“我非常放心，我跟瞿子冲的这场暗中较量，我一定会赢，这一点，我非常自信。”冉斯年又恢复了自信风采，微微仰着下巴，笃定地说。

两人又是一阵子的相对无语，一直到饶佩儿掏出手机看时间。

“不早了，我要回去了，让我妈知道我来见你就糟糕啦。”饶佩儿坏笑着说，“对了，要是我妈哪天逃出我的视线，跑到你家找你这个负心汉算账的话，还请你多多包涵啦。”

冉斯年愣了一下，哭笑不得地点点头，半开玩笑似的说：“也对，阿姨找我算账也是应该的，我是罪有应得。”

饶佩儿起身，冉斯年也跟着起身，两人走到了餐厅门口，准备分道扬镳。

“佩儿，”冉斯年面对饶佩儿，趁饶佩儿刚刚转身听他的下文的瞬间，一把抱住了饶佩儿，把饶佩儿娇弱的身躯揽入怀中，轻轻拥着，他低头伏在饶佩儿的耳边，轻声吐出两个字，“保重。”

饶佩儿并没有挣脱这突如其来的拥抱，像一只慵懒的猫咪一样，柔柔地贴在冉斯年的胸膛，幽幽吐出三个字：“你也是。”

冉斯年感受着饶佩儿的软玉温香，果然跟梦里想象中的一样，舒适满足，如同置身桃源仙境，有种想要让时间静止的冲动。最重要的，这一次的感觉是如此真实，真实的美好，不会在梦醒后发现怀中的美女其实是一团棉被。

图书在版编目（CIP）数据

神探弗洛伊德 . 2 / 时雪唯著 . — 成都：四川文艺出版社，2019.5

ISBN 978-7-5411-4879-8

Ⅰ . ①神… Ⅱ . ①时… Ⅲ . ①侦探小说—小说集—中国—当代 Ⅳ . ① I247.5

中国版本图书馆 CIP 数据核字（2018）第 299505 号

SHEN TAN FU LUO YI DE Ⅱ

神探弗洛伊德〔Ⅱ〕

时雪唯　著

责任编辑　余　岚
责任校对　汪　平

出版发行　四川文艺出版社（成都市槐树街 2 号）
网　　址　www.scwys.com
电　　话　028-86259287（发行部）　028-86259303（编辑部）
传　　真　028-86259306

邮购地址　成都市槐树街 2 号四川文艺出版社邮购部　610031
印　　刷　三河市文通印刷包装有限公司
成品尺寸　166mm × 235mm　　开　　本　16 开
印　　张　16　　字　　数　260 千
版　　次　2019 年 5 月第一版　　印　　次　2019 年 5 月第一次印刷
书　　号　ISBN 978-7-5411-4879-8
定　　价　42.00 元